金敬梅 主编

中华文史大观

古诗三百首

 世界图书出版公司

目 录

古·诗·三·百·首 · 目 录

古诗三百首·目录

古诗三百首 · 目录

古诗三百首 · 目录

齐诗 / 301

古诗三百首 · 目录

古 诗 三 百 首 ·目 录

前言

　　中国是诗歌的国度。在长期的历史发展过程中，中国古人创作了大量的诗歌，这些诗歌丰富了中国的传统文化，也滋润了一代又一代中国人的心田。

　　诗至唐朝，开始出现了新创的律体诗，这些诗歌不同于唐朝以前的诗，因此，唐朝以前的诗又被统称为古诗或古调诗。本书精选了《诗经》、汉魏六朝以及隋朝诗歌之中的许多优秀的古诗。

　　《诗经》早在一千五百多年前就已出现，是我国的第一部诗歌总集，也是我国古典文学现实主义传统的光辉起点。《诗经》之中收录了西周初年至春秋中叶大约五百多年的三百零五篇诗歌，这些诗歌大多以四言为主，采用叠句的形式，语言质朴流畅。两汉时期的乐府民歌和《古诗十九首》，继承了《诗经》的优秀传统，并具有叙事性很强的特点。魏晋之际，出现了曹氏父子、建安七子、阮籍、嵇康等一大批优秀的诗人，他们的诗歌引领一时风骚，并对后世文人的诗歌创作产生了重大的影响。此外，南北朝时期，不论是文人诗歌还是乐府民歌都涌现出了一大批值得后人称道的作品，这些作品在当时崇尚浮华艳丽的诗歌氛围里，尤其显得刚健清拔。

古歌

武王克商，开启西周盛世之门，平王迁都，宣告历史进入东周。伟大的时代造就了灿烂的文化，中国最早的诗歌总集《诗经》就产生在这一时期。古风《诗经》之中的歌吟，奠定了中国文学以抒情为主的发展方向。《诗经》也成了中国诗歌乃至整个中国文学的一个光辉的起点。

「关关雎鸠，在河之洲，窈窕淑女，君子好逑……」它大胆而清丽的语言真实地反映了各个阶层人们的喜怒哀乐，反映了那个鲜活多姿的时代，是具有浓厚风土气息的优雅吟唱

击壤歌

尧时老人

唐尧时代，天下太平，百姓相安无事，一位五
十多岁的老人在路边击壤为戏。观众中有人称
赞能有这种和乐的场面，都是尧帝德力所被的
缘故，是政治清明的太平景象。然而，老人却
不认同这是帝力所被，而是由于自己的自食其
力，无关帝力。

日出而作，日入而息。
凿井而饮，耕田而食。
帝力于我何有哉？

注释

〔1〕作：耕作。
〔2〕力：权力。
〔3〕哉：感叹词，相当于"啊"。

诗意

　　曙色中便下地耕作，傍晚时
才荷锄归来。

　　靠打井引来甘泉，以种地获
取温饱。

　　这与君主又有什么关系呢？

赏析

　　此歌的创作年代大约在战国
时期。它是我国最早的诗歌。此诗
文字流畅，句式工整，把大自然和
农耕之事生动融合，片语之间，自
然景观与主观情感的转换简洁流
畅，其典型性常为后世人所引用。

易水歌

荆 轲

这首诗出自《史记》，当年燕太子丹在易水河边送别荆轲去刺秦王，太子丹和荆轲的几个朋友，全体穿戴白衣白帽一同相送。直送到易水旁边，挥泪诀别。荆轲高声唱着这首歌，头也不回地走了。荆轲虽身死而事败，但短短的两句诗却让他永垂千古。

风萧萧兮易水寒，壮士一去兮不复还！

注释

〔1〕萧萧：风吹雨落的声音。
〔2〕兮：啊，呀。

诗意

刺骨呼啸的风啊，让易水也透出寒意。
抱定视死如归的信念，一身豪气，大步前去！

赏析

战国时期，燕国太子丹为挽救燕国免遭秦国吞并，请壮士荆轲去刺杀秦王。荆轲临行时，太子丹等人在易水河畔为其饯行。荆轲便唱《易水歌》以作辞谢。在这首歌里，一股肃杀之气融入了慷慨悲壮的感情之中。

卿云歌 《诗经》

传说舜帝的儿子商均不肖，整日沉醉歌舞。舜经过长期考察，决定立禹为帝位继承人。禅让当天，晴空万里，酷暑难当，群臣们汗如雨下。忽然间，电闪雷鸣，大雨骤降，清风徐来。舜帝感叹苍天感应，顺人之心，于是趁机宣布荐禹于天，并唱起这首歌以昭示国泰民安。

卿云烂兮，纠缦缦兮。
日月光华，旦复旦兮。

注释

〔1〕纠：即"纠"，结集。
〔2〕旦：明亮。

诗意

　　五彩斑斓的祥云啊，像舒卷缠绕的丝绸。
　　日运月行，朗朗乾坤，兴旺事业，天长地久。

赏析

　　这首歌体现出君臣和睦相处的欢乐景象。相传是古时功成身退的明君舜禅位给禹时，百官群臣所唱的颂歌。

关 雎

《诗经》

《关雎》是我国最早诗歌总集《诗经》中的开篇爱情诗歌。从全诗的文字解释入手，探讨它的真正内涵即可得知，此诗既不是歌颂"后妃之德"，也不是歌颂"劳动人民自由恋爱"，而是叙述贵族男女相悦的故事。所以，孔子说"关雎，乐而不淫，哀而不伤"，真是万古不易之笃论。

关关雎鸠，在河之洲。窈窕淑女，君子好逑。
参差荇菜，左右流之。窈窕淑女，寤寐求之。
求之不得，寤寐思服。悠哉悠哉，辗转反侧。
参差荇菜，左右采之。窈窕淑女，琴瑟友之。
参差荇菜，左右芼之。窈窕淑女，钟鼓乐之。

注释

〔1〕雎鸠：水鸟。
〔2〕荇菜：水中植物。
〔3〕友：亲密。
〔4〕芼(mào 冒)：选择。

诗意

　　一对相亲相爱的水鸟，在河洲上唱和。美丽娴慧的少女，是男士渴望的配偶。
　　望着忽左忽右采摘荇菜的少女，连梦中也想向她倾吐爱意。
　　又苦又甜的思念啊，让人无法入睡。
　　翩翩采摘荇菜的少女啊，我用琴声传递心意；美丽娴慧的少女啊，我敲打钟鼓讨你欢喜。

赏析

　　《诗经》是我国诗歌的源头。作为它的开篇之作，《关雎》这一首情歌，以物传神，以景代叙，生动描绘恋爱的过程与感受，并直至最终的圆满结局。它也是流传最广，最脍炙人口的一篇。

芣苢

《诗经》

中国古代民间曾普遍以芣苢（车前草）草为食物。因为车前草平常易得，对于穷苦人就是天之恩惠。每到春天，就有成群的妇女，在那平原旷野之上，风和日丽之中，欢欢喜喜地采着它的嫩叶，唱着那"采采芣苢"的歌儿。这真是令人心旷神怡的情景。

采采芣苢，薄言采之。采采芣苢，薄言有之。
采采芣苢，薄言掇之。采采芣苢，薄言捋之。
采采芣苢，薄言袺之。采采芣苢，薄言襭之。

注释

〔1〕 薄、言：都是语助词。
〔2〕 袺（jié 节）：手持衣襟兜东西。
〔3〕 襭（xié 协）：将衣襟掖在腰带上兜东西。

诗意

采呀采车前草，快快来采。采呀采车前草，你看遍地都是。
采呀采车前草，用指来掐。采呀采车前草，用手来捋。
采呀采车前草，用衣襟来兜。采呀采车前草，掖起衣襟装呀。

赏析

整首诗歌巧妙地用六个字将采摘的过程描绘了出来，以动作和诗歌的声韵传达出采摘时欢乐的心情，其最妙之处在于通篇言乐，却没有一个乐字。

卷 耳

这是一篇抒写怀人情感的名作。怀人是世间永恒的情感主题，这一主题跨越了具体的人和事，它本身也成了历代诗人吟咏的好题目。这首诗影响深远，光泽后世。当我们吟咏起描写离愁别绪、怀人思乡的诗歌名篇时，都可以回首寻味《卷耳》的意境。

采采卷耳，不盈顷筐。嗟我怀人，寘彼周行。
陟彼崔嵬，我马虺隤。我姑酌彼金罍，维以不永怀。
陟彼高冈，我马玄黄。我姑酌彼兕觥，维以不永伤。
陟彼砠矣，我马瘏矣，我仆痡矣，云何吁矣！

注释

〔1〕崔嵬：高山。
〔2〕虺隤（huī tuí 灰颓）：马疲劳生病。
〔3〕兕觥（sì gōng 四工）：用犀角做的酒杯。
〔4〕瘏（tū 凸）：病。
〔5〕痡（fú 伏）：疲劳力竭。

诗意

　斜口的筐里还没装多少采摘的苍耳嫩叶，忽然想起出门远行的丈夫。
　山高路窄，马儿都累病了，喝一杯酒吧，解除劳顿，放宽心怀。
　高山险阻，马眼昏花，喝一杯酒吧，抑制悲伤。
　道路崎岖，马儿累垮，仆人病倒，望着漫漫前路，怎能不悲从心来，长吁短叹！

赏析

　　这是一首描写妻子思念出门在外的丈夫和丈夫相念妻子的诗歌。正在采摘卷耳的妻子放下没有采满卷耳的顷筐，眺望远方，遥想行役中的丈夫所经历的种种情形，幽深的愁绪层层推进，直至发展到最高潮。

燕 燕

《诗经》

这首诗是《诗经》中极优美的抒情篇章，中国诗史上最早的送别之作。论艺术感染力，宋代许赞叹为"真可以泣鬼神"！论影响地位，王士推举为"万古送别之祖"。吟诵诗章，体会诗意，临行惜别，情深意长，令人感慨。

燕燕于飞，差池其羽。之子于归，远送于野。
瞻望弗及，泣涕如雨。燕燕于飞，颉之颃之。
之子于归，远于将之。瞻望弗及，伫立以泣。
燕燕于飞，下上其音。之子于归，远送于南。
瞻望弗及，实劳我心。仲氏任只，其心塞渊。
终温且惠，淑慎其身。先君之思，以勖寡人。

注释

〔1〕弗及：看不见。
〔2〕颉：往下飞。
〔3〕颃（háng 航）：往上飞。
〔4〕仲氏：排行第二。
〔5〕勖（xù 绪）：勉励。

诗意

　　一双燕子，展翅飞翔。妹妹出嫁，我送到城外。直到望不见背影，不禁泪流满面。

　　一双燕子，上下翻飞。妹妹出嫁，被领往远方。直到望不见背影，仍立在路旁落泪。

　　一双燕子，边飞边唱。妹妹出嫁，我送到城南。直到望不见背影，只能把你牵挂思念。

　　二妹呀，你心地善良，又那么温和柔顺，办事谨慎，严于律己。还让我常忆先父的恩德，以激励我治理好国家。

赏析

　　这是一首送别诗，卫国国君送妹妹远嫁，诗中表达了卫国君不忍亲人离去，依依惜别的深情厚意。

羔羊

《诗经》

这是一首描写农民们不堪赋税重负而怨恨的山歌。春秋战国时期赋税繁重，农民们被征税、征夫、征役压迫得喘不过气来，统治者们朝令夕改，不断增加人民负担，人民不能反抗，只好自叹自衰。

羔羊之皮，素丝五纮。退食自公，委蛇委蛇。
羔羊之革，素丝五緎。委蛇委蛇，自公退食。
羔羊之缝，素丝五总。委蛇委蛇，退食自公。

注释

〔1〕纮（tuó驼）：官服上的装饰。
〔2〕委蛇：通"逶迤"，悠闲自得的样子。
〔3〕緎（yù玉）：衣服上的丝扣。

诗意

穿着羊羔皮衣，上面还缀着服饰。吃饱饭从公堂退席，一副悠闲自得的样子。

穿着羊羔皮衣，上面缀有五个丝扣。一副悠闲自得的样子，自公堂吃饱退席。

穿着羊羔皮缝制的官服，是用五块毛皮缝制。一副悠闲自得的样子，吃饱饭从公堂退席。

赏析

这是一首讽刺贪官污吏丑恶行径的讽刺诗，他们穷奢极欲的生活被描写得十分真实。

匏有苦叶

《诗经》

此诗全篇皆写渡水的景象，分析这些意象，可看出这首诗反映了当时人们把渡水视为很危险的事。而把渡水与婚恋相比的意识非常流行，反映了当时人们的认识水平和文化特点。全诗在希望中开始，在等待中结束。首尾相应，自成一体。

匏有苦叶，济有深涉。深则厉，浅则揭。
有弥济盈，有鷕雉鸣。济盈不濡轨，雉鸣求其牡。
雍雍鸣雁，旭日始旦。士如归妻，迨冰未泮。
招招舟子，人涉卬否。人涉卬否，卬须我友。

注释

[1] 匏（pāo 刨）：类似葫芦。
[2] 有鷕（yǎo 咬）：野鸡鸣叫。
[3] 濡：沾湿。
[4] 牡：雄性野鸡。
[5] 泮（pàn 盼）：河水解冻。

诗意

　　葫芦还带着枯叶，济河再深也有渡口。水深可脱衣游过来，水浅撩起衣襟就走过来了。

　　茫茫济河畔，有母野鸡鸣叫。满了的济水漫不过车轮，野鸡是在呼唤雄偶。

　　大雁相互和鸣，朝阳冉冉升起。心上人若要娶我，趁着冰未消融。

　　招呼渡客的船夫，他们过河我不过河。他们过河我不过河，我等待我的男友。

赏析

　　这是一首描写一名盼望见到心上人的少女，在清晨赶到济水边等待男友到来的爱情诗。少女在岸边徘徊，听到野鸡求偶的鸣叫，触动了她的心情，开始联想起未来美好的生活。

静 女

《诗经》

古时"父母之命，媒妁之言"成就了许多美满的婚姻，也造就了许多悲剧，因此许多勇敢的年轻人选择了自由恋爱。此诗大概是整部《诗经》里最生动活泼的一篇。全诗清新活泼，生动有趣，俨然就是一幕小儿女约会情景的再现。

静女其姝，俟我于城隅。爱而不见，搔首踟蹰。
静女其娈，贻我彤管。彤管有炜，说怿女美。
自牧归荑，洵美且异。匪女之为美，美人之贻。

注释

〔1〕踟蹰（chí chú 迟除）：犹疑。
〔2〕彤管：通心草。
〔3〕说怿：喜爱。
〔4〕洵：实在。
〔5〕匪：通"非"。

诗意

　　娴淑的姑娘多漂亮，约我到城角幽会。她故意藏起来，害得我挠头徘徊。

　　娴淑的姑娘多美丽，送我红色的管状草。这信物多么鲜亮，我更喜爱你的美姿。

　　采自牧场的小草，娇美得实在出奇。不是它有这种魅力，全因为是你赠送。

赏析

　　这是描写一对情人在城头幽会情景的情诗。到了约会时间，天真调皮的姑娘故意躲起来，急得小伙子抓耳挠腮。姑娘终于现身，献上一束彤管以表达真挚的情意。

桑 中

《诗经》

男女可以自由交往的这种风俗，由妇女占有崇高地位的母系氏族社会所遗留，这首诗歌产生的当时，女子尚有追求爱情及择偶的主动权，所以才会像诗中男主人公所咏，是美丽的女子采取主动、等待、邀请和送别男朋友。

爰采唐矣？沫之乡矣。云谁之思？美孟姜矣。
期我乎桑中，要我乎上宫，送我乎淇之上矣。
爰采麦矣？沫之北矣。云谁之思？美孟弋矣。
期我乎桑中，要我乎上宫，送我乎淇之上矣。
爰采葑矣？沫之东矣。云谁之思？美孟庸矣。
期我乎桑中，要我乎上宫，送我乎淇之上矣。

注释

〔1〕爰：何处。
〔2〕唐：蔓生植物。
〔3〕桑中：桑林，地名。
〔4〕上宫：男女约会之地。
〔5〕葑（fēng 风）：芜菁。

诗意

去哪里采女萝呀？到沫邑的郊外。心中想着谁呀？是美女孟姜。约我到桑林中相会，邀我去上宫见面，送我到淇河上。

去哪里采麦子呀？到沫邑的北边。心中想着谁呀？是美女孟弋。约我到桑林中相会，邀我去上宫见面，送我到淇河上。

去哪里采芜青呀？到沫邑的东边。心中想着谁呀？是美女孟庸。约我到桑林中相会，邀我去上宫见面，送我到淇河上。

赏析

这是一首描写情人相会的民间情歌。全诗采用自问自答的形式，抒发了热恋中情人的真情实感。

相 鼠

《诗经》

本诗把丑陋、狡黠、偷窃成性的老鼠与卫国"在位者"作对比，公然判定那些长着人形而寡廉鲜耻的在位者连老鼠也不如。诗人不仅痛斥，而且还诅咒他们早早死去，以免玷污"人"这个崇高的字眼。此诗是对卫国统治者丑恶行为的总概括，有强烈的现实意义。

相鼠有皮，人而无仪！人而无仪，不死何为？
相鼠有齿，人而无止！人而无止，不死何俟？
相鼠有体，人而无礼！人而无礼，胡不遄死？

注释

〔1〕止：通"耻"。
〔2〕俟：等。
〔3〕遄（chuān 川）：快。

诗意

看老鼠都有毛皮，人却不讲礼仪！人若不讲礼仪，不死还干什么？
看老鼠都有牙齿，人却不知廉耻！人若不知廉耻，不死还等什么？
看老鼠还有肌体，人却不懂礼教！人若不懂礼教，为何还不快死？

赏析

这首诗是对卫国统治者骄奢淫逸，不遵守道德礼法的强烈讽刺。这些人被看得连老鼠都不如，可见人们对他们憎恶的程度。

载 驰

《诗经》

此篇作者为许穆夫人。她可以称得上是见诸记载的我国较早的女诗人了。她是春秋初期卫国懿公之女，戴公之妹，后嫁到许国，为许穆公之妻。此诗是她在卫国灭亡之后而作。

载驰载驱，归唁卫侯。驱马悠悠，言至于漕。
大夫跋涉，我心则忧。既不我嘉，不能旋反。
视尔不臧，我思不远。既不我嘉，不能旋济。
视尔不臧，我思不闷。陟彼阿丘，言采其蝱。
女子善怀，亦各有行。许人尤之，众稚且狂。
我行其野，芃芃其麦。控于大邦，谁因谁极？
大夫君子，无我有尤。百尔所思，不如我所之。

注释

〔1〕载：乃，发语词。〔2〕悠悠：道路遥远。〔3〕旋：还。〔4〕反：同"返"。
〔5〕臧：善。〔6〕闷（bì 必）：谨慎。

诗意

日夜兼程，马不停蹄，去吊唁去世的哥哥卫戴公。策马长途奔行，来到漕邑。许国众大夫追来阻挠，让我十分忧烦。尽管都反对我，我还是决意不回许国。

你们的意见并非善策，我的主张马上就可实现。尽管都反对我，我也不会调头渡河回去。你们的意见并非良策，我的主张谨慎可行。登上高山丘，采挖贝母。

身为女人虽多愁善感，但有自己的主见。许国大夫的指责，实在是幼稚而狂妄。行走在田野，扑面而来的是滚滚麦浪。去救助大国，便会得到援助。

许国的君臣们，不要再刁难责备。你们的所有主张，不如我走这一趟。

赏析

此诗为许穆公夫人所作，其兄卫戴公去世，夫人前去吊唁。在此期间，她主张联齐抗狄，却遭到一些许国贵族的排斥。夫人深感气愤，于是便作此诗表明心志。

伯兮

《诗经》

此诗是一首以战争、徭役为题材的诗作。这类诗歌反映征役之困顿，劳逸之不公，而理想的政治不应该使国人行役无度，以至破坏了他们的家庭生活。此诗感情真实、动人，成为后世同类型诗歌的典范。

伯兮朅兮，邦之桀兮。伯也执殳，为王前驱。
自伯之东，首如飞蓬。岂无膏沐？谁适为容！
其雨其雨，杲杲出日。愿言思伯，甘心首疾。
焉得谖草，言树之背？愿言思伯，使我心痗！

注释

〔1〕朅（qiē 切）：英武神态。〔2〕飞蓬：头发乱的样子。〔3〕膏沐：润发油。〔4〕首疾：头痛。〔5〕痗（mèi 妹）：忧思成病。

诗意

英武的丈夫，是国家的英豪。丈夫手执兵器，为国君担任先锋。

自从丈夫东征，我的头发乱如蓬草。不是没有润发油啊，哪有心思梳妆打扮！

像盼着下雨一样，却总是红日高悬。思念丈夫多么凄苦，我却心甘情愿想得头痛。

哪里有忘忧草，可种到园子的树阴处？思念丈夫多么凄苦，最后连心都病了。

赏析

这首诗写出了一位女子对出征的丈夫的思念之情。女子在为丈夫的英武感到自豪的同时，也流露出自己的相思之苦，这种思念的心理活动表现得淋漓尽致。

女曰鸡鸣

《诗经》

这首诗描述的是千年前很普通的夫妻对话。对话由短而长，节奏由慢而快，情感由平静而热烈，人物个性也由隐约而鲜明。这恰似一幕生活小剧，反映出当时那个年代的生活习俗及中国渊源的文化底蕴。

女曰鸡鸣，士曰昧旦。子兴视夜，明星有烂。
将翱将翔，弋凫与雁。弋言加之，与子宜之。
宜言饮酒，与子偕老。琴瑟在御，莫不静好。
知子之来之，杂佩以赠之！
知子之顺之，杂佩以问之！
知子之好之，杂佩以报之！

注释

〔1〕昧：暗。〔2〕兴：起。〔3〕弋：射。〔4〕加：射中。〔5〕宜：烹调。

诗意

妻子说该起床了，鸡都叫了。丈夫说还早哩，天没大亮。你看看夜空吧，启明星闪闪发亮。

不错，我看到飞翔的野鸭和大雁，我要打猎去。等你打猎回来，我为你精心烹调。

我们共饮美酒，白头偕老。弹起琴瑟，多么静谧美好。

知道你为我辛劳，我送给你玉佩！

知道你对我体贴，我用玉佩感谢你！

知道你爱我，我用玉佩回报你！

赏析

这是一幅家居生活的生动写照。清晨，妻子叫丈夫起来去打猎，丈夫依恋不舍。晚上，妻子说要用猎物为丈夫精心烹调，然后共享美酒佳肴。全诗把一个普通人的生活刻画得细腻、鲜活。

风 雨

在《诗经》里，"君子"可以指可敬、可爱、可亲之人，含义不定。因此，后人也以"风雨"比喻乱世，以"鸡鸣"比喻君子不改其度，"君子"则由"夫君"之"君"变成德高节贞之君子了。所以后世许多士人君子，常以虽处"风雨如晦"之境，仍要"鸡鸣不已"自励。

风雨凄凄，鸡鸣喈喈。既见君子，云胡不夷！
风雨潇潇，鸡鸣胶胶。既见君子，云胡不瘳！
风雨如晦，鸡鸣不已。既见君子，云胡不喜！

注释

〔1〕凄凄：寒凉之意。〔2〕胡：为什么。〔3〕夷：平静。〔4〕瘳（chōu 抽）：病愈。〔5〕如晦：昏暗。

诗意

风雨寒凉，鸡叫咕咕。既然看到了夫君，为何心情还不平静！
风雨急骤，鸡叫咯咯。 既然看到了夫君，为何疾病还不痊愈！
风雨昏暗，鸡叫不停。既然看到了夫君，为何心中还不高兴！

赏析

在一个风雨之夜，一位独身在家的女子因思念出门远行的丈夫而辗转难眠。黎明时，朦胧之中好像看到了丈夫，然而一切只不过是一场梦而已。这首诗生动地刻画了该女子复杂的思念之情。

出其东门 《诗经》

这是一首格调高雅的情诗。文中的东门说的就是郑国的都城新郑的东门，而这座都城的西南有两条大河流过，所以很自然的，东门外就成了人们聚集的好场所。诗中表现的恰是一幅郑国男女的游春图。

出其东门，有女如云。
虽则如云，匪我思存。
缟衣綦巾，聊乐我员。
出其闉阇，有女如荼。
虽则如荼，匪我思且。
缟衣茹藘，聊可与娱。

注释

〔1〕存：想念。〔2〕缟衣：白色衣服。〔3〕綦綦：淡绿色。〔4〕聊：且。〔5〕闉阇（yīn dū 因督）：城门外层。〔6〕茹藘（rú lǘ 如闾）：植物，可做红色染料。

诗意

出了东门，美女如彩云飘动。虽然又美又多，但都不能让我动心。素衣配着绿围腰的妻子，才是我心上的人。出了城门，美女多如芦花。虽然如芦花般轻盈，但都不是我思念的人。素衣配着红围腰的妻子，才能带给我快乐。

赏析

旖旎的风光引来流云般的游春女，虽令人眼花缭乱，但诗人并未忘乎所以，缟衣綦巾的妻子令他不能忘怀，这正是对爱情忠贞的赞美。

蒹葭

《诗经》

《蒹葭》属于秦风。周孝王时，秦之先祖非子受封于秦谷。平王东迁时，秦襄公出兵护送有功，又得到了岐山以西的大片封地。后来秦逐渐东徙，建都于雍。秦地包括现在陕西关中到甘肃东南部一带。秦风共十篇，大都是东周时代这个区域的民歌。

蒹葭苍苍，白露为霜。所谓伊人，在水一方。
溯洄从之，道阻且长。溯游从之，宛在水中央。
蒹葭凄凄，白露未晞。所谓伊人，在水之湄。
溯洄从之，道阻且跻。溯游从之，宛在水中坻。
蒹葭采采，白露未已。所谓伊人，在水之涘。
溯洄从之，道阻且右。溯游从之，宛在水中沚。

注释

〔1〕蒹葭 (jiān jiā 兼加)：芦苇。〔2〕溯洄：逆水行走。〔3〕湄：岸边。〔4〕跻：升高。〔5〕坻 (chí 持)：水中陆地。〔6〕沚 (zhǐ 止)：小沙滩。

诗意

茂盛的芦苇上，露水结成了霜。我所想念的心上人，在水的那边。想逆水寻找，道路险阻而漫长。顺水寻找，她仿佛在水中央。

茂盛的芦苇上，露水还没干。我所想念的心上人，在河的岸边。想逆水寻找，道路阻隔坡又陡。顺水寻找，她仿佛在水中小沙洲上。

新鲜的芦苇上，露水尚未消失。我所想念的心上人，在河水旁边。想逆水寻找，道路阻隔而曲折。顺水寻找，她仿佛在河边沙滩上。

赏析

在秋色中，一位青年男子在水边思念着意中人，空灵凄凉的景色映衬出这位青年男子对恋人怀想之时的迷茫心情。

月 出 　　《诗经》

这首诗本是陈地的民歌，它在语言的运用上很有特色。望月怀人的迷离意境和伤感情调一经《月出》开端，后世的同类之作便源源不断。它总能使我们受到感动引起共鸣，这也正如月亮本身，终古常见，而光景常新。

月出皎兮，佼人僚兮。
舒窈纠兮，劳心悄兮！
月出皓兮，佼人懰兮。
舒忧受兮，劳心慅兮！
月出照兮，佼人燎兮。
舒夭绍兮，劳心惨兮！

注释

〔1〕佼：美好。〔2〕僚：通"嫽"，美好。
〔3〕舒：缓慢。〔4〕窈纠：体态轻盈多姿。

诗意

　　月亮出来好莹洁啊，佳人多么美丽可爱。体态轻盈而多姿啊，惹人思念心愁。

　　月亮出来好明亮啊，佳人多么妩媚美好。脚步轻盈身材苗条啊，惹人思念难耐。

　　月亮出来照四方啊，佳人多么光彩夺目。体态轻盈而婀娜啊，惹人思念心焦。

赏析

　　这是一首意境优美的爱情诗。诗中以皎洁的月光勾勒出对月下美人的相思之情。

黄 鸟

《诗经》

这是流落他乡的人不得安身而思归故乡的诗，通篇以谴责黄鸟啄我粟为比，批评当地人不能善待我而萌生归乡之意。

黄鸟黄鸟，无集于穀，无啄我粟！
此邦之人，不我肯穀。
言旋言归，复我邦族。
黄鸟黄鸟，无集于桑，无啄我粱！
此邦之人，不可与明。
言旋言归，复我诸兄。
黄鸟黄鸟，无集于栩，无啄我黍！
此邦之人，不可与处。
言旋言归，复我诸父。

注释

〔1〕黄鸟：欺压者。〔2〕穀（gǔ古）：树名，即楮树。〔3〕旋：还。〔4〕栩：柞树。

诗意

黄鸟呀黄鸟，不要群集在楮树上，不要吃我的粟米！这里的人，不善待我。不如回去，回到我的故乡。

黄鸟呀黄鸟，不要群集在桑树上，不要吃我的高粱！这里的人，不讲道理。不如回去，回到兄弟身旁。

黄鸟呀黄鸟，不要群集在柞树上，不要吃我的黍米！这里的人，不能共处。不如回去，回到父老身旁。

赏析

这首诗写出了流落异邦、遭受欺凌的背井离乡者急欲返回故乡的迫切心情。

东门之杨 《诗经》

朱熹分析此诗说:"此亦男女期会而有负约不至者,故因其所见以起兴也。"其实此诗运用的并非"兴"语,而是情景如画的"赋"法描摹。在终夜难耐的等待之中,借白杨树声和"煌煌"明星之景的点染,来烘托不见伊人的焦灼和惆怅,无一句情语,而懊恼、哀伤之情自现。

东门之杨,其叶牂牂。
昏以为期,明星煌煌。
东门之杨,其叶肺肺。
昏以为期,明星晢晢。

注释

〔1〕牂牂(zāng 赃):风吹树叶的响声。
〔2〕肺肺:同"牂牂"。
〔3〕晢晢:明亮。

诗意

　　东门口的杨树,它的叶子十分茂盛。黄昏是约会的时刻,长庚星已闪闪发光。
　　东门口的杨树,它的叶子沙沙地响。黄昏是约会的时刻,长庚星正放射光芒。

赏析

　　这是描写青年男女相恋,在黄昏后约会的情景。"杨树""黄昏""明星",典型的景物衬托出美妙的佳境。后人"月上柳梢头,人约黄昏后"的名句,便是由此衍生而出。

汉诗

汉朝天下一统，独尊儒术，名才大家，俊采星驰，诗歌也随之进入了一个兴盛的时代。乐府诗感于哀乐，缘事而发，民间歌谣开始风行于世。采撷于民间的乐府诗是中国文学史上的一支奇葩，滋润了当时的文人诗歌，直接影响了我国诗坛的面貌。它质朴自然的语言没有任何的文饰，却因其中所含有的真挚的感情而具有强大的生命力，以致流风绵延不绝。而号称「五言之冠冕」的《古诗十九首》则是千古五言之祖，它开启了五言诗的创作潮流。

大风歌  刘 邦

刘邦在战胜项羽后，成了汉朝的开国皇帝。这当然使他踌躇满志，但在内心深处却隐藏着深刻的恐惧和悲哀。这首诗就生动地展现出他矛盾的心情。假如说，作为失败者的项羽曾经慷慨人定无法胜天，那么，在胜利者刘邦的这首歌中也响彻着类似的悲音。

大风起兮云飞扬，威加海内兮归故乡，安得猛士兮守四方。

注释

〔1〕海内：指全国。〔2〕四方：天下。

诗意

（反秦的武装斗争）风起云涌，（我）威震天下一统国家今日返乡，（放眼未来）需要忠诚的勇士，来守住基业，确保天下安康。

赏析

汉朝伊始，时常有部将叛乱。公元前196年，淮南王黥布反汉，刘邦御驾亲征，得胜还朝途中，顺路回到自己的故乡——沛县。在招待亲朋好友的欢宴上，他即兴作了这首《大风歌》。

歌中既抒发了胜利者的激情与自豪，同时又对不太安定的局面表现出忧虑。作为皇帝，要想保住从血雨腥风中夺得的天下，需要部下的鼎力相助，因而刘邦才发出"安得猛士兮守四方"的感叹。

垓下歌

项 羽

这是楚霸王项羽在进行必死战斗的前夕所作的绝命诗。在这首诗中，既洋溢着无与伦比的豪气，又蕴含着满腔深情；既显示出罕见的自信，又因人的渺小而发出沉重的叹息。短短的四句诗，表现出如此丰富的内容和复杂的感情，真可说是个奇迹。

力拔山兮气盖世，时不利兮骓不逝。
骓不逝兮可奈何，虞兮虞兮奈若何！

注释

〔1〕骓：指项羽的坐骑。〔2〕不逝：不再进行。〔3〕虞：虞姬，项羽宠爱的美女。〔4〕若何：怎么办。

诗意

　　力可拔山啊豪气举世无双，时运不济啊连宝马也不肯前行。宝马不肯前行啊没有办法，虞姬呀虞姬呀我该如何安排你！

赏析

　　这是一代枭雄楚霸王项羽兵败垓下（今安微灵璧东南）的临终绝唱。短短四句，饱含丰富的内容和复杂的情感。项羽凭借其神勇与才智，在群雄逐鹿中写下辉煌的篇章。"力拔山""气盖世"充满了自信与豪情，这种叱咤风云的豪气缘自于身经七十余战未尝有败绩的自信。也正是这种自信，最终导致他兵败垓下，发出了"天要亡我，非战之过"的呐喊。唯一让他忧虑的是时常陪伴他左右的美人虞姬，"奈若何"道出了英雄穷途末路时的悲壮。

春 歌

戚夫人

刘邦晚年宠爱戚夫人，欲立戚夫人所生的赵王如意为太子，但没有成功。刘邦死后，吕后将戚夫人贬入永春巷舂米。戚夫人悲痛欲绝，乃作此歌。

子为王，母为虏。
终日舂薄暮，常与死为伍。
相离三千里，当谁使告女？

注释

〔1〕舂：在石臼里将谷物去壳或捣碎。〔2〕暮：黄昏、晚上。〔3〕女：同"汝"，你，第二人称。

诗意

儿子虽然是赵王，母亲却是阶下囚。终日从早到晚舂米，常与死亡相伴。远隔三千里路，谁能把我的悲苦和思念告诉你啊？

赏析

这是戚夫人在后宫劳作时所咏唱的歌。昔日的宠妃，赵王如意的母亲今日沦为阶下囚。吕后忌恨戚夫人曾使她被刘邦冷淡疏远，最不能令她容忍的是儿子的太子之位险些被戚夫人之子如意取代。仇恨换来的是严酷的惩罚。"终日舂薄暮"，被囚于"永巷"，操杵舂作，是她悲苦、绝望和幽怨境遇的真实写照。"当谁使告女"是对千里之外赵王的挂念，身处绝境的她也只有空对苍穹的悲鸣了。

秋风辞

刘 彻

公元前113年，汉武帝刘彻率领群臣到河东郡汾阳县祭祀后土，途中传来南征将士的捷报，兴之所致将当地改名为闻喜，并沿用至今。武帝巡行河东，泛舟于汾河之上，与臣下宴饮时作此诗，抒发了他渴求"贤才"的愿望。鲁迅称此诗"缠绵流丽，虽词人不能过也"。

秋风起兮白云飞，草木黄落兮雁南归。
兰有秀兮菊有芳，怀佳人兮不能忘。
泛楼船兮济汾河，横中流兮扬素波。
箫鼓鸣兮发棹歌，欢乐极兮哀情多。
少壮几时兮奈老何！

注释

〔1〕兰：兰草。〔2〕泛：漂浮。〔3〕济：渡。〔4〕棹歌：船歌。

诗意

　　秋风又至啊白云飘飞，草木枯黄啊大雁飞往南方。兰花多么秀丽啊菊花多么芬芳，想念逝去的佳人啊永不能忘。乘坐楼船啊畅游汾河，横越中流啊激起白色波浪。吹箫击鼓啊唱着船歌，欢乐到了极限啊伤心事也就越多。任你再身强体壮荣华富贵啊又怎抵挡住老的到来！

赏析

　　这是汉武帝刘彻坐船游汾河时所作。"秋风起兮白云飞，草木黄落兮雁南归"，泛舟江中，碧空中的白云，秋风中的落叶，人字排开的雁阵，面对如歌如画的景色，勾起了对已故佳人的思念。然而这短暂的缠绵之情被饮宴放歌的气氛所掩盖。"少壮几时兮奈老何"又引出了对岁月如流，人生易老的沉思与叹息。这一波三折的思绪，抒发了一代雄主缠绵悱恻的情怀。

琴歌二首

司马相如

司马相如与卓文君的爱情故事，长期以来脍炙人口，被传为佳话。据记载：富翁卓王孙之女卓文君才貌双全，精通音乐，青年寡居。一次，卓王孙举行数百人的盛大宴会，王吉与相如均以贵宾身份应邀参加。席间，司马相如当众弹了这两首琴曲，意欲以此打动文君。

一

凤兮凤兮归故乡，遨游四海求其皇。

时未遇兮无所将，何悟今兮升斯堂！

有艳淑女在闺房，室迩人遐毒我肠。

何缘交颈为鸳鸯，胡颉颃兮共翱翔！

二

皇兮皇兮从我栖，得托孳尾永为妃。

交情通意心和谐，中夜相从知者谁？

双翼俱起翻高飞，无感我思使余悲。

注释

〔1〕皇：即凰。〔2〕迩：近。〔3〕遐：远。〔4〕毒：痛苦。〔5〕颉颃：鸟上下飞的样子。〔6〕孳：繁殖。〔7〕妃：配偶。〔8〕中夜：半夜。

赏析

　　此二首是司马相如为追求卓文君所作。在卓王孙举行的盛大家宴上，席间司马相如应邀当众弹奏两曲，一为感谢主人的款待，二为向卓王孙才貌双全、年轻寡居的女儿卓文君表达爱意。

　　第一首诗中，司马相如向文君表示出很强烈的仰慕之情，他以凤自喻，把卓文君比做凰，"凤求凰"于是成为男子追求女子的象征。诗中表露自己在官场不太得意，所以辞官游历四方，以琴会知音。今见卓文君，不免为爱火焚烧，表明愿同她比翼双飞。在第二首诗中，司马相如更直接表达出愿结为夫妻的本意，约文君中夜相会，一起私奔。他们以自己的行动冲破传统礼教的束缚。

北方有佳人

李延年

在汉武帝宠爱的众多后妃中，最令他难忘的，要数妙丽善舞的李夫人。而李夫人的得幸，则是因她哥哥李延年这首名动京师的佳人歌。李延年精通音律，善歌舞，并博得了武帝的欢心。他为武帝献上这首描写自己妹妹的歌，居然使雄才大略的武帝闻之而动心，立时生出对伊人的向往之情。

北方有佳人，绝世而独立。
一顾倾人城，再顾倾人国。
宁不知倾城与倾国？佳人难再得！

注释

〔1〕顾：环视。〔2〕宁：岂。

诗意

　　北方有位妙龄佳人，美貌聪慧举世无双。看一眼整个城市将为之倾倒，再看一眼国家也为之翻覆。怎不知道她倾城倾国的魅力？这样的佳丽实在再难求得！

赏析

　　此诗是李延年为向汉武帝举荐其妹（后为李夫人）而作。"绝世而独立"，把女性美的神态比做无双，美人"一顾"，虽有灭国之祸，但秋波流转，令人心驰神往，魄不守舍。"宁不知倾城与倾国"，意在提醒世人如果连国家都没有了，美人有何用？这种反衬的手法，起到了难而求的微妙作用，让汉武帝永生难忘。

趙飛燕

怨歌行

班婕妤

班婕妤是著名史学家班固的祖姑，左曹越校尉班况之女。汉成帝时选入宫，始为少使，因宠幸，被封为婕妤。再后来被赵飞燕夺宠，居长信宫，作有《自悼赋》《捣素赋》等，大多抒发其失宠后幽居深宫的郁闷和哀怨。此诗应当也是她失宠后所作。

新裂齐纨素，鲜洁如霜雪。
裁为合欢扇，团团似明月。
出入君怀袖，动摇微风发。
常恐秋节至，凉飙夺炎热。
弃捐箧笥中，恩情中断绝。

注释

〔1〕裂：裁。〔2〕纨素：丝绢。〔3〕凉飙：凉风。
〔4〕箧笥（qiè sì 切四）：竹箱。

诗意

新裁的齐国白色丝绸，犹如霜雪一样光鲜洁亮。把它制成一柄合欢扇，圆圆的如同一轮皓月。时时跟随在帝王身旁，轻轻地摇动爽风。怕只怕秋季到来，凉风夺走了炎热。被扔进竹箱里，再也享不到帝王的恩情。

赏析

此诗是失宠的班婕妤幽居深宫之时所作。她以团扇作比喻，借物抒情。因齐地出产的丝绢质地优良，又有精美的图案，而得享"出入君怀袖"之宠。然而再受宠的嫔妃也难逃色衰失宠的命运，就像秋天到来，团扇被丢弃在竹筐里一样，班婕妤正是因为赵飞燕而失宠。这反映了封建社会中妇女的悲惨命运。

咏 史

班 固

咏史诗是指以历史题材为咏写对象的诗歌创作,大多针对具体的历史事件或历史人物有所感慨或有所感悟而作。东汉时期,文人在乐府民歌影响下试作五言诗,班固的《咏史》诗,叙述史实,平实无华,是现存最早的文人五言诗。

三王德弥薄,惟后有肉刑。太苍令有罪,就递长安城。
自恨身无子,困急独茕茕。小女痛父言,死者不可生。
上书诣阙下,思古歌鸡鸣。忧心摧折裂,晨风扬激声。
圣汉孝文帝,恻然感至情。百男何愦愦,不如一缇萦。

注释

〔1〕三王:指夏禹、商汤、周文王。〔2〕太苍:官名。〔3〕茕茕:孤独无依的样子。〔4〕恻:悲痛。〔5〕愦愦:头脑糊涂、愚笨。

诗意

　　三王以文德治国的美德已丧失殆尽,随之实行残酷的肉刑。太仓令(淳于意)被诬有罪,押解到长安城。他悔恨没生儿子,以致于困苦危难时孤立无援。小女(淳于缇萦)听父亲这么说心痛不已,她想人死了哪还能复生。她上书汉文帝,并愿意卖身为婢,又唱《鸡鸣》诗颂扬皇帝。而见不到君王使她忧心如焚,歌号阙下。孝文帝终于被至诚所感动。天下男儿为什么那么愚笨无能,竟比不上弱女子缇萦。

赏析

　　班固借咏史来抒发自己的情怀,开创了以诗"咏史"之先河。西汉初,淳于缇萦为营救陷入牢狱之灾的父亲,而上书文帝,愿卖身为婢以赎父罪,正是这身为人女忧急断肠的一片真情,感动了汉文帝。汉文帝赦免了她的父亲,并且还废除自三王以来延续的肉刑。也正是有感于这不让须眉的民间少女的果敢行为,身在狱中的班固毫不隐晦地抨击了当时朝廷诛戮大臣的行为。

见志诗（一）

郦　炎

郦炎仅存见志诗两首，此诗约写于他二十岁时，当时州郡举荐他为孝廉，又征召他为右北平从事祭酒。他一一辞去，并写下了这两首诗以述其志。这首诗阐述了自己要走的是宽广的人生道路，而不是狭窄的小道，表明了他远大的志向如大鹏之鸟。

大道夷且长，窘路狭且促。修翼无卑栖，远趾不步局。
舒吾陵霄羽，奋此千里足。超迈绝尘驱，倏忽谁能逐。
贤愚岂常类，禀性在清浊。富贵有人籍，贫贱无天录。
通塞苟由己，志士不相卜。陈平敖里社，韩信钓河曲。
终居天下宰，食此万钟禄。德音流千载，功名重山岳。

注释

〔1〕趾：脚步。〔2〕倏：迅速、极快。〔3〕塞：堵。〔4〕里社：家乡。

赏析

　　《见志诗》是作者对自己命运前途的认定和追求。在东汉时期，当权者出于自身利益，极力推崇"君权神授""生死有命，富贵在天"的迷信思想。做为一个有志之士，郦炎不去依附权贵，认为命运掌握在自己手中，以大道、远趾、陵霄羽比喻自己的志向和抱负，不相信相面占卜，并以西汉的陈平、韩信为佐证，说明有志者终能有所作为。

　　《见志诗》不仅在思想上闪耀着要求主宰自己命运和反对官方哲学的光辉，而且艺术成就也很高。作者在抒写自己志向襟抱时，多用形象化的比拟，大大增强了诗歌的形象性和艺术表现力。

见志诗（二）

郦 炎

这首诗饱含着作者生不逢时的感慨。这是他辞辟的另一原因。作者希望在这混浊的时代能有像孔子那样的圣人出现，列出德行、政事、文学、言语四科，以四科优劣取士，这也是作者选拔人才的主张。

灵芝生河洲，动摇因洪波。兰荣一何晚，严霜瘁其柯。
哀哉二芳草，不值泰山阿。文质道所贵，遭时用有嘉。
绛灌临衡宰，谓谊崇浮华。贤才抑不用，远投荆南沙。
抱玉乘龙骥，不逢乐与和。安得孔仲尼，为世陈四科。

注释

〔1〕柯：枝茎。〔2〕值：同"植"。〔3〕绛灌：即绛侯周勃、灌婴。〔4〕乐：伯乐。〔5〕和：卞和。
〔6〕安：如果。〔7〕四科：指德行、政事、文学、言语。

诗意

　　灵芝生在河洲之上，常遭洪水冲击。兰花为什么开得晚，因为严霜伤了它的枝茎。可叹这两种芳草，没有生在泰山山坳。才学对于国家虽然重要，但也只有逢时被用，才能发挥出来。比如周勃、灌婴这类握有权柄的老臣，诋毁贾谊崇尚浮华。这样的贤才都不用，反被贬为长沙王太傅。揣着美玉，骑着千里马，不遇卞和与伯乐又能怎么样。如果有孔夫子，就会为世上制定选才任贤的标准。

赏析

　　与前一首诗相比，作者多了一些感慨，叹息自己生不逢时，怀才不遇，就像州渚中的灵芝，严寒中的兰花，只有生长在泰山之中，才能得见天日。由此想到贾谊才华出众，颇得汉文帝赏识，本欲委以重任，终因一班元老阻挠而被贬为长沙王太傅，可见"贤材而不用"只是没有遇到具有识人善认之能的卞和与伯乐，正所谓英才不遇明主。

刺世疾邪赋秦客诗

赵 壹

这首诗歌，原系赵壹《刺世疾邪赋》结尾部分。赋末假托秦客"为诗"，用诗歌总括全赋要旨。因可独立成篇，而又以讽谕见长，很多诗歌选本都曾选录。这首诗反映了东汉政治黑暗的各个方面，富于真实性、广泛性、深刻性和尖锐性。

河清不可俟，人命不可延。
顺风激靡草，富贵者称贤。
文籍虽满腹，不如一囊钱。
伊优北堂上，抗脏倚门边。

注释

〔1〕俟：等待。〔2〕激：猛吹。〔3〕靡：倒下。〔4〕伊优：屈曲、佞媚貌。〔5〕抗脏：刚直之人。

诗意

　　黄河清明之时难以等待，何况人的生命有一定时限。没有骨气随风倒的人像是根草，有钱人居然被视作贤人。那些满腹才学的人，反倒不如一袋钱。谄媚的人坐到高堂之上，高尚刚直的人却被拒之门外。

赏析

　　这首诗揭露了东汉时期的种种社会弊端，权官当道，贿赂成风，卖官鬻爵，抒发了作者对世事不平的愤慨，措辞激烈。
　　古人说黄河千年一清，黄河一清，将有圣主出现，但人的寿命有限，何时能等到清明盛世？即使满腹经纶，也难保富贵，谄媚之人凭借金钱就可以加官进爵，阿谀奉承者尽居要职，而刚直、不肯同流合污之人则遭排斥，只能靠边站。

鲁生歌

赵 壹

此诗用典较多，生动灵活，以感叹兴，以感叹结，其憎俗愤世、疾恶如仇之情溢于辞表，贯于通篇。发掘弊政的历史和现实根源，揭露其实质，推断其后果，措辞极其强烈明显，在艺术形式上的突破和创新，对后世也有很大启示。

势家多所宜，欬唾自成珠。
被褐怀金玉，兰蕙化为刍。
贤者虽独悟，所困在群愚。
且各守尔分，勿复空驰驱。
哀哉复哀哉，此是命矣夫！

注释

〔1〕势：权势。〔2〕欬(ké)：咳嗽。〔3〕被：穿着。
〔4〕兰蕙：香草名。〔5〕刍：干草。〔6〕尔分：本分。

44

诗意

　　有权势的人做什么都是对的，唾沫星也被捧为珠宝。身穿粗布衣而有真才实学的人虽然像兰蕙，却被当作喂牲口的干草。贤者虽然有很高见解，仍然受困于愚昧的人群。贫穷的贤者只应安守本分，不要再徒劳地奔走呼号。可怜又可悲啊，这不是世道不济、命运多舛又是什么！

赏析

　　这首诗是鲁生对秦客的答歌。掌权者可以为所欲为，说的话都被视为金玉良言。权力、地位主宰一切，纵有真才实学，但不善谄媚者，终会遭受如香草被当作喂牲畜的干草一般的厄运。唯我独醒，独力难交，贤者高见，也如同被困于愚昧人群之中，呼嚎奔走也无济于事，只能哀叹"命矣夫"。作者以愤世疾俗之情鞭挞掌权阶层的腐败，为正直之人和平民阶层鸣不平，笔法辛辣，风格遒劲。

翠 鸟

蔡 邕

蔡邕是东汉末年的著名学者。他博学多才，既是东汉末年有名的儒家学者，又是多才多艺的文士，于辞章、数术、天文、音乐、史学、文学无一不通。

庭陬有若榴，绿叶含丹荣。
翠鸟时来集，振翼修形容。
回顾生碧色，动摇扬缥青。
幸脱虞人机，得亲君子庭。
驯心托君素，雌雄保百龄。

注释

〔1〕陬：角落。〔2〕丹荣：石榴花。〔3〕修：整理。
〔4〕缥青：青白色。

诗意

　　庭院一角有株石榴树，绿叶间掩映着红花。这时飞来一只翠鸟，扇动翅膀梳理羽毛。看上去榴树生出了碧色，跳跃时榴树又闪出青白色光芒。万幸逃脱了猎人的弓箭，亲自来到君子的庭院。驯良的心得到心地善良的人保护，就可以雌雄平安，共度一生。

赏析

　　这种体裁是汉代兴起的五言体诗，诗人在作品中以翠鸟为依托，用拟人手法寄寓人的心意。石榴树在诗人的笔下被描绘得像一名亭亭玉立、面带微笑的绿衣少女，在恬静的氛围中，飞来了一只色彩斑斓的翠鸟，在石榴树的枝杈间跳跃、顾盼，色彩也随着翠鸟的移动产生微妙的变化。诗的结尾则表达了诗人希望能够摆脱尘世羁绊，过上安乐生活的美好愿望。

战城南

汉乐府

这首诗是乐府诗，为汉《铙歌》十八曲之一。"铙歌"本为"军乐"，叙述军旅生涯，按说该有挑灯看剑、飞骑击敌的壮声才是。而这首歌，却只有出攻不归、抚尸荒野的悲泣，以此哀音，作赵"军乐"，堪称开军歌之奇音。

战城南，死郭北，野死不葬乌可食。为我谓乌："且为客豪，野死谅不葬，腐肉安能去子逃。"水深激激，蒲苇冥冥。枭骑战斗死，驽马徘徊鸣。梁筑室，何以南？何以北？禾黍不获君何食？愿为忠臣安可得！思子良臣，良臣诚可思，朝行出攻，暮不夜归。

注释

〔1〕郭：外城。〔2〕谅：想必。〔3〕子：指乌鸦。〔4〕蒲：水草。〔5〕冥冥：幽暗。〔6〕禾黍：谷物。

赏析

　　这是一首军旅之歌，据传是汉武帝时期的作品。与其他作品不同的是，它没有着重描写拼杀的场面，而是把人置身于沉郁的气氛中，展现在人们眼前的是无人料理的尸体遍陈郊野，"野死不葬乌可食"，啄食腐肉的乌鸦在尸身上跳跃，骇人的叫声令人毛骨悚然。昏暗的暮色中，蒲苇在风中摇动，泛着青光的河水在流动，驽马在荒野中徘徊嘶鸣，似在哀痛死去的枭骑。杀敌报国是男儿壮志，对阵亡将士的悼念，反映了人们对战事的复杂心理，愿为忠臣不惜捐躯；"朝行出攻，暮不夜归"，抒发了对勇士的歌颂与缅怀。

　　值得强调的一句，即"愿为忠臣安可得"所包含的意义。它指战士为国捐躯本应视为忠臣，但死后并没有被统治者这样对待。这是诗人发出的强烈愤慨，表明了汉时人们对统治者的不满。

有所思

汉乐府

这是汉《铙歌》十八曲之一。铙歌本为"建威扬德，劝士讽敌"的军乐，然今传十八曲中内容庞杂，叙战阵、纪祥瑞、表武功、写爱情者皆有。本篇用第一人称，表现一位女子在经历爱情波折前后的复杂情绪。

有所思，乃在大海南。何用问遗君？双珠玳瑁簪，用玉绍缭之。闻君有他心，拉杂摧烧之。摧烧之，当风扬其灰。从今以往，勿复相思，相思与君绝！鸡鸣狗吠，兄嫂当知之。〔妃呼豨。〕秋风肃肃晨风飔，东方须臾高知之。

注释

〔1〕玳瑁：龟的甲壳。〔2〕绍缭：缠绕。〔3〕摧：砸烂。〔4〕勿复：不再。〔5〕妃呼豨（xī）：叹息声。〔6〕须臾：一会儿。

诗意

思念夫君，还在大海南边。用什么送给他呢？配着两只珠宝的玳瑁簪，并用彩线系上美玉。听说夫君有了外遇，气愤得急忙把簪子砸烂烧掉。砸烂烧掉，再在风口把灰撒掉。从今以后，不再相思，不再与他交往！惊动了鸡鸣狗叫，兄嫂怎会不知道。唉！秋风萧瑟晨风凉，不觉东方放白，太阳当知我心。

赏析

这是一首用民间谣曲写成的铙歌，描写一个女子遭遗弃后的复杂情感。第一个段落叙述了女主人公对远在大海南边情郎的深情思恋，精心选择了"双珠玳瑁簪"，并用美玉把它缠绕装饰起来以表示自己的浓情蜜意。然而天有不测风云，"闻君有他心，……相思与君绝"，听说情郎已移情别恋，好似晴空霹雳，顿时爱意转化成愤怒，将精美信物拉断烧毁，迎风扬其灰，断绝剪不断、理还乱的情思。急风暴雨之后，冷静回想起从前的时光，思绪欲断不绝，又不知道怎样向兄嫂交代，不知不觉，东方已经放亮。

江 南

汉乐府

这首诗在乐府分类中属于《相和歌辞》。"相和歌"原是一人唱多人和的，所以有的学者认为"鱼戏莲叶东"以下四句是和声。从诗的结构看，这种可能性最大。不管怎么说，前三句是诗的主体，后四句只是敷衍第三句"鱼戏莲叶间"，起到渲染、烘托的作用。

江南可采莲，莲叶何田田，鱼戏莲叶间。
鱼戏莲叶东，鱼戏莲叶西，鱼戏莲叶南，鱼戏莲叶北。

注释

〔1〕田田：莲叶茂盛状。〔2〕鱼戏：喻女子嬉戏游乐。

诗意

江南水乡有莲可采，荷叶多么茂盛，还有鱼儿嬉戏于其间。

一会儿出现在莲叶之东，一会儿游到莲叶之西，一会儿欢跃于莲叶之南，一会儿玩耍到莲叶之北。

赏析

这是一首描写汉代江南水乡采莲的民歌。夏秋之际，采莲的小舟在荷塘游曳，碧丽如盖的莲叶，遮满水面，偶尔还能看到鱼儿在莲叶间嬉戏，忽东忽西，景趣盎然。此字面上虽然写的是鱼，也可以理解成年轻的女孩，她们平时很拘束，现在结伴采莲，自然会有嬉戏欢乐的场面。以鱼戏喻人戏，一幅韵味十足的江南水乡风景画。

我国古代民歌常以"莲"谐"怜"，以"鱼"谐"侣"，细品其中意味，便知此诗不仅是江南荷塘美景，而且也在歌颂劳动，以及男女青年间的纯真爱情。

薤 露

汉乐府

田横和刘邦项羽争夺天下而不胜。汉军破齐，田横和五百手下逃到东海的小岛上过着简单的生活。项王灭，汉朝开国，高祖派人逼田横进京。田横行到长安附近，自刎身亡。田横手下的五百壮士得知后，非常忧伤，就作了薤露歌哀悼自己的主人，然后一并自裁。

薤上露，何易晞！
露晞明朝更复落，人死一去何时归！

注释

〔1〕薤（xiè谢）：草本植物，鳞茎可吃，即藠头。〔2〕晞（xī西）：干。
〔3〕复：再。

诗意

　　薤上的露水，多么容易干掉！
　　露水干了，明天还会落上露水，人死了以后，什么时候能够回来！

赏析

　　这是一曲挽歌。清晨，薤叶上的露珠在朝阳的照射下，晶莹剔透，闪烁着斑斓炫目的光芒，然而它们的辉煌转瞬即逝。人生如朝露，由薤上露珠联想到人生，感叹生命像露珠一样短暂。生与死是必然，露珠虽然存留不长，明朝却能"复落"，"人死一去何时归"，人的生命却不能死而复生。

长歌行

汉乐府

乐府诗是最能代表汉代诗歌成就的一种体裁。它常采用赋、比、兴、互文、反复歌咏的修饰手法及铺陈、对比、烘托等技巧状物抒情。这首《长歌行》既继承了"歌以咏志"的传统，又极富形式上的美感。

青青园中葵，朝露待日晞。
阳春布德泽，万物生光辉。
常恐秋节至，焜黄华叶衰。
百川东到海，何时复西归！
少壮不努力，老大徒伤悲！

注释

〔1〕葵：向日葵，这里泛指植物。〔2〕阳春：春天。
〔3〕德泽：阳光雨露。〔4〕焜（hūn混）黄：枯黄。
〔5〕徒：枉然，白白地。

诗意

园中向日葵青葱蓬勃，早晨的露水日出时才会蒸发。春天洒满雨露阳光，世上万物精神倍增。怕只怕秋天到来，大地枯黄花叶衰败。条条江河流向大海，什么时候才能回头！年轻时候不努力，到老来只能悔恨悲伤！

赏析

诗人以"青青园中葵"开头，象征生命充满勃勃生机。和煦的阳光雨露普照滋润着大地万物，呈现出旺盛的生命力。人的生命宝贵而短暂，时间的流逝如百川东流入海，一去而不复返，"少壮不努力，老大徒伤悲"，点睛之作，水到渠成。

饮马长城窟行

汉乐府

此诗作者的名字已不可考，但从所述内容看来，可知是属于"民间乐府"，时代应该是在五言诗发展已相当成熟的汉末。"饮马长城窟行"是汉代乐府古题。相传古长城边有水窟，可供饮马，曲名由此而来。

青青河畔草，绵绵思远道。远道不可思，宿昔梦见之。
梦见在我旁，忽觉在他乡。他乡各异县，展转不相见。
枯桑知天风，海水知天寒。入门各自媚，谁肯相为言？
客从远方来，遗我双鲤鱼。呼儿烹鲤鱼，中有尺素书。
长跪读素书，书中竟何如？上言加餐食，下言长相忆。

注释

〔1〕远道：指在外的丈夫。〔2〕昔：夕。〔3〕展转：同"辗转"。〔4〕言：问候。〔5〕双鲤鱼：指信函。〔6〕尺素：书信。〔7〕素：生绢，古人用绢写信。

诗意

　　河边草又返青了，绵绵不尽地思念远征的丈夫。相隔遥远，思念又有何用，只能在梦中相见。梦见丈夫在我身旁，醒来才知仍在远方。在远方飘忽不定，辗转不得相见。桑树枯了，天已凉了，连大海也知道冷意。人家各自相聚相爱，谁又来问候安慰我呢？忽然有客从远方来，捎来丈夫制成鱼形的书信，急忙叫儿子打开信封，从中取出书信。恭敬地跪地读信，急于知道信中写些什么？首先嘱咐注意饮食冷暖，随后倾诉无尽的思念。

赏析

　　本篇是描写一位少妇思念远征丈夫的作品。"绵绵"既说青青河水悠悠绵长，又暗喻少妇思念之心深远缠绵，因不通音讯，不知道他在何方，只能在梦里与他相见，醒来时还是天各一方。"展转"一语双关，既说丈夫辗转了许多地方，又说辗转反侧难入眠，看到别人合家欢乐，只有自己一人守着空房。某一天，丈夫托人捎来信，少妇急不可待地打开信函，可归期依然渺茫，只能继续"绵绵"下去。

白头吟

汉乐府

卓文君与司马相如私奔后，生计无着，只好回临邛开个小酒馆儿。卓文君当垆卖酒，抛头露面为人取笑。司马相如后来到京城向皇帝献赋，为汉武帝赏识，被封为官。此时他又想娶茂陵女为妾，卓文君听到此消息，写了这首白头吟表示恩情断绝之意。

皑如山上雪，皎若云间月。闻君有两意，故来相决绝。
今日斗酒会，明旦沟水头。躞蹀御沟上，沟水东西流。
凄凄复凄凄，嫁娶不须啼。愿得一心人，白头不相离。
竹竿何袅袅，鱼尾何徙徙。男儿重意气，何用钱刀为！

注释

〔1〕皑、皎：洁白。〔2〕斗：酒器。〔3〕躞蹀：慢慢走。〔4〕嫋嫋（niǎo鸟）："袅"的异体字，柔软细长。〔5〕徙徙：鱼尾像沾湿的羽毛。

诗意

圣洁的爱情像山头雪、云中月。听说丈夫移情别恋，特意与之诀别。今天喝下这杯酒，明日便在沟水头分手。慢慢走在沟水畔，从此背向而去不再相见。何必悲悲哀哀地哭嫁。只要有一个爱自己的人，白头到老互相厮守。不要用甜言蜜语像钓鱼一样诱惑女子。既然是男子汉就要重情重义，金钱和暴力是得不到爱情的。

赏析

爱情如同高山上的皑皑白雪，夜空中皎洁的明月一样纯洁，不容玷污，然而闻听夫君已别有所爱，只能与之分手，并以酒相待作为诀别，明日就将各奔东西，像流水一样一去不返。女主人公的平静心态令人敬佩。女人出嫁，如能相濡以沫，白头偕老，找到自己的寄托，就不必装模作样地悲凄。男女相结合，基础是相互尊重，如以金钱物质作诱饵是靠不住的，终会是始乱终弃的可悲结局。

古 歌

汉乐府

此诗是"胡地"戍卒的思乡怀归之作。东汉曾多次对羌人用兵，战争均延续十数年之久。朝廷之将贪功而无能，致使离乡征戍之卒"进不得力战，退不得温饱"，大批丧生于"胡地"边境。这正是《古歌》之类思乡之作产生的背景。

秋风萧萧愁杀人，出亦愁，入亦愁，座中何人，谁不怀忧？令我白头。胡地多飙风，树木何修修。离家日趋远，衣带日趋缓。心思不能言，肠中车轮转。

注释

〔1〕萧萧：风声。〔2〕座：服役的人。〔3〕胡地：北方游牧民族居住的地方。〔4〕飙：急风。〔5〕修修：树木干枯。〔6〕缓：松。

诗意

　　呼啸的秋风让人无限忧愁，进也忧愁，退也忧愁，异域戍边的人，哪个不陷入悲愁之中？真是愁白了头啊。北方胡地多狂风，树木萧瑟干枯。离家日子越来越远，衣带渐宽人消瘦。思乡的悲苦无法言说，就像车轮在心中旋转。

赏析

　　这是一首常年远离家乡在外服役之人的心理描述。秋天是容易引起人伤感的季节，久居中原的人很难适应塞外的气候，除了刀兵相杀的战场，满眼望去只是一片荒凉没有人烟，再有就是吹不完的"萧萧"秋风，让人心烦，加上遥遥无期的等待，谁人不愁？俗话说"忧愁催人老"，飘泊他乡、思念亲人的焦虑，使人日见消瘦。在诗中没直接点明人的消瘦，而是很宛转地用"衣带日趋缓"来暗喻，含蓄且愁思深长。最后一句用"车轮转"来比喻心里难于言表的愁绪，生动贴切。

枯鱼过河泣　　汉乐府

此诗大约作于东汉末年。此时军阀混战，连年不绝，是中国历史上最动乱的时期之一。曹操在《蒿里行》中曾描写过当时社会的惨象。此诗以鱼拟人，反映了在东汉末年的动乱社会中，随时都可能有灾祸降临到人们头上的残酷现实。

枯鱼过河泣，何时悔复及！
作书与鲂鲼，相教慎出入！

注释

〔1〕枯鱼：干鱼，这里指受害人。〔2〕作书：写信。〔3〕鲂（fáng 房）：一种淡水鱼。〔4〕鲼（xū 绪）：即"鲢"。〔5〕相教：相告。

诗意

　　干鱼过河时伤心痛哭，什么时候失悔还来得及。写封信给同类鲂与鲼：大家互相叮咛出入都得倍加谨慎！

赏析

　　在我国历史上，东汉末期是最黑暗、混乱的时期之一，天灾、战乱、人祸不断。这首诗的背景年代就是此时。作者以枯鱼为载体，用倒叙的手法，来加深悲叹的程度；动乱和自然灾害使百姓背井离乡，被迫迁徙，离开所熟悉的环境，不知何年何月能回到故土，此情此景令人悲痛、伤感。告诫同伴外出时要小心谨慎，避免惹祸上身，也是提示别人不要重蹈复辙。这种比兴的写法反映了当时残酷的现实。

悲 歌

汉乐府

这首诗和《古歌》在思想内容上相似。但这首诗，既不写景，也不叙事，它以肺腑之言、真挚的感情、痛苦的体验而动人心弦。可以说，抒情诗只要感情真挚能引起共鸣，那么诗的意境在不同读者的脑海中就能幻化为丰富多彩的艺术形象了。

悲歌可以当泣，远望可以当归。
思今故乡，郁郁累累。
欲归家无人，欲渡河无船。
心思不能言，肠中车轮转。

注释

〔1〕可以：聊以。〔2〕当：代替。〔3〕郁郁：苦闷。〔4〕思：悲痛。

诗意

　　唱曲悲歌代替痛哭，眺望远方权当回家。思念家乡，难以理清愁绪。想回家家中已无亲人，要过河河上却没有船。身处逆境连想家也不敢说，心中像被车轮辗过。

赏析

　　这一个客居他乡的游子思乡却不能归的悲情咏叹。极目眺望故乡的方向，感叹峰峦叠翠的山岗遮住望乡的视线，只好以悲歌排解忧愁。

　　"欲归家无人，欲渡河无船"，孤家寡人的异乡游子已没有家人，即使有家也因兵荒马乱，没有渡船，道路不畅所阻隔，那些家破人亡的幸存者的内心苦不堪言，又无处诉说。就像车轮在肠子里转动，痛苦异常，游子把自身经历真实地叙述出来。

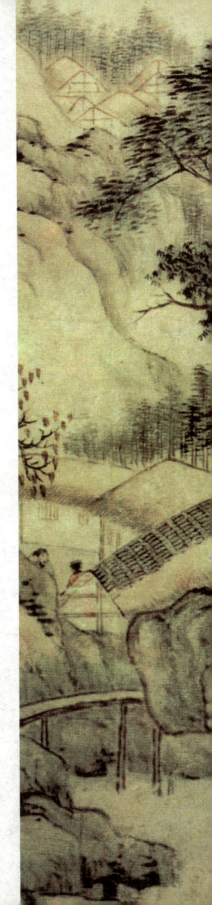

行行重行行

无名氏

作为《古诗十九首》的第一首，《行行重行行》描写的是思妇的离愁别恨。东汉末年，虽然游宦之风非常盛行，但是政治的黑暗和社会的混乱却让背井离乡求取功名富贵的知识分子难以施展。在这种情况下，亲人远离的痛苦就显得尤为突出。而这首诗就是从一个侧面反映了当时的社会状况，特别是下层知识分子的思想苦闷。

行行重行行，与君生别离。相去万余里，各在天一涯。
道路阻且长，会面安可知？胡马依北风，越鸟巢南枝。
相去日已远，衣带日已缓。浮云蔽白日，游子不顾反。
思君令人老，岁月忽已晚。弃捐勿复道，努力加餐饭。

注释

〔1〕重：又。〔2〕相去：相距。〔3〕胡：北方。〔4〕越：南方。〔5〕缓：宽松。〔6〕顾：念。
〔7〕反：同"返"。〔8〕捐：抛弃。

诗意

走啊走啊越走越远，就这样活活与夫君分离。相隔万水千山，各处天涯海角。道路险阻又漫长，谁知何时再见面？北方的马依恋北风，南国的鸟栖息于南方。分别的日子太久了，人一天天消瘦。难道像白云遮日一样，你也受到了别的女人蒙蔽，而不想回家。相思让人变老，青春悄悄消逝。我的思念和担心都不必说了，只盼你注意温饱，保重身体。

赏析

这首诗以"行行"的重叠开始，写一个女子思念远行丈夫的相思之苦；"生离别"写出了极其痛苦的情怀：两人相距万里，天各一方，道路艰苦且遥远，不知何年何月才能重新相聚。飞鸟走兽尚有眷恋乡土的本性，何况人呢？此中隐含着女子对丈夫的思念，也希望丈夫能尽早归来。离别已经很久了，连寝食都不正常，人也日见消瘦，岁月摧人老，青春在等待中流逝，与其无奈的等待不如努力加餐，保重身体，终能等到聚首之日。

青青河畔草 无名氏

这位诗人将女主人公几近无告的孤苦呐喊与其明艳的丽质，形成极强烈的对比。诗人在自然的描摹中，把从良倡女的个性充分展示出来，也对中下层妇女的遭遇深表同情。

青青河畔草，郁郁园中柳。
盈盈楼上女，皎皎当窗牖。
娥娥红粉妆，纤纤出素手。
昔为倡家女，今为荡子妇。
荡子行不归，空床难独守。

注释

〔1〕盈盈：形容形态柔美。〔2〕牖：窗。〔3〕纤纤：
细巧。〔4〕倡：指歌舞伎，与娼不同。

诗意

　　河边青草碧连天，园中翠柳春色染。
美女登上楼头，明月挂在窗前。艳丽的
妆束，柔嫩的小手。以前是歌舞为生的
女子，如今是游子的妻子。在外的游子
不回来，让我独自守着空房。

赏析

　　这首诗的题材仍是写思妇怀远，但
与上一首不同的是主人公是一位从良的歌
伎，并以第三人称描述。窗外河畔青草，
园中郁郁葱葱的绿柳，一片春意盎然，一
位红妆艳服的少妇倚窗远眺。盈、皎、娥、
纤的叠用，道出了少妇仪态娇美光彩照
人。这位昔日的倡家女，好不容易摆脱了
风月场的羁绊，过上了正常人的生活，相
夫教子，谁曾想却嫁给了一个"荡子"，"空
床难独守"，就是主人公的真情告白。

青青陵上柏

无名氏

这首诗与《驱车上东门》在感慨生命短暂这一点上有共同性，但艺术构思和形象蕴含却有很大相同。这首诗的主人公游京城之时，虽感慨人生短暂，却希望能及时享受行乐，但最后却觉得即使尽情享乐，内心仍是戚惧不安。

青青陵上柏，磊磊硐中石。人生天地间，忽如远行客。
斗酒相娱乐，聊厚不为薄。驱车策驽马，游戏宛与洛。
洛中何郁郁，冠带自相索。长衢罗夹巷，王侯多第宅。
两宫遥相望，双阙百余尺。极宴娱心意，戚戚何所迫。

注释

〔1〕硐（jiān 见）：同"涧"。〔2〕斗酒：少量的酒。〔3〕薄：味淡。〔4〕驽马：劣马。〔5〕冠带：指贵人。〔6〕衢：大道。〔7〕夹巷：小巷。〔8〕阙：官门前的角楼。〔9〕戚戚：忧思。

诗意

　　山上青翠的柏树，涧中光洁的石头。与之相比，人生只是匆匆过客。饮少量的酒获得乐趣，不必计较味道浓淡。驾起劣马赶着车，去游历都城宛和洛。京城多么热闹繁华，长街上行人拥挤，以至帽带常与他人的缠绕在一起。长街连着短巷，坐落多少王侯深宅大院。南北两座皇宫遥遥相望，宫殿两侧的望楼百余尺宽。尽情宴乐寻找快意，不可终日忧郁像被什么逼迫。

赏析

　　这是诗人游历京都洛阳时的感叹。东汉时的洛阳繁华热闹，大街小巷人来人往，都城两端南北相望的宫殿雄伟华丽，上到达官贵人，下到市井百姓，都在为各自的生活忙碌着。然而这一切与大自然中的柏树和磐石相比不过是匆匆过客，斗酒、娱乐、驱车、策马只是人生旅途中的即时行乐，可惜人生苦短。对诗人写这首诗的本意，古今众说纷云，是讽刺还是忧愁，只能自己去慢慢品味。

今日良宴会

无名氏

这首诗是主人公一气呵成的，这当然很直白。所说的内容，不过是在宴会上听曲以及他对曲意的理解，这固然很浅近。然而细读全诗，便发现直白中见委婉，浅近中寓深远。它涉及人生、社会一系列问题，引人深思。

今日良宴会，欢乐难具陈。弹筝奋逸响，新声妙入神。
令德唱高言，识曲听其真。齐心同所愿，含意俱未申。
人生寄一世，奄忽若飙尘。何不策高足，先据要路津？
无为守穷贱，轗轲长苦辛。

注释

〔1〕令德：贤者。〔2〕识曲：知音人。〔3〕高足：快马。〔4〕要路津：必经之路。〔5〕轗（kǎn砍）轲：同"坎坷"。

诗意

今天美好的宴会，带来的欢乐难以细说。筝弹出飘逸的旋律，流行曲奇妙而传神。贤者高唱着歌词，知音人听懂了奥秘。大家有同样的感受，这种共鸣是不必言说的。人生来到世上，转眼像灰尘一样飘散。为什么不骑上快马，去占据人生要道呢？不要守着贫穷低贱，不得志才会陷入困苦艰辛。

赏析

这首诗与《青青陵上柏》之意相类似，只是一个借景，一个借曲，主旨是相同的，都在感叹人生之短暂。在高朋满座的宴会上，美妙动听的古筝曲奔放飘逸，不禁令人产生遐想，在遐想的背后是作者难以言表的苦衷。人生如梦，转眼即逝，又如尘土，很容易被风吹散，为何要为志向而甘受清贫，何不抓住机会谋求高位，安享荣华富贵？这似乎是诗人自甘堕落之辞，其实是诗人内心愤愤不平的表露，同时带有自嘲意味。

西北有高楼

无名氏

汉末文人面对的是一个君门深远、宦官当道的苦闷时代。此诗的作者,就是这样一位彷徨的失意人。这种失意虽然是政治上的,但在此倾诉之时,却幻化成了"高楼"听曲的凄切一幕。

西北有高楼,上与浮云齐。交疏结绮窗,阿阁三重阶。
上有弦歌声,音响一何悲! 谁能为此曲? 无乃杞梁妻?
清商随风发,中曲正徘徊。一弹再三叹,慷慨有余哀。
不惜歌者苦,但伤知音稀。愿为双鸿鹄,奋翅起高飞。

注释

〔1〕交疏:交错镂刻。〔2〕阿阁:四边有檐的楼阁。〔3〕弦歌:弹唱。〔4〕清商:清商曲,多表现悲哀的感情。〔5〕鸿鹄 (hú 胡):俗称"天鹅"。

诗意

西北方向的高楼,高耸入云。雕格镂花的窗户,高高的台阶通往楼阁。上面传出弹琴唱歌声,声音多么悲伤! 谁能弹唱这样的曲子? 莫非是和杞梁妻一样不幸的人? 清商曲随风传送,弹到中间又显得忧疑。和声回环往复,慷慨中带着哀愤。不仅惋惜歌者的愁苦,更让人伤心她没有知音。真想和她变作一对天鹅,展翅去找自由天地。

赏析

此诗的作者是一位政治上的失意者,用高楼比作君门,帝王之宫好似处在高高的云端之间。"交疏结绮窗,阿阁三重阶",这里用结窗、重阶比喻忠臣直言者面临的重重阻碍,而直言进谏如曲高和寡,难觅知音。"杞梁妻"是指杞梁战死在莒国城下,其妻伏尸痛哭,哭了十天,然后自尽。杞梁妻之悲与孤臣是同一类,难以抑制的慷慨之情如清商曲在叹息中消散。愿意像黄鹄展翅高飞,暗喻引退之意。

涉江采芙蓉　　无名氏

此诗是游子思乡之作。在表现游子的苦闷、忧伤时，采用了"思妇调"的"虚拟"方式，在穷愁潦倒的客愁中，通过自身的感受，设想到家室的离思，因而把一切的苦闷，从两种不同角度表现出来，"悬想"出游子"还顾望旧乡"的情景。

涉江采芙蓉，兰泽多芳草。
采之欲遗谁？所思在远道。
还顾望旧乡，长路漫浩浩。
同心而离居，忧伤以终老。

注释

〔1〕芙蓉：荷花。〔2〕兰泽：有兰草的湿地。
〔3〕遗：赠。〔4〕浩：悠长。

诗意

过江去采荷花，有兰的湿地长满芳草。采了鲜花芳草送给谁啊？思念的人在远方。回环顾盼遥望家乡，长长道路不见尽头。拥有真爱的夫妻却不能团聚，只有悲伤陪伴终生。

赏析

这是一首委婉动人的抒情诗，从遣词意境中可领略到《楚辞》的遗风。这是游子思乡之作，初看似是女子思夫，但实际上是诗人以幻想的手法，虚拟出的一种意境。前四句借助女子的口吻，在一种清淡优雅景色中，抒发对远方亲人的思念。作者借物寄情，描写女子采莲摘兰却不知要送给谁。"所思在远道"后四句语气一转，是远方游子的心态。思乡之情和剪不断的情思重迭交织在一起，使他发出了"忧伤以终老"的哀叹。

明月皎夜光

无名氏

抒写这样的伤痛和悲哀，本来只用数语即可说尽。此诗却偏从秋夜之景写起，初看似与词旨全无关涉，其实却与后文的情感抒发脉络相连：月光笼盖悲情，为全诗敷上了凄清的底色；促织鸣于东壁，给幽寂增添了几多哀音。

明月皎夜光，促织鸣东壁。玉衡指孟冬，众星何历历。
白露沾野草，时节忽复易。秋蝉鸣树间，玄鸟逝安适？
昔我同门友，高举振六翮。不念携手好，弃我如遗迹。
南箕北有斗，牵牛不负轭。良无盘石固，虚名复何益？

注释

〔1〕促织：蟋蟀。〔2〕玉衡：北斗星斗柄三星。〔3〕逝：去。〔4〕安适：往何处。〔5〕六翮：翅膀。
〔6〕牵牛：牵牛星。

诗意

晚上好亮的月光，蟋蟀在东墙下鸣唱。北斗星柄已指向十月，每颗星都变得那么清晰。露水打湿枯黄的野草，季候转瞬就更迭了。秋蝉还在树上鸣唱，燕子已不知飞往何地？我过去的同学，都展翅往高处飞了。不顾及友情，把我像脚印一样遗弃。箕星不能簸米，斗星不能舀酒，牵牛星也不能驾辕。友情既然不能像磐石那么坚固，留下虚名又有什么用处？

赏析

这是描写抛弃同门友情的讽刺诗，以具有伤感色彩的秋景，抒写诗人月下徘徊的哀伤情绪。前八句写秋夜的景色，以小动物和星象表明节气的变化，虽没有明写秋但已经感到秋的凉意，用自然的变化比喻人世间世态炎凉。"玉衡"是指北斗星的斗柄；"孟冬"指夏历十月，暗示冬天的到来，候鸟也纷纷向南迁徙，由此引出下八句。昔日同窗好友飞黄腾达已不念旧情，而自己就像身后遗留的足印；当年信誓旦旦，坚如磐石的友情，今日看来不过徒有虚名。

冉冉孤生竹

无名氏

此诗表面上是描写婚后夫君远行，妻子怨别的情景。但是仔细推敲诗的本意，却不尽如此。也许是写一对男女已有婚约但尚未完婚，男方迟迟不来迎娶，女方遂有种种疑虑哀伤。这首诗感情细腻婉转。

冉冉孤生竹，结根泰山阿。与君为新婚，菟丝附女萝。
菟丝生有时，夫妇会有宜。千里远结婚，悠悠隔山陂。
思君令人老，轩车来何迟。
伤彼蕙兰花，含英扬光辉；过时而不采，将随秋草萎。
君亮执高节，贱妾亦何为？

注释

〔1〕冉冉：柔弱的样子。〔2〕阿：山坳。〔3〕菟丝、女萝：同为蔓生植物。〔4〕宜：适当的时间。
〔5〕含英：初开的花朵。〔6〕高节：高尚的情操。

诗意

纤弱独生的竹子，长在泰山山坳。和你刚刚订婚，像菟丝草依附着女萝。菟丝生长有一定时限，夫妻相聚也要抓紧时间。这桩婚事远隔千里，山重水阻。想你想得人憔悴，迎娶的车为何还不来。

哀叹含苞的蕙兰，空自放着光华。岂知若不及时采摘，将在秋天和百花一同枯萎。想必你的高尚情操未变，我又何必自怨自艾呢？

赏析

这是一个已经订了婚的女子，急切期盼男方前来迎娶时的心理感受。女主人公以柔弱无倚的竹子和蔓生植物菟丝自喻，认为只有结根于山坳背风之处，才不再他移，菟丝只有依附于女萝才能生长。泰山阿、女萝是男方，是说男女两个生命的结合，难舍难分。菟丝的生长是有一定的时间的，别错过了美好时光，然而却迟迟不见他的车子，岁月不饶人，妖艳的蕙兰也会凋萎，是焦急也是希望男方尽早来迎娶。青春一去不复返，哀怨之余安慰自己，相信他一定会来，不必哀伤。

庭中有奇树

无名氏

这首诗写出了东汉末年一个妇女对远行丈夫的深切怀念之情。在春天的庭院里，有一株嘉美的树，在满树绿叶的衬托下，开出了茂密的花朵，显得格外生机勃勃、春意盎然。女主人攀着枝条，折下了最好看的一枝花，要把它赠送给日夜思念的亲人。

庭中有奇树，绿叶发华滋。
攀条折共荣，将以遗所思。
馨香盈怀袖，路远莫致之。
此物何足贡，但感别经时。

注释

〔1〕发：开放。〔2〕滋：繁盛。〔3〕荣：花。〔4〕馨：香气。〔5〕贡：珍贵。〔6〕经：长时间。

诗意

庭院里长着珍奇的树木，茂密的绿叶晶晶闪光。扶着枝条采下花来，准备送给思念之人。花香四溢，可又怎么能送到远方。这花之所以显得珍贵，是因为分离太久、思念太深。

赏析

　　此诗也是怀人之诗，依然见景生情。奇树是一种比喻，暗指大家闺秀。女主人公风华正茂，春天带来生机，也孕育着希望，也许日夜思念的人能早日归来，折下一枝花，想要送给远方的亲人，它寄托着深深的眷恋。可是交通不便，路途遥远，容易凋谢的鲜花如何送达亲人手中？手持鲜花长久站立在树下，陷入深深的冥想之中，任凭花香熏染襟怀，无奈之中听任青春年华在寂寞的等待中流逝。又转念自我宽慰，这花没什么珍贵，只因离别太久不能自己罢了。

迢迢牵牛星

无名氏

牛郎和织女本是两个星宿的名称。牵牛星在银河东。织女星在银河西，与牵牛相对。牵牛为夫，织女为妇。七月七日乃得一会。从这首诗可以看出，在东汉末年到魏这段时间里，牵牛和织女的故事大概已经定型了。

迢迢牵牛星，皎皎河汉女。
纤纤擢素手，札札弄机杼。
终日不成章，泣涕零如雨。
河汉清且浅，相去复几许？
盈盈一水间，脉脉不得语。

注释

[1] 迢迢：遥远。[2] 皎皎：洁白而明亮。[3] 纤纤：细长。[4] 擢：抽、拔。[5] 章：布的纹理。

诗意

遥远的牛郎星，洁亮的织女星。纤细的玉手，操着札札的织机。从早到晚织不出成品，只有泪水与之为伴。看上去银河又清又浅，谁知道到底有多远？浅浅一水相隔，已是相顾无言。

赏析

牛牛、织女的故事，在中国古代民间流传很久，借天上两个星座隔银河相对，来比喻人事间的悲欢离合之情。男耕女织是古人的生活写照，织女虽在织机前，但无心织布，心情悲痛而泪如雨下，很长时间没能织出完整的布，形容女子的相思之苦。诗的后四句写出织女痛苦的原因，只因一条银河之隔，相距并不遥远，却不能相聚。盈盈、脉脉都是形容织女的仪态姣美，情意绵长。

回车驾言迈

无名氏

汉末社会风风雨雨，下层的士子们的命运被恣意拨弄，他们都不约而同地对生命的真谛进行思索。有的表现出争竞人世的奋亢，有的则显示出及时行乐的颓唐。而这位愿以荣名为宝的诗人，则表达了洁身自好的操修。

回车驾言迈，悠悠涉长道。四顾何茫茫，东风摇百草。
所遇无故物，焉得不速老？盛衰各有时，立身苦不早。
人生非金石，岂能长寿考？奄忽随物化，荣名以为宝。

注释

〔1〕迈：远行、前进。〔2〕涉：经历。〔3〕东风：春风。〔4〕立身：立业。〔5〕考：老，终。
〔6〕物化：指人死。

诗意

　　驾着往回走的车前行，走过那么漫长的路。看着四周一片苍茫，百草在春风中摇曳。往昔的事物已无处可寻，人怎能不匆匆老去？兴盛和衰败各有时运，只恨没有早早建功立业。人生又不是金子和石头，哪能活得那么长久？转眼就会随自然演变而死去，注重身名荣誉才是最重要的。

赏析

　　此诗以旅途所见景色起兴，行车走在归途中，放眼望去，田原中百草在春风中摇曳，春天已经来临，万物充满生机。但诗人却写出"焉得不速老"，没有春天带来的喜悦和欢乐。万物更新，往岁的故物已无，诗人由自然界的变化而联想到人生岁月的流逝。"立身"是指地位、名望、事业，生命不能像金石那样长生不老，诗人感叹人生的短促，要抓紧时间立身显荣，能给后人留下美名，被人千古颂扬也不枉此生了。

东城高且长

无名氏

处在苦闷的时代，却又悟到了"人生非金石，岂能长寿考"的生命哲理，其苦闷就尤其深切。苦闷因无法摆脱，便往往转向它的对立一极——荡情行乐。本诗所抒写的正是这种由苦闷所触发的滔荡之思。

东城高且长，逶迤自相属。回风动地起，秋草萋已绿。
四时更变化，岁暮一何速。《晨风》怀苦心，《蟋蟀》伤局促。
荡涤放情志，何为自结束？燕赵多佳人，美者颜如玉。
被服罗裳衣，当户理清曲。音响一何悲，弦急知柱促。
驰情整中带，沉吟聊踯躅。思为双飞燕，衔泥巢君屋。

注释

〔1〕逶迤：曲折、绵长。〔2〕属：连接。〔3〕局促：短暂。〔4〕荡涤：洗涤。〔5〕被：通"披"。〔6〕中带：古代女子服装。〔7〕踯躅（zhí zhú 直竹）：徘徊。

诗意

　　东城又高又长，曲折而相连。旋风卷地而起，秋天的草已经凄然。四季更迭变化，转眼到了年末。《晨风》诗表达相思之苦，《蟋蟀》诗感伤人生短暂。扫除烦恼，敞开胸怀，不必自己拘束自己。燕赵之地有很多佳丽，漂亮的容貌如同美玉。穿着华丽衣裳，临门温习清商曲。旋律传出悲声，琴音一阵紧一阵急。弹罢心情尚未平复，下意识整理衣裳，一边想着什么一边缓缓走动。多想和心上人化作双燕，把爱巢筑到"君"的房内。

赏析

　　与上一首诗一样，此诗也是由自然景观而联想到与生命进程中的相似之处，只是变春天为秋景，车行变徒步。城墙、楼宇环绕城垣。周而复始，秋天里的旋风卷地而起，昔日郁郁葱葱的草木已显得凄凄苍苍，秋风预示着一年即将过去。时光无情地逝去，表现出诗人的苦闷与无奈。与其惆怅悲凉，不如去除烦恼，自我解脱。燕赵多有美如玉，且通音律的佳人，人生苦短，何不去尽情享受，把握住短暂的生命时光，荡情行乐，与佳人比翼双飞，永结伉俪。

驱车上东门

无名氏

作者用直抒胸臆的形式表现了东汉末年大动乱时期一部分生活充裕、但在政治上找不到出路的知识分子的颓废思想及悲凉心态。东汉京城洛阳，共有十二个城门。东面三门，靠北的叫"上东门"。

驱车上东门，遥望郭北墓。白杨何萧萧，松柏夹广路。
下有陈死人，杳杳即长暮。潜寐黄泉下，千载永不寤。
浩浩阴阳移，年命如朝露。人生忽如寄，寿无金石固。
万岁更相送，圣贤莫能度。服食求神仙，多为药所误。
不如饮美酒，被服纨与素。

注释

〔1〕郭：外城。〔2〕广路：墓道。〔3〕长暮：长夜。〔4〕寤：醒。〔5〕度：渡过，超越。
〔6〕纨素：白色丝绢。

诗意

　　乘车到东城去，远远看到城北的墓地。杨树发出悲凉的声音，松柏立于大道两旁。墓中人死去多年，昏暗连着长夜。悄悄睡在九泉之下，永远不再醒来。岁月无尽地流逝，生命像朝露一样短暂。人生在世犹如寄宿在外，哪能活得金石般长久。一万年也很快过去，哪怕是圣贤也不能超越。求神仙吃长生不老药，多数反被药害了。不如及时行乐畅饮美酒，享受穿绫罗或绸缎的生活。

赏析

　　处在苦闷的朝代，人都容易变得颓废，产生及时行乐的心态也不足为怪。诗人"遥望郭北墓"，还有那些墓中的"陈死人"，想像着长长墓地中白杨和松柏萧萧的树叶声，长眠地下永远不复生还的悲哀，星转斗移，生命如朝露，瞬间即逝，如匆匆的过客，所有人都逃脱不掉死亡的归宿。想寻长生不老之药，又"多为药所误"，不如享尽美酒佳肴，衣装光鲜地体味人生。这种感慨代表了当时很多人的心态，是那个时代的真实反映。

去者日以疏

无名氏

从此诗题材范围、艺术境界以至语言风格看来，有些近似《驱车上东门》，显然也是在外游子所作。由于路出城郊，看到墟墓，有感于世路艰难、人生如寄，在死生大限的问题上，表现出了世乱怀归而不可得的怆痛感。

去者日以疏，来者日以亲。出郭门直视，但见丘与坟。
古墓犁为田，松柏摧为薪。白杨多悲风，萧萧愁杀人。
思还故里闾，欲归道无因。

注释

〔1〕郭门：外城之门。〔2〕犁：耕犁劳作。〔3〕摧：折。〔4〕薪：柴草。〔5〕闾：里巷的大门。

诗意

逝去的岁月越来越远，将来的日子越来越近。到了城外放眼望去，只见荒丘伴着坟墓。墓地已被开垦成田，墓边松柏也砍成柴禾。白杨在风中悲鸣，听了让人痛不欲生。多想回到故乡去啊，想回却已身不由已。

赏析

这种感叹人生苦短的诗在《古诗十九首》里很常见，只是变成了游子所思。去者、来者指的是岁月时光，衰老渐至，在城郊看到坟茔，悲伤的情绪油然而生。坟丘是人生的最终归宿，令人触目惊心的是连死人都不得安宁，墓地被犁为田地，墓旁的松柏也化为禾薪，随着时间的转移都消失了。白杨树叶发出的阵阵鸣啸，如哭泣之声，更增加了游子的思乡之情。俗话说：落叶归根，游子希望能尽早返回故乡，然归途难返，可见处境的艰难。

生年不满百 无名氏

对人生价值的怀疑，似乎常是因生活的苦闷。在苦闷中看人生，许多传统的观念，都会在怀疑的目光中轰然倒塌。这首诗即以松快、旷达之语，给世间的两类追求者，兜头浇了一桶冷水。此诗也被人视为汉代"人性觉醒"的标志。

生年不满百，常怀千岁忧。
昼短苦夜长，何不秉烛游？
为乐当及时，何能待来兹？
愚者爱惜费，但为后世嗤。
仙人王子乔，难可与等期。

注释

〔1〕秉：执、拿。〔2〕来兹：来年。〔3〕费：钱财。
〔4〕王子乔：传说中的仙者。〔5〕期：等待。

诗意

　　人生在世不过百年而已，却常为古往今来的事所困扰。既然人生苦短，昼短夜长，为什么不掌着烛去夜游呢？寻找欢乐应该及时，为何要等待来年？蠢人才爱惜钱财，谁能保证不被后人讥笑。王子乔虽然成仙而去，但若作这种等待却是徒劳的。

赏析

　　此诗直截了当地写出人生苦短，应及时行乐，享受生命。人大多活不过百岁，何必去忧"千岁"，纵情游乐的时光不只限于白日，也可秉烛夜游。"愚者爱惜费，但为后世嗤"，是讽刺那些活着只为子孙后代敛财的"惜费"者，可能会因后代的游手好闲而让人嗤笑。希望像王子乔那样被超渡成仙则是徒劳无益的。

凛凛岁云暮

无名氏

从来写情之作总离不开做梦。《诗》《骚》自不必说，自汉魏晋唐至宋元明清，从诗词到小说戏曲，不知出现多少佳作。甚至连程砚秋的《春闺梦》中的曲目与表演，都可能受此诗的影响与启发。

凛凛岁云暮，蝼蛄夕鸣悲。凉风率已厉，游子寒无衣。
锦衾遗洛浦，同袍与我违。独宿累长夜，梦想见容辉。
良人惟古欢，枉驾惠前绥。愿得常巧笑，携手同车归。
既来不须臾，又不处重闱。亮无晨风翼，焉能凌风飞。
眄睐以适意，引领遥相睎。徙倚怀感伤，垂涕沾双扉。

注释

〔1〕厉：猛。〔2〕同袍：一指夫妻，另指极有交情的朋友。〔3〕绥：登车的绳子。〔4〕不须臾：不一会儿。〔5〕眄睐（miǎn lài 免赖）：斜眼看。〔6〕睎：看。〔7〕扉：门扇。

诗意

　　寒冷表明已到岁末，蝼蛄晚上发出悲鸣。冷风大概已很猛烈了，在外的人尚无御寒的衣裳。锦衣留在了洛水之滨，好友和我分离太久。单独睡眠已很长日子，梦中才能看到容颜。思念好友旧时的欢聚，对不住以往牵绳扶我上车。真希望常常看到你的欢颜，和我携手乘车同回。可惜不能说来就来，又不住在一个地方。何况没有鸷鸟的翅膀，怎能凌空飞翅。瞥一眼旧景排遣思念，抬头久久把你遥望。徘徊中无限感伤，泪水打湿了门框。

赏析

　　此诗与其他诗手法上的不同在于描写主人公的梦境。诗的开篇从时令节气写起，岁云暮，凉风凛凛，远方的游子正需寒衣，是由此想到彼的处境。但接下来并没有埋怨对方的负心，只是写主人公与被思念者的关系，由现在想起了过去，恍惚中进入梦境。自"独宿"处切入相思主题，过去的种种情景历历在目。惠前绥，同车归……欢好之情跃然眼前。由梦而骤醒，对梦中的回味依旧是无奈，梦境与现实的比衬，只能倚门垂泪，独自伤感。有人以为此诗是写妇人思夫，有人认为是写怀友之情，可谓是见仁见智。

孟冬寒气至

无名氏

这是妻子思念丈夫的诗。丈夫久别,凄然独处,对于季节的迁移和气候的变化异常敏感;因而先从季节、气候写起。孟冬,旧历冬季的第一月,即十月。就一年说,主人公已在思念丈夫的愁苦中熬过了春、夏、秋三季。

孟冬寒气至,北风何惨栗。愁多知夜长,仰观众星列。
三五明月满,四五詹兔缺。客从远方来,遗我一书札。
上言长相思,下言久离别。置书怀袖中,三岁字不灭。
一心抱区区,惧君不识察。

注释

〔1〕惨栗:寒冷。〔2〕列:排列。〔3〕三五:阴历十五。〔4〕四五:阴历二十。〔5〕詹兔:同"蟾兔",指月亮。〔6〕书札:书信。〔7〕区区:忠爱,诚挚之意。

诗意

深冬天气寒冷,北风凛然刺骨。因愁而无眠更觉长夜漫漫,抬头看满天星斗。十五月亮圆了,二十月亮缺了。有客人从远方来,交给我一封书信。开头便诉说对我的无尽思念,接着表达他忍受离别的痛苦。我把信珍藏在贴身的地方,三年来反复一字字阅读。我对你的一往深情,夫君啊你可曾鉴察。

赏析

孟冬来临,长夜难眠,寒气至,思念的人却不见归还,仰望夜空,看星星、看月亮,从初一,到十五,月亮由缺变圆,日复一日,年复一年,就是不见丈夫的身影。这些都是叙述主人公内心的愁思。时令、星月的变化暗示着时间的推移,最近一次得到丈夫的消息还是三年前丈夫托人带来的一封书信,主人公对此信非常珍惜,置于怀袖中,以便经常阅读,可见情之真切;而"三岁字不灭",则表现出对它小心翼翼倍加呵护。主人公爱之情并未因三年没见面而减退,诚挚之心不知夫君可否体察到。

客从远方来　　无名氏

此诗似乎是《孟冬寒气至》的姊妹篇。它以奇妙的构思，叙述了一位思妇的意外喜悦和痴情的浮想。这喜悦是与远方客人的突然造访同时降临的：客人风尘仆仆，送来了素缎，并且郑重其事地告诉女主人公，这是她夫君特意从远方托他捎来的。

客从远方来，遗我一端绮。
相去万余里，故人心尚尔。
文彩双鸳鸯，裁为合欢被。
著以长相思，缘以结不解。
以胶投漆中，谁能别离此？

注释

〔1〕遗：送。〔2〕一端：二丈。两端为一匹。〔3〕绮：绫罗。〔4〕文彩：绮上的图案。〔5〕著：絮棉花。〔6〕缘：指被的边饰。〔7〕别离：拆散。

诗意

　　客人从远方来，带给我半匹绫罗。隔着万里之遥，夫君恋我之心依然。绫罗上绣着一对鸳鸯，精心制成双人被。絮上棉花融进长长的思念，缝上边缝成一个解不开的同心结。这如胶似漆的情爱，有什么力量可以拆散呢？

赏析

　　与《孟冬寒气至》相似，一个是一封书信，一个是一端绫罗。突然收到万里之外的夫君托人捎来的文彩素缎，上面有对鸳鸯，传递着关怀和惦念之情，因此有了"故人心尚尔"的词句；以物传情，一份简单的礼物给女主人公带来了欣慰，万里之遥仍然连接着两颗相爱的心，但也仍能从其中品味出思妇那种长久压抑的凄苦和哀伤，期盼如胶似漆的团圆。

明月何皎皎

无名氏

我国古代抒情诗中，就有很细致很精彩的心理描写，此诗就突出地表现出这种艺术特点。刻划了一个久客异乡、愁思辗转、夜不能寐的游子形象。

明月何皎皎，照我罗床帏。
忧愁不能寐，揽衣起徘徊。
客行虽云乐，不如早旋归。
出户独彷徨，愁思当告谁？
引领还入房，泪下沾裳衣。

注释

〔1〕罗床帏：罗制的帐子。〔2〕客行：在外远行。
〔3〕引领：伸颈，抬头远望。

诗意

月亮啊你为什么这般皎洁，偏偏照到我独眠的床帐上。愁绪萦怀不能入睡，索性披衣下床踱步。远行他乡虽然也有顺心的日子，哪能比得上早日还乡。走出门外漫无目的地走动，离别相思之苦又能对谁诉说？四顾茫然只好回屋，泪水流下打湿衣裳。

赏析

这首诗写游子思归（一说是思妇之词），心理活动的描写令人产生无限遐想。游子的思乡愁由皎月引发，因思虑而辗转难眠，索性披衣下床，在室内徘徊，反映出人物内心的寂寞与孤独。"客行虽云乐，不如早旋归"，说明了不归的原因。那个时代的文人客居他乡，多为功名仕途，这才是欲归而不得之所在。从房中走出，徘徊良久，又回到房中，一环扣一环，把游子的忧愁心态描写得维妙维肖，并嘎然停止在"泪下沾裳衣"，令人回味无穷。

上山采蘼芜

无名氏

本诗体现了古代人民以劳动为美，以创造为美的审美情趣。它抓住了生活的本质。这种审美情趣与《汉乐府陌上桑》相同。《陌上桑》说："罗敷喜蚕桑，采桑城南隅"，两篇作品从不同角度赞美了勤劳善良的劳动妇女。

上山采蘼芜，下山逢故夫。长跪问故夫："新人复何如？"
"新人虽言好，未若故人姝。颜色类相似，手爪不相如。"
"新人从门入，故人从阁去。""新人工织缣，故人工织素。
织缣日一匹，织素五丈余。将缣来比素，新人不如故。"

注释

〔1〕蘼芜：一种植物，风干后可作香料。〔2〕故夫：前夫。〔3〕故人：前妻。〔4〕阁：侧门。
〔5〕工：擅长。〔6〕缣：黄绢。〔7〕素：白绢，缣贱素贵。

诗意

　　到山上采摘蘼芜，下山恰巧碰见前夫。明礼地跪着问前夫："你后妻情况如何？""她人虽然不错，还是没有你美好。长相都差不多，但能干却无法比。""而你却从正门迎娶了她，把我从侧门遗弃。""后妻擅长织黄绢，你精于织更名贵的素绢。她一天织一匹黄绢，你一日能织素绢五丈多。光是从织绢这点来看，她也不如你啊。"

赏析

　　诗由一位遭遗弃的妇女与昔日的丈夫对话构成。全篇没有一句写弃妇的哀怨、指责，而是通过巧遇时两人的对答来反映各自的心态。上山采摘归来，途中遇见"故夫"，便问："新人如何？"接下的四句道出"故夫"的真心话。新人虽好但时间能说明一切，新妇还是不如弃妇，写出"故夫"的几分惭悔神色。随后是将两人相比较，新人一天织一匹缣，故人一日织五丈有余，从这一点上突出了弃妇的无辜，洗刷了遭遗弃而可能背上的恶名。一个善良勤劳、逆来顺受的封建社会妇女的命运值得同情。这种对话的形式，在古诗中并不多见。

穆穆清风至

无名氏

此诗是一首闺情诗，可能为文人加工的民间作品。它即景起兴，即事发想，自然亲切，情态宛然，可能是"男女相从而歌"那种环境中的产物吧。

穆穆清风至，吹我罗衣裾。
青袍似春草，长条随风舒。
朝登津梁山，褰裳望所思。
安得抱柱信，皎日以为期。

注释

〔1〕穆穆：淳和。〔2〕青袍：指男子。〔3〕津：渡口。〔4〕褰：提起衣服的动作。〔5〕安：怎么。〔6〕抱柱信：名尾生的男子约女友桥下相见，女未至而河水暴涨，尾生不肯离去，终抱着桥柱淹死。〔7〕皎日：太阳。

诗意

温煦的春风吹来，吹动我的衣襟。春草多像你穿的衣裳，树枝又像你英俊的身材随风舒展。早晨到了渡口边的桥上，提着衣襟眺望心上人到来。只要能像尾生那样痴情忠贞，情愿与你对天发誓。

赏析

这是一首女子怀情诗。春色易引发多情人的联想，和煦春风鼓动起女子的罗裙，满目春色，草如碧丝，绿枝轻摇，在女子的眼中那春草绿枝仿佛心上人身着青袍，迎风伫立。后四句是写女子的感情活动，女子提起罗裙的一角，缓步登上一座桥梁，当初可能是在这里与心上人离别，现今却不见他的身影，为什么不能像尾生那样守约并指日为誓呢？"抱柱信"的典故运用得十分贴切。

魏诗

「往事越千年，魏武挥鞭，东临碣石有遗篇」。以汉末建安时期的三曹、七子等文坛巨匠为代表的魏朝诗歌，俊爽刚健，慷慨悲凉，同时，其中又充满了为国为民的理想和壮志，因而有着鲜明的时代印记和独特的艺术风格。他们直接继承汉乐府民歌的现实主义传统，创造了诗歌史上的一个辉煌而奇特的时代。

尊为典范，并称之为「建安风骨」。他们的诗歌风骨遒劲，充满了男儿的阳刚之气，反映了社会的动乱和民生的疾苦，同时，其中又充满了

薤露行

曹 操

以诗歌记录现实，展现历史，曹操在这方面有很突出的成就。这首诗写了汉末董卓之乱的前因后果，读来如浏览一幅汉末的历史画卷。明代钟惺在《古诗归》中称其为"汉末实录，真诗史也"。

惟汉二十世，所任诚不良。沐猴而冠带，知小而谋疆。
犹豫不敢断，因狩执君王。白虹为贯日，己亦先受殃。
贼臣持国柄，杀主灭宇京。荡覆帝基业，宗庙以燔丧。
播越西迁移，号泣而且行。瞻彼洛城郭，微子为哀伤。

注释

〔1〕沐猴：指大将何进。〔2〕狩：被劫持。〔3〕贼臣：指董卓。〔4〕宇：庙宇。〔5〕瞻：观望。

诗意

　　汉朝经历了二十代，任用的并非都是良臣。猴子穿衣戴帽学人样，低能却想图谋大事。办事犹豫不能决断，致使皇帝被劫持。日中有白气穿过是凶兆，果然招致杀身之祸。奸臣（董卓）独揽大权，杀了皇帝烧毁帝都洛阳。倾覆了汉朝基业，帝王宗庙也毁于烈火。挟持献帝西迁长安，一路号哭，景象凄凉。瞻望洛阳城的惨状，像微子面对殷墟一样悲伤。

赏析

　　薤露是说人的生命如同薤草上的露水，太阳一出来很快就蒸发了。这首诗是写汉末董卓窃取大权，废少帝，立刘协为帝，而使社会陷入混战局面，后挟献帝刘协西去长安的前后过程。诗中把大将军何进比喻为成不了大事的猕猴，何进虽想削弱宦官势力，无奈胸无谋略，导致少帝被杀，自己也身首异处。董卓趁机篡权，放火焚烧洛阳城，帝王的宗庙也化为灰烬，献帝被胁迫去长安，而战火也使百姓哭泣不止，望着洛阳城变成废墟，就像当年微子看到殷墟一样。

蒿里行

曹　操

《蒿里行》是汉乐府旧题，为古代的挽歌，见于宋人郭茂倩《乐府诗集》中的《相和歌辞·相和曲》。这首诗借旧题写时事，记述了汉末军阀混战的现实，真实、深刻地揭示了人民的苦难，堪称"汉末实录"的"诗史"。

关东有义士，兴兵讨群凶。初期会孟津，乃心在咸阳。
军合力不齐，踌躇而雁行。势利使人争，嗣还自相戕。
淮南弟称号，刻玺于北方。铠甲生虮虱，万姓以死亡。
白骨露于野，千里无鸡鸣。生民百遗一，念之断人肠。

注释

〔1〕兴：发动，起。〔2〕孟津：地名。〔3〕淮南弟：袁绍之弟袁术。〔4〕玺：皇帝之印。

诗意

　　函谷关以东聚集着义士，起兵讨伐乱臣董卓。义军集结在孟津之地，目的却是攻占长安。兵马相会却人心不齐，犹犹豫豫行动缓慢。为各自利益而争斗，以致互相残杀。袁术在淮南称王，袁绍在北方刻了皇帝大印。将士身上长满虱子，上万的百姓在战乱中死去。横尸遍野，千里听不到鸡叫。百人只有一人活着，想起来怎能不痛断肝肠。

赏析

　　此诗是《薤露行》的续篇，叙述了因董卓之乱而引起的诸侯争权夺利。曹操用写实手法描述这一史实。

　　函谷关以东的各路诸侯联合讨伐董卓，联军在孟津会合，准备攻打长安。然而各诸侯都有自己的打算，都想借机扩充自己的实力，于是裹足不前，同时为各自的利益而自相残杀。袁绍的弟弟袁术这时在淮南称帝，而袁绍早已居心叵测，私刻金印，只有曹操独自领兵攻打董卓，因势单力薄而战败。诗中对战乱下生灵涂炭、满目疮痍的悲惨景象给予极大的关注和同情，揭示了造成社会动荡的原因，用白描手法抒发了自己的情怀。

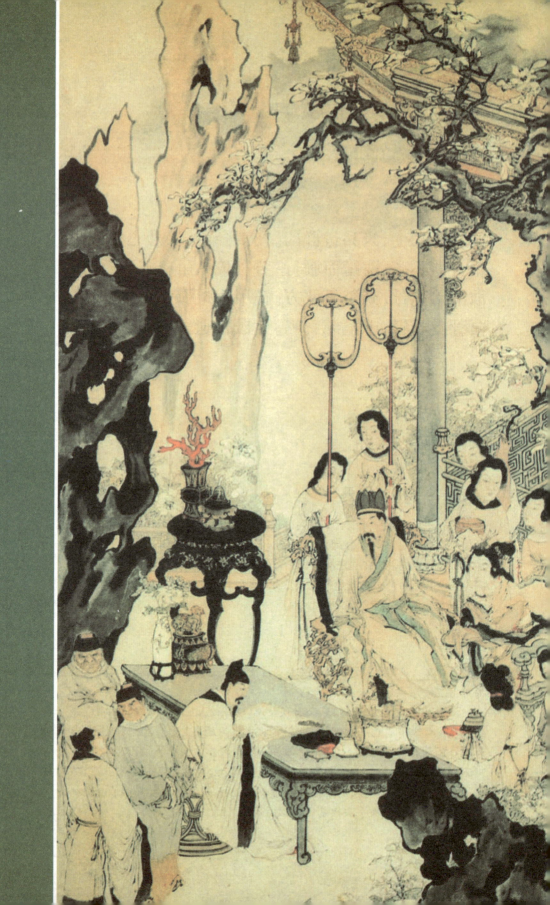

短歌行

曹 操

曹操为了扩大他在庶族地主中的统治基础，打击反动的世袭豪强势力，曾大力提倡"唯才是举"，为此而先后发布了"求贤令""举士令""求逸才令"等。《短歌行》实际上就是一曲"求贤歌"。

对酒当歌，人生几何？譬如朝露，去日苦多。
慨当以慷，忧思难忘。何以解忧，唯有杜康。
青青子衿，悠悠我心。但为君故，沉吟至今。
呦呦鹿鸣，食野之苹。我有嘉宾，鼓瑟吹笙。
明明如月，何时可掇。忧从中来，不可断绝，
越陌度阡，枉用相存。契阔谈宴，心念旧恩。
月明星稀，乌鹊南飞。绕树三匝，何枝可依。
山不厌高，海不厌深。周公吐哺，天下归心。

注释

〔1〕掇（duō）：拾取，采取。〔2〕契阔：久别重逢。

赏析

对酒当歌，人生几何？这首诗是曹操在宴请宾客时对自己功业未成的一种感慨，但并不因伤感而怨天忧人。举杯放歌是激发斗志，同时也深感时间紧迫，要得天下，需要有能辅佐自己的贤才。"青青"以下就是写自己求贤若渴的心情，就像女子对情人的眷恋，表明对贤者的思慕和期待，对远道而来的贤士们感到欣慰，对那些像南飞乌鹊，择木而栖，举棋不定的贤士表明"山不厌高，海不厌深"的心迹，并以礼贤下士的周公"一饭三吐哺，一沐三握发"的典故自勉，希望与天下贤达共图大业。

苦寒行

曹　操

这一篇是《相和歌·清调曲》歌辞，曹操于建安十一年征高干时所作。高干是袁绍之甥，降曹后又反，当时屯兵在壶关口。曹操从邺城（在今河北省临漳县西）出兵，亲征高干，取道河内，北度太行山，其时在正月。

北上太行山，艰哉何巍巍！羊肠坂诘屈，车轮为之摧。
树木何萧瑟，北风声正悲。熊罴对我蹲，虎豹夹路啼。
溪谷少人民，雪落何霏霏！延颈长叹息，远行多所怀。
我心何怫郁，思欲一东归。水深桥梁绝，中路正徘徊。
迷惑失故路，薄暮无宿栖。行行日已远，人马同时饥。
担囊行取薪，斧冰持作糜。悲彼《东山》诗，悠悠令我哀。

注释

〔1〕诘屈：曲折。〔2〕怫郁：忧愁不快。〔3〕糜：一种杂粮。

赏析

　　这是曹操北征袁绍降将高干，行至太行山时写下的一首诗。苍莽巍巍的太行山，艰险曲折的羊肠坂，车轮被嶙峋尖砾的山石毁坏，北风呼啸，大地茫茫，大军行走在人烟稀少，熊罴对蹲，虎豹夹路的山路中，在如此艰险的行旅之中，不免萌生出退却之念。"延颈长叹息，远行多所怀。我心何怫郁，思欲一东归。"这叹息也是人之常情，"水深"以下依旧叙述征途中的艰难、威胁、荒寞、寒冷，其中大多是诗人的真实感受。诗的结尾，诗人暗以周公自比，渴望平定天下，读来有一种非同凡响的慷慨气魄。

观沧海

曹 操

《观沧海》是曹操的名篇,是他征乌桓时所作。公元207年,曹操亲率大军北上,追歼袁绍残部,五月誓师北伐,七月出卢龙塞,临碣石山。他跃马扬鞭,登山观海,面对洪波涌起的大海,触景生情,写下了这首壮丽的诗篇。

东临碣石,以观沧海。水何澹澹,山岛竦峙。
树木丛生,百草丰茂。秋风萧瑟,洪波涌起。
日月之行,若出其中;星汉灿烂,若出其里。
幸甚至哉,歌以咏志。

注释

〔1〕碣石:地名。〔2〕澹澹:形容大海浩淼的样子。

赏析

这是曹操北征乌桓,打败袁氏兄弟,自柳城凯旋,途经碣石等地时所写下的一首诗。

"东临碣石,以观沧海",曹操在班师途中登上碣石山顶,居高远望,壮阔的大海展现在眼前。在浩瀚辽阔的大海上,突兀耸立的海岛,平添了许多神奇、壮观的景色。岛上树木丛生、百草茂盛、秋风阵阵,海面上波涛汹涌,巨浪起伏,这里没有悲秋中的触景伤情,有的是诗人踌躇满志的胸怀。

"日月之行……星汉灿烂……",日月从海中升起,又在波涛中落下,水天一色,仿佛银河也容于其中,大海接纳了一切,所有的景物在大海面前都显得很渺小。如果没有像沧海一样博大的襟怀,是写不出如此壮丽的诗篇的。"幸甚至哉,歌以咏志"为入乐时所加,是一种形式,和正文无关。

龟虽寿

建安十二年（207），曹操率领大军征伐当时东北方的大患乌桓。这是曹操统一北方大业中的一次重要战争。远征途中，他写下了乐府歌辞《步出夏门行》（属于《相和歌·瑟调曲》）。这一组诗包括五个部分，《龟虽寿》是其中之一。

神龟虽寿，犹有竟时。螣蛇乘雾，终为土灰。
老骥伏枥，志在千里；烈士暮年，壮心不已。
盈缩之期，不但在天；养怡之福，可得永年。
幸甚至哉，歌以咏志。

注释

〔1〕竟：终结。〔2〕螣蛇：传说与龙同类。〔3〕骥：千里马。〔4〕枥：马槽。〔5〕盈缩：寿命长短。〔6〕永年：长寿。

诗意

神龟生命再长，也有走到尽头的时候。龙固然能腾云驾雾，最终还是化作尘泥。千里马老了伏在槽内，仍有奔驰千里的豪情；胸怀壮志者虽到晚年，但雄心依然。生命的长短，并不完全由天注定；懂得保养调理，就能够益寿延年。

赏析

曹操平定了乌桓之乱，对前途充满自信，这时候的曹操已经五十三岁，但他仍旧雄心勃勃地写下这组诗。

神龟虽然长寿，纵活千年也难免一死；螣蛇能乘云驾雾，也终究会化为灰烬，这种理智的观念在当时笃信迷信的时代是难能可贵的。把自己比做一匹已经力衰的千里马，屈委枥下，但仍有着"志在千里"的豪情，要在暮年创造伟业，唾弃及时行乐的消极情绪。最后谈到人寿长短不在天命，只要善保身心健康，一样能延年益寿。这也表现他的豁达、积极进取的精神。曹操以他一代雄主的气魄，开创了被后人称之为"建安风骨"的诗之风格。

92

从军诗

王　粲

建安时期，人们的人生价值、人生信仰、行为准则都需重新寻求，重新衡量。由于社会政治的动荡变迁和立身处世的艰危，王粲思想也呈现出驳杂的特色。这首诗是王粲加入曹操集团后的代表作品，诗中洋溢着昂扬、乐观的精神。

从军征遐路，讨彼东南夷。方舟顺广川，薄暮未安坻。
白日半西山，桑梓有余晖。蟋蟀夹岸鸣，孤鸟翩翩飞。
征夫心多怀，恻怆令吾悲。下船登高防，草露沾我衣。
回身赴床寝，此愁当告谁？身服干戈事，岂得念所私。
即戎有授命，兹理不可违。

注释

〔1〕遐：远。〔2〕广川：大河，江。〔3〕桑梓：指故乡。〔4〕干戈：战事。〔5〕戎：从军。

诗意

　　跟随大军踏上远征路，去讨伐地处东南的孙权。舟船顺河而行，天晚了还未抵岸。倚着西山的落日，余晖可照着故乡？两岸蟋蟀声声，孤单的鸟急速地飞。兵士多怀有心事，愁绪让我也悲伤。下船登上堤岸，夜露打湿了衣裳。回营去睡觉吧，愁绪已无处诉说。肩负讨伐大事，怎能考虑个人私事。征战是为了统一大业，这个道理不可违抗。

赏析

　　王粲为曹操幕僚之一，也是邺下文学集团的重要人物，这首诗是随曹操南征江东孙权途中所作。

　　"东南夷"是指孙权，大队人马顺江而下，傍晚时分也不曾离船上岸，一切显得紧张有序。此时的余晖、蟋蟀、孤鸟，无不体现诗人的凄凉之感。征夫的心里也因远离"桑梓"而倍感惆怅，谁也不能保证自己可以平安而退。登上高高的堤岸，回首故乡，草露湿衣裳，忧愁依旧，转身赴床寝，辗转不成眠，与谁诉说？然而安邦重任在身，岂容儿女情长，国事高于一切。前后体现出的情绪反差，抒发了诗人的乱世悲慨。

杂 诗

这首诗是王粲建安十四年之后的作品。他在建安十四年之前的现存诗作，都是杂言诗和四言诗。而其现存的五言诗作全部是建安十四年之后的作品。王粲建安十四年之前的四言诗作尚属汉音，而建安十四年之后的五言诗作则纯乎魏响。

日暮游西园，冀写忧思情。
曲池扬素波，列树敷丹荣。
上有特栖鸟，怀春向我鸣。
褰衽欲从之，路险不得征。
徘徊不能去，伫立望尔形。
风飙扬尘起，白日忽已冥。
回身入空房，托梦通精诚。
人欲天不违，何惧不合并？

注释

〔1〕西园：指铜爵园。〔2〕素波：微波。〔3〕丹荣：花。〔4〕特：独的意思。〔5〕褰衽：提起衣襟。〔6〕征：行进。〔7〕合并：重逢。

诗意

　　傍晚去西园，只为排遣心中愁绪。弯曲的水池荡漾着波纹，成排树木开着红花。树上有独自栖息的鸟，像怀春似的向我鸣叫。提起衣襟想追赶我的朋友，路远又怎么去呢。行走不定又无法离去，站在原地遥望友人身影。忽然风起尘扬，天转瞬昏暗了。返回独自一人的房内，托梦去传递我对友人的真诚。老天不会不明人心的，还怕不能重逢吗？

赏析

　　作者用诗表示对友人的思念。诗人去西园为的是排解压抑的心情。园中湖水荡漾，红花绿树在池岸排列有序，但园中景色并未使诗人的心情有所改观，倒是树上一只鸟的鸣叫牵动诗人的目光，欲提衣襟前去，然曲径艰难，不能快步行进。这里的路险是比喻仕途的险恶，在动荡不安的社会生活中，举步维艰。徘徊不前、失望忧愁的他与世人形同陌路，唯有在梦中与知心的友人倾诉衷肠。

七哀诗（一）

王粲

汉献帝初平三年（192），董卓被杀后，他的部将李傕、郭汜等在长安作乱，大肆烧杀抢掠，造成了一场空前浩劫。王粲南下荆州避难，目睹了一幕幕的悲剧，心中无限酸楚，写下了著名的《七哀诗》。《七哀诗》共三首，这是其中的第一首。

西京乱无象，豺虎方遘患。复弃中国去，委身适荆蛮。
亲戚对我悲，朋友相追攀。出门无所见，白骨蔽平原。
路有饥妇人，抱子弃草间。顾闻号泣声，挥涕独不还。
"未知身死处，何能两相完？"驱马弃之去，不忍听此言。
南登霸陵岸，回首望长安。悟彼下泉人，喟然伤心肝。

注释

〔1〕无象：不成样。〔2〕遘：通"构"，构成。〔3〕适：往，到。〔4〕荆蛮：现荆州。〔5〕顾：回头。
〔6〕霸陵：汉文帝刘恒墓。〔7〕下泉人：指《下泉》诗的作者，此诗表达了思念明王贤君的急切心情。

诗意

　　长安混乱得不成样子，都因为豺虎般的李傕等人作乱。再一次离开中原，投靠到荆州去。亲戚哭着告别，朋友追来相送。走出城门看不到别的，只见白骨遍野。遇到饥饿的妇女，把儿子弃于路旁草中，孩子呼天号地，妇人哭着不忍回头。"还不知死在什么地方，又如何保全你呢？"急忙催马而去，实在听不下这悲惨的话。经过汉文帝刘恒的墓地，回头看渐远的长安，终于明白了《下泉》诗作者的深意，不由让人痛心长叹。

赏析

　　此诗是王粲于动乱之年所作，董卓部将李傕、郭汜在长安兴兵，使社会动荡不安，诗人被迫离开长安，奔赴荆州避乱，这是离开长安路上的所见所闻。西京指长安，豺虎喻李傕、郭汜等人，中国是指当时的中原地区。荆州在南方，没有战乱，很多人去那里躲避。亲戚朋友对泣而别，满眼所见白骨遍地，更有妇人弃子，任凭号泣之声撕心裂肺，也只有狠狠心一走了之。惨绝人寰的一幕幕人间悲剧强烈震撼着诗人，"驱马弃之去，不忍听此言"，战乱引发的灾难，令人惨不忍睹。诗人登霸陵回首望长安，思念圣主明君，祈盼"文景之治"。

七哀诗（二）

王粲十七岁那年，董卓把汉献帝挟持到了长安，董卓和他的部将李傕、郭汜等烧杀掳掠，无恶不作。苦难的现实迫使身为贵公子的王粲一再逃难，在颠沛流离的生活中，体会到了战乱给老百姓带来的痛苦。

荆蛮非我乡，何为久滞淫？方舟泝大江，日暮愁我心。
山冈有馀映，岩阿增重阴。狐狸驰赴穴，飞鸟翔故林。
流波激清响，猴猿临岸吟。迅风拂裳袂，白露沾衣襟。
独夜不能寐，摄衣起抚琴。丝桐感人情，为我发悲音。
羁旅无终极，忧思壮难任。

注释

〔1〕滞：停留。〔2〕方舟：两船合并。〔3〕泝：逆水流。〔4〕激：快速。〔5〕丝桐：桐木做的琴，上有丝弦。〔6〕羁旅：寄居作客。

诗意

　　荆州不是我的家乡，为什么要久留这里？乘船沿江而上，望着落日更增添忧愁。山冈笼着晚霞，山坳处显得更为昏暗。狐狸匆匆回洞，鸟儿也飞回了家。江涛声格外清晰，岸边有猿猴鸣叫。急风吹拂着衣袖，夜露落上了衣襟。忧心忡忡不能入睡，披衣起来弹琴。琴懂得我的心情，也发出阵阵悲声。滞留在外的日子没有尽头，这种愁苦实在难以承受。

赏析

　　诗人客居荆州，久居异地，油然产生思乡之情。开头四句所诉说的只有一个"愁"字。愁有两层含义，一是思乡之情，二是壮心未酬，不能为刘表所器重。随后写沿江的景色也暗喻不能回故乡的无奈。夕阳西下，走兽奔穴，飞鸟归林，暗含了前句的乡愁。夜不能寐，只能披衣操琴，借琴声排遣心中的苦闷。最后两句还是哀叹客居他乡的日子何时终了，继而回复到开始时思乡的主旋律。全诗承前启后，前后呼应。

赠从弟（一）

刘 桢

在建安时代，刘桢是一位很有骨气的文士。据《典略》记载，一次曹丕宴请诸文士，席间命夫人甄氏出拜，"坐中众人皆伏"，唯独刘桢"平视"，不肯折节。曹操斥其"不敬"，差点砍了他的脑袋。

泛泛东流水，磷磷水中石。
萍藻生其涯，华叶纷扰溺。
采之荐宗庙，可以羞嘉客。
岂无园中葵？懿此出深泽。

注释

〔1〕泛泛：水流状。〔2〕磷磷：同"粼粼"。〔3〕萍藻：水中植物。〔4〕羞：进献。〔5〕懿：美丽。

诗意

　　泛着轻波向东流去的水，粼粼波光中的石。萍藻生在这溪涧之上，花叶格外缤纷。采下可以用作祭祀，也可以进献给嘉宾。难道不可以用园中的葵菜么？它怎能比得上出自幽谷、没有污染的萍藻那么美丽珍贵。

赏析

　　刘桢的诗就像他的为人。他淡泊高雅，不屈权贵，正因为高傲，所以差点被曹操砍了头。这组诗有三首。第一首咏"萍藻"，这是一种生长山涧溪流中的植物。开篇先交代此物生长的地点，呈现在读者眼前的是山石间一股清澈的溪水，在清凉幽静的水中，萍藻花叶缤纷，在微波中摇曳，用这种植物作为咏颂的对象也比喻要远离市俗，洁身自好，不因外力所迫而改变本性，在鼓励别人的同时也是自勉。最后四句是称赞它的美好，因其产在大自然中，没有人工雕琢，因此常被用来做为祭祀或馈赠的佳品，很含蓄地流露出自信清高。园中的葵菜虽好，但萍藻却来自幽深的水泽中。

赠从弟（二） 刘 桢

作者著有《赠从弟》诗三首，都用比兴。这是第二首，为三首之最。作者以松柏为喻，勉励他的堂弟能向松柏那样坚贞自守，不因外力压迫而改变本性，并且有自况自勉的含义。从弟指堂弟。全诗文字平实，风格古朴。

亭亭山上松，瑟瑟谷中风。
风声一何盛，松枝一何劲！
冰霜正惨凄，终岁常端正。
岂不罹凝寒？松柏有本性。

注释

〔1〕瑟：风声。〔2〕凄：寒凉。〔3〕岁：年。〔4〕罹：遭受。

诗意

山上的松树挺拔直立，山谷中的风呼啸不止。风声是何等的猛烈，松树是那么刚劲。任冰欺霜压周天寒彻，我自傲然挺立岿然不动。难道就不怕遭受酷寒摧折？松柏自有坚贞不屈的本性。

赏析

松柏自古就常被人们所赞颂，是正义、坚韧不拔的象征。开篇以山上一棵挺拔的青松写起，给人一种雄伟、凛然、不屈不挠的气势，任凭狂风呼啸，大雪纷飞，在这样恶劣的条件下，松柏依然强劲、挺拔。松柏与其它植物一样，要在各种环境中生存，人生活在世上也是如此。有风调雨顺，也有酷暑寒冬。所谓适者生存，但要保持自己的节气、本性，不同流合污，就要像松柏般抗风傲雪，始终端正。

赠从弟（三）　刘桢

从诗人本意来说，作此诗，本不期于咏物，而在于赠人。赠人之作，自汉末蔚然成风，但大多抒写朋友往还之事、夫妻离聚之情。刘桢之赠从弟，其勖勉、赞思，全借"咏物"发之，破了常规。

凤凰集南岳，徘徊孤竹根。
于心有不厌，奋翅凌紫氛。
岂不常勤苦？羞与黄雀群。
何时当来仪？将须圣明君。

注释

〔1〕南岳：南方。〔2〕厌：足。〔3〕紫氛：紫色霞光。〔4〕羞：不屑。

诗意

凤凰生活在南方，常徘徊在竹子旁。原来它并不满足以竹实为生的日子，于是掠过九霄紫霞展翅远飞。这般远翔不是很辛苦么？再苦也羞于和黄雀为伍。什么时候才飞回来呢？等到圣明君主出现的时候罢。

赏析

凤凰是中国古代传说中象征祥瑞的神鸟，因其习性与凡鸟不同，非梧桐不栖，非竹实不食，就有了开头两句诗。诗人借助神奇凤凰咏怀，表达高远的志向，把眼中的现实生活与胸中豪情交融。这是诗人主观精神的凝结，体现诗人高风亮洁的品质。三首诗看似赞扬，其实质是激励堂弟，要像"萍藻、松柏、凤凰"一样傲骨脱俗，正气凛然，待得圣明君现世，可奋翅凌紫霄。

情 诗

徐 干

汉灵帝末，世族子弟结党权门，竞相追逐荣名，徐干闭门自守，穷处陋巷，不随流俗。建安初，曹操任命他为司空军师祭酒掾属，又转五官将文学。数年后，因病辞职，曹操特加旌命表彰。徐干擅长辞赋，能诗，其五言诗，妙绝当时，曹丕极为赞赏。

高殿郁崇崇，广厦凄泠泠。微风起闺闼，落日照阶庭。
踟蹰云屋下，啸歌倚华楹。君行殊不返，我饰为谁容。
炉薰阖不用，镜匣上尘生。绮罗失常色，金翠暗无精。
嘉肴既忘御，旨酒亦常停。顾瞻空寂寂，唯闻燕雀声。
忧思连相属，中心如宿酲。

注释

〔1〕泠：清凉。〔2〕闼：小门。〔3〕殊：断绝。〔4〕阖：令。〔5〕顾瞻：环视。〔6〕酲（chéng 呈）：喝醉了神志不清。

诗意

　　高楼笼罩着阴郁，大厦也显得冷清。微风吹动门户，落日斜照有台阶的庭院。徘徊在高大的屋檐下，靠着华美的房舍歌吟。丈夫外出不见回来，我为谁梳妆打扮。香炉无心使用，镜子落了灰尘。绫罗绸缎失去光泽，金银玉翠也黯然无神。佳肴不想吃，美酒不愿饮。四周空空落落，只能听到燕雀的叫声。愁绪无法了断，像晚间喝醉难以清醒。

赏析

　　落日的余晖伴随着轻风洒落在高大幽静的华屋亭前，诗人以一种哀伤的开场描写女主人公内心的寂寞和女子在屋中徘徊的冷清孤独，偶尔也长歌一首以渲泄胸中的郁闷。她在期待什么，诗人并没有说明。她只是独守空房，梳妆打扮已失去意义，薰香也不使用，镜匣上也蒙上了尘土，全没有了"女为悦己者容"的心情，连"绮罗、金翠"也显得暗淡无光，它们的色泽并没有减退，只因主人心绪不正常导致。佳肴美酒也变得多余而无味，满眼所见，除了空旷的院落，只有燕雀的鸣叫声，没有真正能使其宽怀的东西。

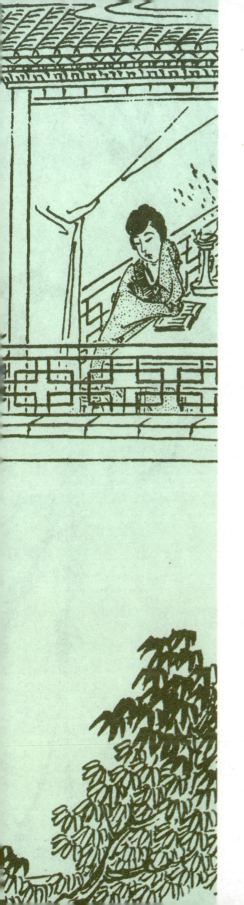

室思（一）　徐 干

《室思》是一组代言体的诗，写的是妻子对离家丈夫的思念。全诗分六章，就日常所见、所感、所思，从各个侧面反复细致地抒发了思妇的盼望、失望和期待之情，但各章之间并无贯串的故事情节。

沉阴结愁忧，愁忧为谁兴？
念与君相别，各在天一方。
良会未有期，中心摧且伤。
不聊忧飧食，慊慊常饥空。
端坐而无为，仿佛君容光。

注释

〔1〕不聊：不因。〔2〕慊慊：空虚。

诗意

　　忧愁郁结在心内，为谁闷闷不乐呢？想到和丈夫离别，远在地角天涯。欢聚没有日期，心中焦急又悲伤。思念犹如饥饿，让人空腹难耐。整天坐着无所事事，恍惚中丈夫音容笑貌就在眼前。

赏析

　　《室思》是一组诗，内容大体相似，多写妻子思念离家外出的丈夫，但诗与诗之间并不关连，只是主题相同。

　　第一首妻子因与夫君相别，天各一方，而心情变得很阴沉、忧伤。她不知何时能再相会，时间和空间的阻隔，使思念之情异常激烈，犹如饥则思食，总有填不满的空虚之感，以至于整天呆坐无所事事，恍惚之间仿佛夫君的相貌就在眼前。诗人把思妇的神态刻画得惟妙惟肖。

室思（二）　徐干

借水寄情，始于建安诗人徐干的《室思》，此诗连及其余，比较精彩，大致反映了全诗的面貌，也流传较广，在六章之中是具有代表性的。

浮云何洋洋，愿因通我辞。
飘飖不可寄，徙倚徒相思。
人离皆复会，君独无返期。
自君之出矣，明镜暗不治。
思君如流水，何有穷已时。

注释

〔1〕辞：语词，这里指思念之情。〔2〕飘飖：摆动。
〔3〕徒：只，仅仅。〔4〕治：打理。

诗意

仰望飘浮的云彩，想托它捎上我的心里话。它行踪不定哪还能为我传信，坐立不安，只能相思。人家分别了还能相会，唯独夫君没有回来的讯息。自从你走了以后，我连镜子也不愿擦拭。思念就像滔滔流水，哪有终结的时候。

赏析

盼夫早归，但山高水远，只希望天上的白云能捎带去思念的话语，可是浮云转瞬飘逝，能存留的只有坐立不安、徒害相思而已。别人离去都能复返，唯独你无返期，幻想破灭，难免产生哀怨。自夫离家之后，我已不梳妆打扮，明镜已落满灰尘，也想不起去擦拭它，只有对夫君的忧思如长长的流水一般没有了结，可以想象出思妇心中无尽的愁思。

室思（三）

徐 干

《室思》这组诗中，有的写夜不能寐，触景生情，泪如泉涌；有的写睹物怀人，更增思念之苦，意在将"思君如流水，何有穷已时"，得以具体充分的发挥。但是，思念无穷，诗终有结，第六章便是全诗的结尾。

人靡不有初，想君能终之。别来历年岁，旧恩何可期。
重新而忘故，君子所尤讥。寄身虽在远，岂忘君须臾。
既厚不为薄，想君时见思。

注释

〔1〕靡：无，没有。〔2〕历：数多。〔3〕讥：讥讽。〔4〕臾：片刻，一会儿。

诗意

　　人做事常常有头无尾，我认为你会始终如一。分别好多年了，昔日恩情还有保持的希望吗？喜新厌旧的人，为仁人君子所谴责、讥刺。你虽然身在远方，但我无时无刻不在想你。往日的恩情深爱怎会变得淡漠，想必你也是时时思念我吧。

赏析

　　人们做事都有开始，是否有始有终却不尽然，"想君能终之"，对君的思念是始终如一的，这是思妇对无返期的夫君的绝望中的希望。分别已经数年，往日的恩情还在吗？世事难已预料，"重新而忘故，君子所尤讥"，是告诫，也是在安慰自己。喜新厌旧的行为是正人君子所不齿的，希望夫君能以道义为准则，流露出非常矛盾的无奈心理。你虽在远方，我依然没有片刻忘记你，不会因时间的推移而变得淡漠。用自己委婉诚挚之心去设想夫君的所思，企盼着美好的未来。

燕歌行

曹 丕

这是今存最早的一首完整的七言诗，是曹丕《燕歌行》二首中的第一首。《燕歌行》是一个乐府题目，属于《相和歌》中的《平调曲》，它和《齐讴行》《吴趋行》相似，都是反映各自地区的生活，具有各自地区音乐特点的曲调。

秋风萧瑟天气凉，草木摇落露为霜。
群燕辞归鹄南翔，念君客游思断肠*。
慊慊思归恋故乡，君何淹留寄他方？
贱妾茕茕守空房，忧来思君不敢忘，
不觉泪下沾衣裳。
援琴鸣弦发清商，短歌微吟不能长。
明月皎皎照我床，星汉西流夜未央。
牵牛织女遥相望，尔独何辜限河梁。

注释

〔1〕萧瑟：风声。〔2〕鹄：天鹅。〔3〕淹留：久留。〔4〕茕茕：孤单。
〔5〕清商：曲调名，音节短促，音低微。〔6〕汉：银河。

赏析

　　这首诗是曹丕的代表作，也是中国文学史上第一首完整的七言诗，对后人影响很大。此诗叙写一位妇人秋夜思恋他乡做客的丈夫，以凄婉的秋景起笔。秋风瑟瑟，叶落结霜，燕子归去，天鹅飞往温暖的南方。而远游的夫君却不见归来，难道他不知道妻子对他的思念，不愿回到故乡？有什么值得留恋而迟迟不归？有猜疑也有担心。妻子形单影孤守空房，思念中不觉泪下湿衣裳，忧伤之情只有借对清商曲的低吟短唱来排解。皎洁的月光洒在床上，仰首望星空，牵牛织女隔河相望，含蓄表达了这人间的悲剧。清代王夫之曾评价此诗"倾情、倾度、倾色、倾声，古今无两"。
　　*"思断肠"，一作"多思肠"。

芙蓉池作

曹丕

建安十七年，曹丕于西园大宴宾客，作此诗。曹丕对人生的深入思考和感慨在古代帝王中可以说是绝无仅有的，就现代看来，他的思想似乎有些消极，但这种消极是来自于当时社会的动乱。因此他的看法显然是无可厚非的。

乘辇夜行游，逍遥步西园。双渠相溉灌，嘉木绕通川。
卑枝拂羽盖，修条摩苍天。惊风扶轮毂，飞鸟翔我前。
丹霞夹明月，华星出云间。上天垂光采，五色一何鲜。
寿命非松乔，谁能得神仙？遨游快心意，保己终百年。

注释

〔1〕辇（niǎn 碾）：古时人拉的车，后多指皇帝坐的车。〔2〕西园：铜雀园。〔3〕卑枝、修条：植物枝条。〔4〕毂（gǔ 古）：车轮。〔5〕丹霞：晚霞。〔6〕松乔：赤松子、王子乔，即传说的仙人。

诗意

乘车夜游，快活地来到西园。两条渠水汇流到一起，树林环绕在水边。有的树枝垂着下来，有的树枝直立苍天。被惊动的风赶快来扶住车轮，飞鸟也为我飞翔。晚霞中月亮升起来了，明亮的星星闪烁在云中间。大概是上天的旨意吧，才会有这么五彩斑斓的景致。人的寿命不能像传说中的赤松子、王子乔那样，谁能真正成为神仙？只要游乐得欢畅，没准还能活上个百年。

赏析

这是一首游宴诗，以写景为主。曹丕还未称帝，但在他的周围聚集着一批文人墨客，闲暇之余，宴饮游乐，此诗就是在这种背景下产生的。在阑珊的夜晚，神情逍遥地乘车游览西园，园内环境优雅，渠水相通，嘉木随水环绕，参差茂盛，水木相互掩映衬托，轻风与轮毂相伴，飞鸟在车前轻翔。抬头仰望夜空，丹霞中镶嵌着一轮明月，繁星在云间若隐若现，五光十色的彩云似天光下垂，眼前的景色令人赏心悦目，流连忘返。这种乐趣无穷的遨游，恐怕赤松子、王子乔也未必能享受。

杂 诗（一）

曹 丕

萧统《文选》有"杂诗"一类，李善注说："杂者，不拘流例，遇物即言，故云杂也。""杂诗"大多是一些富有兴寄的游子思妇诗，今所存者以建安诗人之作为最早。此诗是一首游子思妇诗，写长期漂泊异乡的游子浓厚抑郁的思乡情绪。

漫漫秋夜长，烈烈北风凉。展转不能寐，披衣起彷徨。
彷徨忽已久，白露沾我裳。俯视清水波，仰看明月光。
天汉回西流，三五正纵横。草虫鸣何悲，孤雁独南翔。
郁郁多悲思，绵绵思故乡。愿飞安得翼，欲济河无梁。
向风长叹息，断绝我中肠。

注释

〔1〕彷徨：徘徊。〔2〕天汉：银河。〔3〕西流：向西方向移动。〔4〕三五：指稀疏的星斗。
〔5〕安：疑问词。〔6〕济：渡。

诗意

好长的秋夜啊，北风呼啸，天气已凉。翻来覆去睡不着，披衣起来一片茫然。就这样呆了很长时间，露水竟打湿了衣裳。低头看流水，抬头看月光。银河已移向西方，夜已深了，三五颗疏星还留在天上。秋虫发出悲鸣，失群的孤雁飞向南方。说不完的悲愁啊，只因为长久思念着故乡。想飞回去哪里去找翅膀，想过河吧，又没有桥梁。对着秋风发出长叹，真是让人痛断肝肠。

赏析

此篇为曹丕的抒情诗，叙述一位游子在秋夜中的忧思。诗的一开始就将人置于秋季的夜景：秋夜风凉，辗转反侧不成眠，起床披上衣服在室外徘徊。徘徊得太久以至于"白露沾我裳"。俯首见清波，仰看明月光。天上的银河已向西偏移，三五颗星星散落在寂静的夜空中，已经是深夜时分，愁情依然困忧着游子。"草虫鸣"之后直接抒发游子思乡怀归之情，这种愿望却难实现，欲飞而无翅膀，想渡河而没有桥梁，只得向风长叹。此诗写得凄美、缠绵，体现了曹丕的艺术个性。

杂诗（二）

曹 丕

作者所处的时代，战乱频频，人民饱经动乱之苦。很多人或因战乱饥荒而流浪在外，或因兵役徭役所迫而背井离乡。游子怀乡，思妇怨别，乃是当时普遍而突出的社会现象。因此，此诗也从一个侧面反映了战乱给人民带来的痛苦。

西北有浮云，亭亭如车盖。惜哉时不遇，
适与飘风会。吹我东南行，行行至吴会。
吴会非我乡，安得久留滞？弃置勿复陈，
客子常畏人。

注释

〔1〕亭亭：孤独状。〔2〕飘风：大风。〔3〕吴会：江浙一带。〔4〕弃置：放在一边。

诗意

西北天空有飘浮的游云，无依无靠像车上撑起的伞。可惜呀没有碰到好时候，偏偏遇到了大风。把我往东南方向吹，一直吹到江浙一带。江浙不是我的故乡，怎么可以久留于此？这一切都不能说啊，游子怕别人说到痛处。

赏析

战争年代，百姓饱受动乱之苦，多少人背井离乡，过着漂泊不定的生活。曹丕借游子思乡之情有感而发。用"浮云""车盖"来比喻漂泊不定无所依靠的生活。虽没有直接写出"游子"二字，但字里行间已有表现，接下来交代孤云飘忽不定原因是因为生不逢时，遭遇战乱。"吹我东南行，行行至吴会"，续写漂泊经历，从西北到东南，到了吴会，但吴会非故土，岂有久留的道理。最后两句道出游子客居异乡的苦衷，表现出游子的无可奈何。此诗是借游子之意，反映诗人对战乱所产生痛苦的反思。

种瓜篇

曹叡十分重视文士，征召天下文士安置在崇文馆，鼓励他们从事学术研究，这有利于文化事业的发展。他本身也能赋诗作文，擅长作乐府诗，这首诗深刻反映了封建社会里妇女随时可能被遗弃的悲惨命运。

种瓜东井上，冉冉自逾垣。与君新为婚，瓜葛相结连。
寄托不肖躯，有如倚太山。菟丝无根株，蔓延自登缘。
萍藻托清流，常恐身不全。被蒙丘山惠，贱妾执拳拳。
天日照知之，想君亦俱然。

注释

〔1〕逾：越过。〔2〕垣：矮墙。〔3〕太：通"泰"。〔4〕菟丝：一种藤类植物。〔5〕被蒙：给予。
〔6〕拳拳：紧握。

诗意

　　把瓜种在井旁，瓜蔓渐渐越过了短墙。我和夫君刚刚结婚，就像瓜与葛连接在一起。我把平常的一身寄托给你，好比有了泰山的依靠。菟丝草太柔弱，得有依附才能攀援。无根的萍藻漂在水上，常怕自身难保。受到你大山般的恩惠，我会永远不忘。我的心有日月为证，夫君想必也是这样罢。

赏析

　　这是一位新婚女子表明心迹的诗。"种瓜东井上，冉冉自逾垣"，以瓜秧生长，慢慢攀爬上墙围，比喻男女结姻缘。"寄托不肖躯"到"常恐身不全"，是表示将自己托付于丈夫，将丈夫比作泰山，终身有靠；菟丝和萍藻也是如此，一种是蔓生植物，一种是水生植物，都无所依托并且很脆弱，都是在向丈夫表明自己依靠丈夫才可以生存，才有希望。最后四句进一步表示心态，你给我的恩惠，我铭记在心，天地日月可以证明我的这片心意，同时我想夫君你也和我是一样的吧！

鰕鲔篇

曹植才高八斗，钟嵘称文章之于他，"譬如伦之有周、孔，鳞羽之有龙凤"，评价相当之高。不过他自己却鄙薄"以翰墨为勋绩，以辞赋为君子"，而志在"戮力上国，流惠下民"的建功立业方面。此诗正是诗人的明志之作，大约写于魏明帝太和二、三年间。

鰕鲔游潢潦，不知江海流。燕雀戏藩柴，安识鸿鹄游！
世士此诚明，大德固无俦。驾言登五岳，然后小陵丘。
俯观上路人，势利惟是谋。淮高念皇家，远怀柔九州。
抚剑而雷音，猛气纵横浮。泛泊徒嗷嗷，谁知壮士忧？

注释

〔1〕鰕（xiā瞎）：小鱼。〔2〕鲔（shàn善）：黄鳝。〔3〕俦：谁。〔4〕谋：算计。〔5〕而：如。

诗意

　　鰕鲔只活在水坑淤水之中，它们怎知江河的浩大。燕雀只嬉戏在篱笆之间，怎能知道天鹅高飞的志向！有识之士应明白这个道理，方可成就大德大业。正如登上五岳，才知道众山多么矮小。俯看那些在仕途上的奔波者，无非是些势力小人。我的志愿就是辅佐皇家社稷，心中装着九州天下。以手弹剑发出雷鸣般的声响，不由得气冲霄汉。可叹鰕鲔之辈还在嗷嗷相争，有谁能知道我的忧愤呢？

赏析

　　这是一首慷慨激昂的抒情诗，诗的开始将那些势力小人，目光短浅者比做鰕鲔、燕雀之类。鰕，即小鱼；鲔，黄鳝也，鰕鲔也只能在小河沟里扑腾，翻不起大浪。燕雀嬉戏篱笆之间，怎知鸿鹄之志。有识之士只有通晓这层意思，方才能够成就大业，正如登上五岳之巅"一览众山小"。然而周围有许多人只图眼前利益，为仕途奔波。我的意愿是辅佐社稷，统一九州，因其愿难遂故而发出了"抚剑如雷音，猛气纵横浮。泛泊徒嗷嗷，谁知壮士忧"的长啸。

吁嗟篇

曹 植

建安二十五年正月，曹操病死洛阳。曹丕登上皇帝的宝座，从此曹植过上了名为侯王实则放逐的"监外执行"的囚犯生涯。他在白色恐怖氛围之中，弹铗悲歌，不能自己，以"吁嗟"命篇，悲叹自己不幸而难堪的遭遇。

吁嗟此转蓬，居世何独然！长去本根逝，宿夜无休闲。
东西经七陌，南北越九阡。卒遇回风起，吹我入云间。
自谓终天路，忽然下沉泉。惊飙接我出，故归彼中田。
当南而更北，谓东而反西。宕宕当何依，忽亡而复存。
飘飖周八泽，连翩历五山。流转无恒处，谁知吾苦艰？
愿为中林草，秋随野火燔。糜灭岂不痛，愿与株荄连。

注释

〔1〕阡陌：田间小路。〔2〕卒：突然。〔3〕宕宕：起伏状。〔4〕荄（gāi该）：草根。

赏析

　　曹植因其任性而失宠，长期被猜忌而不断被迁移封地，这首诗就是在这种情况下写成的。用随风飘移的蓬草来比喻自己不幸的遭遇，兄弟相疑、骨肉分离的痛苦被无情地卷入无休止的飘泊中。自"东西经七陌"以下大段地自述转蓬的情景：蓬草忽东西，又转向南北随风飘荡，一阵旋风又把它们卷入云间，旋风突然消失，蓬草复又跌入深渊，狂飙带回到田野，周而复始，本当向南，忽又转向北，只有任其操控，颠沛流离，何处才能安居定所。过"八泽"，飞"五山"，这中间需经历多少次"卷起"又"坠落"的痛苦。这种身不由己的痛苦终于喊出了"愿为中林草，秋随野火燔"，宁愿毁灭，也要与根株相连的痛苦呼号。

　　全诗纯粹用拟人化的手法，达到物我一体，极为传神，是托物寄情的上乘之作。

箜篌引

曹 植

从内容看本诗，应是曹植早年在邺下时所作。其时曹操的嗣位未定，曹植意气风发，颇有被立为世子的希望，于是招集宾客，饮酒赋诗。若是曹丕即位后，则曹植便会失去行动自由，既不可能有这么多亲友相从，也不会有如此豪气了。

置酒高殿上，亲友从我游。中厨办丰膳，烹羊宰肥牛。
秦筝何慷慨，齐瑟和且柔。阳阿奏奇舞，京洛出名讴。
乐饮过三爵，缓带倾庶羞。主称千金寿，宾奉万年酬。
久要不可忘，薄终义所尤。谦谦君子德，磬折欲何求。
惊风飘白日，光景驰西流。盛时不可再*，百年忽我遒。
生存华屋处，零落旧山丘。先民谁不死？知命复何忧！

注释

〔1〕阳阿：今山西凤台县西北，这里指舞女。〔2〕庶羞：美味佳肴。〔3〕千金寿：以千金赠人。〔4〕万年酬：祝贺主人长寿万年。〔5〕久要：旧约。〔6〕谦谦：谦卑。〔7〕磬折：弯腰鞠躬的样子。〔8〕光景：日光。〔9〕遒：尽头。〔10〕山丘：坟墓。

赏析

从气势上看，本诗应是曹植意气鼎盛时所作。"高殿"就说明此时曹植地位显赫，周围宾客众多，殿上酒肴丰盛，烹羊宰牛，秦筝齐瑟，丝竹繁奏，听来神情激昂，席前有阳阿舞蹈，还有昔日洛阳帝宫的名曲。酒过三巡，宽衣松带，放怀豪饮，其间主人又赠客黄金千两，以感谢众人祝寿之情。大家也由衷答辞，表示不会忘记誓约，背弃朋友的事情不会发生，宾主只求君子之交，别无所求。此时笔锋一转，"惊风"所带来的气氛与前面的歌舞升平极不和谐，在穷极欢乐之后，痛感时光短促，就算能百寿，终究也要埋土荒山，前人都难免一死，我又何惧。体现出了诗人慷慨激昂的精神。

*"盛时不可再"一作"盛时不再来"。

野田黄雀行

曹 植

建安二十五年正月，曹操病故，曹丕继位魏王，改元延康。他掌权后，立即把曹植的"至交"丁仪杀了。好友被杀，曹植却因争立失败而无力相救。此诗所抒发的，就是这样一种悲愤情绪。

高树多悲风，海水扬其波。利剑不在掌，
结友何须多？不见篱间雀，见鹞自投罗？
罗家见雀喜，少年见雀悲。拔剑捎罗网，
黄雀得飞飞。飞飞摩苍天，来下谢少年。

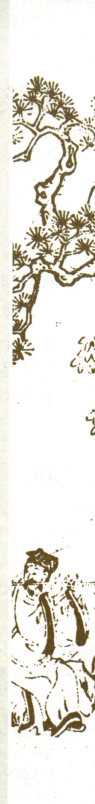

注释

〔1〕扬：翻，卷起。〔2〕罗：罗网。〔3〕捎：当"挑"或"削"。〔4〕摩：擦过，迫尽。

诗意

　　树越高越有被风摧折的悲哀，大海无风也会汹涌着波涛。权势不掌握在手里，又何需交那么多朋友？你没看见从不伤人的篱间小鸟，被鹞撵得往罗网里飞吗？置网的人看到鸟被捕而高兴，少年却为鸟的命运悲伤。他拔剑削断罗网，鸟又获得自由。向高天飞去又环绕少年，像是在感谢他一样。

赏析

　　曹丕掌权后，立即杀了曹植的两位挚友，曹植与曹丕权力之争以曹植的失败而告终，对挚友的死亡也只能用诗来缅怀。开始以自然景观中的高树、大海来比喻官场中的险恶，由于自己的失势，殃及朋友的性命，只能眼睁睁看着朋友被杀而无能为力，发出了"利剑不在掌，结友何须多"的悲叹，只好借少年仗利剑救黄雀的幻想来安慰自己。弱小的黄雀只能嬉戏于篱间，但随时有陷入罗网的危险，以及来自天敌鹞鹰的追杀。被救的黄雀绕少年盘旋飞鸣，少年是诗人的自喻。

名都篇

曹 植

从本诗所写的洛阳少年奢靡豪华的生活来看，是曹植于太和年间入京时所作，即在他生命的最后几年中。虽然诗人的意图在于讥刺和揭露，而给人的印象却是在赞美和颂扬。本诗是一首叙事诗，诗中主要写了主人公京洛少年的行为。

名都多妖女，京洛出少年。宝剑直千金，被服丽且鲜。
斗鸡东郊道，走马长楸间。驰骋未能半，双兔过我前。
揽弓捷鸣镝，长驱上南山。左挽因右发，一纵两禽连。
余巧未及展，仰手接飞鸢。观者咸称善，众工归我妍。
归来宴平乐，美酒斗十千。脍鲤臇胎鰕，炮鳖炙熊蹯。
鸣俦啸匹侣，列坐竞长筵。连翩击鞠壤，巧捷惟万端。
白日西南驰，光景不可攀。云散还城邑，清晨复来还。

注释

〔1〕妖女：艳丽的女子。〔2〕直：通"值"。〔3〕捷：引。〔4〕鸣镝：响箭。〔5〕鸢：鹞鹰。〔6〕归我妍：夸我本领强。〔7〕臇（juǎn 卷）：肉羹。〔8〕炮、炙：烤。〔9〕蹴鞠、击壤：均为古代游戏。〔10〕攀：留下。〔11〕复：再。

赏析

此诗描写京洛少年裘马射猎，欢宴无度的奢靡生活。浓妆俏丽的艳女，身披华服，腰佩价值千金的宝剑的英俊少年，出没在斗鸡场、跑马场，这是汉魏时期富家子弟的娱乐项目。接下来是射猎场面，一箭射杀两只奔跑中的兔子，抬手弯弓又射落一只天上的鹞鹰，众人赞叹少年武艺高强。游猎归来，大摆宴席，呼朋唤友，开怀畅饮，鱼臇羹，甲鱼熊掌，人间美味充斥席间，宾客在其间极尽蹴鞠、击壤之乐，一直持续到太阳西下才散去，然而这一切明天将重新来过。诗人通过对穷奢极欲生活侧面的描述，表达了复杂矛盾的心理。

美女篇

曹 植

这首诗应该创作于曹植与曹丕争夺继承权之后。这首诗通篇用比的手法，以美人不嫁喻怀才不遇，这正是他失败后的心理写照。虽然在格式方面讲，这首诗是祖承于诗经，但在思想情感上则和《离骚》一脉相承。

美女妖且闲，采桑歧路间。柔条纷冉冉，落叶何翩翩。
攘袖见素手，皓腕约金环。头上金爵钗，腰佩翠琅玕。
明珠交玉体，珊瑚间木难。罗衣何飘飖，轻裾随风还。
顾盼遗光彩，长啸气若兰。行徒用息驾，休者以忘餐。
借问女安居，乃在城南端。青楼临大路，高门结重关。
容华耀朝日，谁不希令颜？媒氏何所营？玉帛不时安。
佳人慕高义，求贤良独难。众人徒嗷嗷，安知彼所观？
盛年处房室，中夜起长叹。

注释

〔1〕歧路：岔路。〔2〕冉冉：轻摇。〔3〕约：束，缠裹。〔4〕顾盼：眼神。〔5〕息：停。〔6〕营：行聘。〔7〕嗷嗷：吵嚷。

赏析

　　此篇虚赞美女，实则暗喻曹植自己。诗人用赏心悦目的语气赞颂一位在路边采桑的容貌妖艳、体态优雅的美女。通过举手投足、衣着佩饰、眼神气质等一连串动静结合的描写，仅用"素手""皓腕""罗衣""顾盼""气若兰"用几个简洁的词汇就勾勒出美女婀娜多姿、风情万种的神采，以至于行车之人驻车观看，餐者忘食。有人告之，此乃城南高楼大宅中的大家闺秀，至今无媒人登门行聘礼的原因是希望择高义之人，但难遂美人愿，正值青春盛年的她只能怀忧叹息，深夜难眠。此诗是作者借美女不嫁，比喻怀才不遇之感。

白马篇

曹 植

曹植自称"生乎乱，长乎军"是不错的，其青少年时期，的确随其父曹操南征北战，有过一些军旅生活。自汉末分裂割据以来，为国家的统一和社会的安定而献身，他的诗一直是时代的最强音。《白马篇》就正是这样一曲时代的慷慨高歌。

白马饰金羁，连翩西北驰。借问谁家子，幽并游侠儿。
少小去乡邑，扬名沙漠垂*。宿昔秉良弓，楛矢何参差。
控弦破左的，右发摧月支。仰手接飞猱，俯身散马蹄。
狡捷过猴猿，勇剽若豹螭。边城多警急，胡虏数迁移。
羽檄从北来，厉马登高堤。长驱蹈匈奴，左顾陵鲜卑。
弃身锋刃端，性命安可怀？父母且不顾，何言子与妻？
名编壮士籍，不得中顾私。捐躯赴国难，视死忽如归。

注释

〔1〕连翩：快飞。〔2〕幽并：今河北、山西、陕西北部一带。〔3〕垂：同"陲"。〔4〕宿昔：经常。〔5〕楛：木名。〔6〕螭（chī 吃）：古代传说中没有角的龙。〔7〕羽檄：告急文书。〔8〕陵：战胜。〔9〕怀：顾惜。

赏析

　　诗人以边塞游侠的形象，表达自己建功立业的雄心。用配饰金马笼头、快速向西北奔驰的骏马，衬托出游侠的英姿。游侠自小离家，已扬名边塞，他武艺高强，能骑善射，整天弓不离手，可左右开弓，身手敏捷，勇猛如豹螭。急驰西北是因边塞告急，策马上高堤，长驱杀入敌阵，好男儿置于刀光剑影中，生死置之度外，照顾不了家中父母，更谈不上妻子儿女，况且已被写入壮士名册，岂可顾念私情。最后两句"捐躯赴国难，视死忽如归"，把游侠甘为国难捐躯，视死如同回家的豪迈气慨和高超武艺融为一体，虚构出一个理想的化身。

　　＊"扬名"一作"扬声"。

赠丁仪

曹 植

丁仪曾为曹操的属官，颇有才学，深得曹操器重，曹操曾想立曹植为太子，丁仪力赞其事。曹操去世后，曹丕即位，不久就借故将丁氏杀害。这首诗写于曹丕初即位时，丁仪自知形势严峻，曹植作此诗以示安慰。

初秋凉气发，庭树微销落。凝霜依玉除，清风飘飞阁。
朝云不归山，霖雨成川泽。黍稷委畴陇，农夫安所获。
在贵多忘贱，为恩谁能博？狐白足御冬，焉念无衣客。
思慕延陵子，宝剑非所惜。子其宁尔心，亲交义不薄。

注释

〔1〕玉除、飞阁：指诗人居所之豪华。〔2〕黍稷：庄稼。〔3〕畴：田地。〔4〕安：怎。〔5〕延陵子：指吴国延陵季子（季札）佩剑出访晋国，途径徐国，徐君慕其宝剑，但不好开口。季子为国家使节，当时不便以剑赠人，由晋返回再经徐国，徐君已亡，季子解剑挂于徐君墓旁树上，扬长而去。

诗意

初秋天气转凉，庭院的树开始落叶。寒霜结在宫室，冷风吹入楼阁。从早到晚乌云密布，大雨流成了河。庄稼全泡在田里，农民怎能有收成？权贵们不知道贫贱者的痛苦，施恩的人又怎能广济天下？穿着白狐皮裘御寒的人，怎会想到还有人穿不上衣裳。思念和仰慕延陵季子，重义重诺赠剑在所不惜。你要放宽胸怀，安定心意，你我不是薄情绝义之人。

赏析

曹植赠人之作写了很多，《赠丁仪》是其中之一。丁仪是曹植挚友，在与曹丕等太子之争中鼎力相助，曹丕继位后杀掉丁仪，曹植曾作诗《野田黄雀行》一首哀悼丁氏兄弟。这首诗作于曹丕继位之初，丁仪自知形势严峻，常常郁郁寡欢，曹植作此诗以示安慰。全诗以秋景入手，秋凉叶落，既是实景，又象征着一种不祥的预感，"朝云"以下四句说大雨连绵不断，只能眼看着成熟的庄稼腐烂在地里，一年的辛苦化为乌有。为百姓的疾苦担忧，指责统治者不体恤民情，并引用齐景公拥暖而不知别人寒的故事，说明养尊处优的人不知贫贱者之苦。最后借延陵季子赠剑的典故，说明不会忘记与丁仪的情谊。

送应氏

曹　植

建安十六年，曹植随曹操西征马超，路经洛阳，在洛阳他见到了当时颇负诗名的应氏兄弟，而应氏兄弟将要开始北方之行，亲交故旧为他们设宴饯行，曹植便写下了《送应氏》二首，以示惜别，选在这里的是第一首。

步登北邙阪，遥望洛阳山。洛阳何寂寞，宫室尽烧焚。
垣墙皆顿擗，荆棘上参天。不见旧耆老，但睹新少年。
侧足无行径，荒畴不复田。游子久不归，不识陌与阡。
中野何萧条，千里无人烟。念我平常居，气结不能言。

注释

〔1〕北邙：邙山。〔2〕顿擗：倒塌崩裂。〔3〕耆老：老人。〔4〕畴：耕过的田地。〔5〕陌与阡：田间小路。〔6〕中野：郊野。〔7〕结：凝滞。

诗意

　　向北登上邙山，遥望故都洛阳。洛阳悄无声息，宫殿全给烧掉了。墙壁崩裂倒塌，荆棘向上疯长。看不到往日的老人，见到的是新一代少年。挑选着走也找不到道，荒芜的耕地已不成田的样子。离乡很久回来的游子，竟不认识家乡的小路。辽阔的原野多么凄凉，千里土地看不到人烟。想起我平日的住宅，心中郁塞得说不出话来。

赏析

　　曹植当时跟随曹操西征，在洛阳见到了颇负盛名的应氏兄弟，在为其摆设的饯行宴上，写下两首诗，这是其中一首。
　　诗人以白描手法，抒述了遭董卓焚毁后的洛阳城景，到处是断墙残壁，满目疮痍，旧日的名都，如今已成为一片灰烬，四周荒芜沉寂，杂草丛生，昔日的老人不见了，侧足而行的小路也没有了，土地无人耕种而荒废，游子归来连田间小道都无处可寻，郊野萧条不见人烟。诗人写这首诗不是凭吊，而是对战争造成的创伤的感叹，借惜离之时有感而发，体现了诗人的思想倾向。

杂诗（一）

曹植

曹植文采气骨兼备。这是曹植《杂诗七首》的其中之一，写作年代不详。全诗三节，从动作到太息，从太息到幻思，写织妇的相思，步步深入，层次分明，脉络清晰，不愧为曹植的佳作之一。

高台多悲风，朝日照北林。之子在万里，江湖迥且深。
方舟安可极，离思故难任！孤雁飞南游，过庭长哀吟。
翘思慕远人，愿欲托遗音。形影忽不见，翩翩伤我心。

注释

〔1〕北林：女子思夫之地，古人以夫妇与兄弟关系互相为喻，此处当暗喻兄弟。〔2〕迥：远。
〔3〕方舟：两船合并。〔4〕极：至。〔5〕任：承受。〔6〕翘思：悬想。〔7〕慕：念念不忘。
〔8〕翩：很快地飞。

诗意

　　登高台怀人而觉得风也悲凉，早晨的太阳照着北林。你在万里之外，隔着又远又深的江湖。连方舟也难以抵达，这种思念可怎么承受！孤雁往南方飞去，飞过庭院长长地哀鸣。翘首思盼远方的你，多想托大雁带封信啊。大雁飞得太快转眼不见踪影，它迅急而逝不理睬我，更让我伤心。

赏析

　　曹植的诗多以景色起势，这首也不例外。"高台多悲风"与《野田黄雀行》的起首类似，登高远望多与怀人有关，此诗可能是怀念其弟曹彪所作，故有"之子在万里"之句。思念之人远在万里，江河阻隔，水深浪急，方舟难至，忧伤无尽。登高时望见南飞的孤雁，联想到身处南方的曹彪，闻哀鸣而念远人，欲托大雁带个音信去，怎奈雁速甚快，很快就不见其踪影，令诗人意犹未尽且伤心不已。此诗妙在孤雁既指所怀，又是自喻。

杂诗（二） 曹植

曹植的《杂诗》得到历代诗评家的赞赏和肯定，是曹植诗歌中的著名篇章。这首诗是其中之一。为曹植后期所作，采用比喻的手法，表现了他怀才不遇的苦闷心情。他不但文才很高，而且很有政治抱负，希望建功立业，但最终没能实现。

西北有织妇，绮缟何缤纷！
明晨秉机杼，日昃不成文。
太息终长夜，悲啸入青云。
妾身守空闺，良人行从军。
自期三年归，今已历九春。
飞鸟绕树翔，嗷嗷鸣索群。
愿为南流景，驰光见我君。

注释

〔1〕绮缟：白色生绢。〔2〕杼：织机的梭子。
〔3〕昃（zè仄）：太阳偏西。〔4〕文：纹理。
〔5〕期：约定。〔6〕历：经过。

诗意

西北有一个织布的少妇，织的素绢多么亮丽！可是今天早上就开始织作，太阳偏西也没织成个样子。心乱如麻，终夜难眠，叹息变成悲呼传向天外。可怜我独守空房，丈夫去当兵打仗了。原来约定三年就能回来，如今已过了九个春夏。看到鸟儿围着树林飞翔，悲啼着寻找同伴。多想化作一道阳光，驾着光的轮子去看我远在南方的丈夫。

赏析

　　有一位织妇每日都在纺织华丽的丝绢，然而今天从早晨坐在织机旁开始织作，到太阳西下却未织成纹理。苦衷缘自漫漫长夜织妇独守空房，丈夫在外从军，原想三年就能归来，可谁曾想到如今已度过九个寒暑。日思夜盼，何人能不叹息。说好三年可相聚，却一而再再而三地等待，谁人能不神思恍惚？飞鸟绕树林飞翔，鸣叫着寻找同伴，织妇触景生情，想到自己的状况与它们相似，于是便幻想着自己化成阳光向南飞驰照见夫君。作者构思奇妙，把织妇刻骨的痴情发挥到极致。

杂 诗（三） 曹植

这是曹植《杂诗》七首中的一首。古直《笺》引近人曾运乾说，此诗系魏明帝太和二年冬天作，诸葛亮统蜀军伐魏，出兵散关，围陈仓。魏遣张郃拒亮，明帝亲至河南城为郃送行。曹植为此而赋诗明志，当时曹植三十七岁。

南国有佳人，容华若桃李。
朝游江北岸，夕宿潇湘沚。
时俗薄朱颜，谁为发皓齿？
俯仰岁将暮，荣耀难久恃。

注释

〔1〕南国：江南。〔2〕游：漂泊不定。〔3〕潇湘：潇水、湘水。〔4〕沚：水中小洲。〔5〕发皓齿：唱歌。

诗意

　　江南有位姣美的丽人，容貌如桃花般美艳。早晨漂泊到江的北岸，夜晚又住到潇湘荒凉的小沙洲。眼下没有人管你漂不漂亮，更没有人去欣赏动人的歌喉。转瞬之间就到了晚年，容貌才艺怎能保持长久？

赏析

　　此诗单从字面上很好理解：南国佳人容颜若桃李之花，然而飘泊不定，夕宿潇湘水的小洲上，时俗鄙薄美色，歌喉也不为时人所赏识，岁月无情地流逝，娇美的容貌能维持多久呢。看似为佳人婉惜，实则是曹植以佳人自比。他因遭其兄曹丕和侄曹叡的排挤，经常被迫迁徙，胸怀大志难已实现，就像南国佳人，空有色艺，却不能被赏识，道出怀才不遇之感。

126

杂诗（四）

曹　植

曹植和建安时代的其他诗人一样，也写了许多模仿民歌风格的诗。只不过，他的诗又结合了骚体的象征手法，以抒发自己怀才不遇的苦闷和对有限生命的惋惜。因此，他的诗更富内涵，更有意味。

飞观百余尺，临牖御棂轩。远望周千里，朝夕见平原。
烈士多悲心，小人偷自闲。国仇亮不塞，甘心思丧元。
抚剑西南望，思欲赴太山。弦急悲声发，聆我慷慨言。

注释

〔1〕牖：窗户。〔2〕棂：窗上格子。〔3〕烈士：勇士。〔4〕亮：诚然，实在。〔5〕塞：防止。〔6〕元：头颅。

诗意

　　楼阁如鸟飞上百尺高空，站在窗前凭栏而望。向四周都能看到千里之外，日出处是平原，日落处也是平原。勇士多有悲悯之心、慷慨之气，不像小人偷安而自在闲散。国家的仇敌诚然尚未歼灭，勇士需牢记洒热血抛头颅的誓言。手抚宝剑望向西南，恨不得马上奔赴太乙山投入战斗。心中犹如千弦急奏发出悲声，谁能听到我这悲愤慷慨的心声啊！

赏析

　　这是一首慷慨激昂、催人奋进的诗篇。全诗以登高远望开始，诗人登上地处很高的楼观，高则有利远望，临窗凭槛环顾四方，广阔的中原大地尽现眼前。"朝""夕"不是单指早晚，是暗含壮志千里的气势。"烈士"以下四句是叙写为国出征的将士抱着一去不复返的牺牲精神，与那些苟且偷安的小人形成鲜明的对比。在国仇未了结以前，甘愿以满腔的热血为国尽忠。最后四句表述了诗人急切的心理，当时正值魏蜀交战之时，诗人"抚剑西南望"，很想奔赴两军交战要冲——太乙山，用"弦急"表示情绪高昂急迫，洋溢着诗人报国热情。

七步诗

曹 植

曹丕当了皇帝以后，怕曹植威胁自己的地位，想迫害曹植。有一次让曹植在七步之内作一首诗，否则就把他处死。曹植应声而起，没走到七步就作好了这首诗。因为限制在七步之中作成，故后人称之为《七步诗》。

煮豆持作羹，漉豉以为汁。
其向釜下燃，豆在釜中泣。
本是同根生，相煎何太急。

注释

〔1〕羹：汁或糊状食品。〔2〕漉：过滤。〔3〕豉：豆子煮熟后发酵制成的调味品。〔4〕釜：锅。

诗意

　　煮豆做成糊状食品，用滤过的豆豉作汁。豆秆在锅底下燃烧，豆子在锅中哭泣。原本生在一条根上，何必这么急着自相残害。

赏析

　　曹丕做皇帝以后，因与胞弟曹植有过权力之争，而对这位才华出众的弟弟心怀忌恨。一次曹丕命曹植在七步之内作一首诗，否则将被处死。语音将落，曹植已咏出上面六句诗，语句简单明了，但喻意贴切。煮豆作羹，"漉豉"是指把豆豉过滤掉残渣，取其汁液。"其"是豆秧，晒干了用来烧火做饭，用豆秧烧豆，被比喻成兄弟相逼，都是同根生却骨肉相残，为常理所不容。最后两句诗已成为后人劝戒避免兄弟相残的用语，广为流传。

挽 歌

缪袭的诗以《挽歌》最著名。汉初《蒿里》《薤露》为公用挽歌。有人认为缪袭此篇也是奉命而作，为当时人所通用。然生命短促的悲哀，却已委婉地写出。所以清人何焯说："缪熙伯《挽歌》诗，词极峭促，亦淡亦悲。"

生时游国都，死没弃中野。朝发高堂上，暮宿黄泉下。
白日入虞渊，悬车息驷马。造化虽神明，安能复存我？
形容稍歇灭，齿发行当堕。自古皆有然，谁能离此者。

注释

〔1〕中野：荒野。〔2〕虞渊：传说的日落处。〔3〕悬：停。〔4〕堕：腐。

诗意

　　活着时曾到过帝都，死了后被抛弃于荒野。早上从住宅正厅出发，晚上却住在九泉之下。太阳落在叫虞渊的地方，拉着太阳的车马歇息了。上苍虽有好生之德，又怎能让人死而复生？躯体转瞬就消失了，牙齿毛发也将堕落。从古以来就是这样，谁能逃过自然法则。

赏析

　　挽歌，顾名思义是葬礼上献给死者的诗歌。"生时游国都，死没弃中野"，死者可能是一个求仕途之人，没什么地位，所以死后弃中野，中野是荒野的意思，不是葬而是弃之，简单几个字就说明死者生前的状况。"朝发""暮宿"是将人生浓缩，比喻人生苦短。虞渊是传说日落之所在，太阳是装在车上由东向西行走，走到虞渊就到黄昏，车马也将歇息，悬是停的意思。天地造化虽神明，也不能使"我"复生。"我"是泛指人类，并不是单指诗人自己，人死之后都将是在泥土中腐烂，谁也逃不过这一关。由葬礼感悟到生命的可贵，也不得不正视这无法回避的最后归宿。

129

言志

何　晏

魏晋之际，是一个玄学日渐兴盛的时期，同时也是诗歌明显转向哲理化的时期。何晏是玄学的创始人之一，他仅存的两首《言志》诗，标志着魏晋诗歌哲理化的开端。其后，阮籍作为一个重要的玄学家，把诗歌的哲理化推上了高峰。

鸿鹄比翼游，群飞戏太清。
常恐夭网罗，忧祸一旦并。
岂若集五湖，顺流唼浮萍。
逍遥放志意，何为怵惕惊？

转蓬去其根，流飘从风移。
茫茫四海涂，悠悠焉可弥？
愿为浮萍草，托身寄清池。
且以乐今日，其后非所知。

注释

〔1〕鹄：天鹅。〔2〕太清：天空。〔3〕岂：不如。
〔4〕集：游历。〔5〕唼（shà厦）：鱼鸟吃东西。
〔6〕去：丢失。〔7〕从：随。

诗意

　　天鹅亲密地飞翔，欢畅地结队飞在天空。可是却担心死于罗网之中，忧愁伴着灾祸来临。还不如像凡鸟一样聚于湖泊之中，顺水啄食些水草之类。这样反倒可以逍遥自在，不必过担惊受怕的日子。离根的蓬草，随风流浪。四海茫茫，道路遥远，飘泊到何时才有终结？还是化作浮萍吧，存身于安宁的清池中。暂且获取今日的欢乐，往后的命运谁又能知道呢。

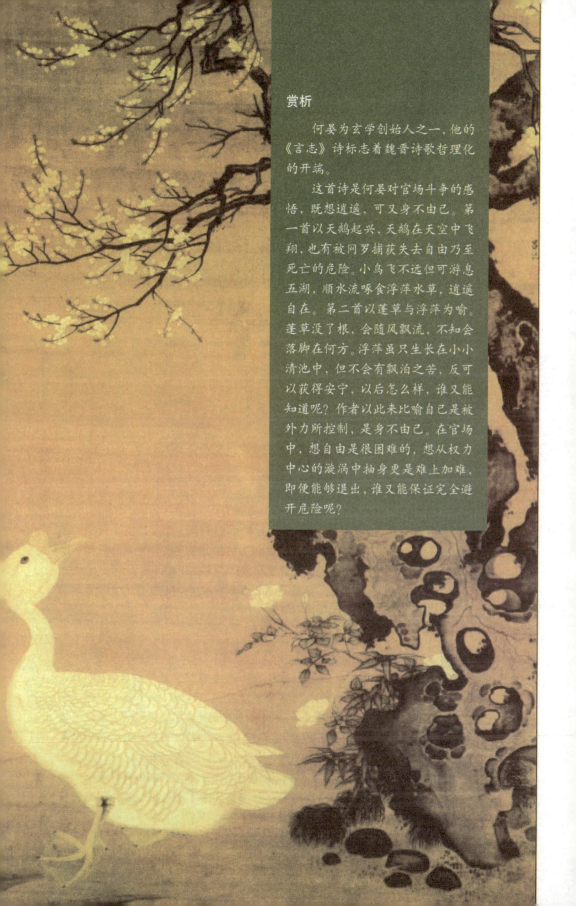

赏析

何晏为玄学创始人之一，他的《言志》诗标志着魏晋诗歌哲理化的开端。

这首诗是何晏对官场斗争的感悟，既想逍遥，可又身不由己。第一首以天鹅起兴，天鹅在天空中飞翔，也有被网罗捕获失去自由乃至死亡的危险。小鸟飞不远但可游息五湖，顺水流啄食浮萍水草，逍遥自在。第二首以蓬草与浮萍为喻。蓬草没了根，会随风飘流，不知会落脚在何方。浮萍虽只生长在小小清池中，但不会有飘泊之苦，反可以获得安宁，以后怎么样，谁又能知道呢？作者以此来比喻自己是被外力所控制，是身不由己。在官场中，想自由是很困难的，想从权力中心的漩涡中抽身更是难上加难，即便能够退出，谁又能保证完全避开危险呢？

百一诗

应 璩

应璩的诗在当时流传的有一百三十篇之多，统一称为《百一诗》（又称《新诗》）。从唐代开始，他的诗渐渐失散，传到现在的仅寥寥数篇。这首诗因收到《文选》里，故得以完整地保留到今。此诗应是作者晚年辞官后返归田里时所作。

昔有行道人，陌上见三叟。年各百余岁，相与锄禾莠。
住车问三叟：何以得此寿？上叟前致辞：室内姬貌丑。
中叟前置辞：量腹节所受。下叟前致辞：夜卧不覆首。
要哉三叟言，所以得长久。

注释

〔1〕昔：过去。〔2〕陌：田地。〔3〕叟：老人。〔4〕姬：年老女人。〔5〕覆：盖。

诗意

以前有个过路人，看到田野上有三个老者。（三人）年纪都不下百岁，还一起持锄除草。停下车问三位老人："你们为何如此长寿？"第一位老人上前回答："家中老妻相貌丑。"第二个老人迎上说："饮食节制有度。"第三个老人接着说："睡觉时不以被蒙头。"三位老人的经验多么精要啊，难怪他们活得这样长久。

赏析

这是一首格言诗，告诉人们若健康长寿，就要遵循良好的生活习惯，勤劳节制是养生之道，不能迷信药剂、仙方，更不可纵欲肆志。诗中讲过去有一个人走在路上，看见路边的田里有三位年逾百余岁的老人在耕作劳动，便停下车问三位老者："你们何以如此长寿？"第一个老人回答说"家有相貌丑陋的妻子"，说明要控制情欲；第二个老人说"饮食要有节制"，不能贪一时口福之欲而暴饮暴食，那样会损害身体；第三位老人说"晚上睡觉不能把头用被子盖起来"，因蒙头会吸进污浊的空气，有损心肺健康，三老者根据各自体会指出节欲有度、顺气导和就可以长寿。

咏怀（一） 阮 籍

阮籍五言《咏怀》诗共八十二首。这八十二首诗是诗人随感随写，最后加以辑录的，皆有感而作，而非一时之作。虽然如此，第一首仍有序诗的作用，所以清人方东树说："此是八十一首发端，不过总言所以咏怀不能已于言之故。"这是有道理的。

夜中不能寐，起坐弹鸣琴。
薄帷鉴明月，清风吹我襟。
孤鸿号外野，翔鸟鸣北林。
徘徊将何见？忧思独伤心。

注释

〔1〕鉴：照。〔2〕孤鸿：失群的大雁。〔3〕号：鸣叫。
〔4〕外野：野外。

诗意

半夜难以入睡，起床坐下弹琴。明月照着窗纱，凉风吹动衣襟。孤雁在野外啼号，飞鸟在北林鸣叫。我独自徘徊，而雁鸟们看到什么？忧国之情让我痛心。

赏析

阮籍的诗产生于魏、晋交替时代，此时社会动荡，诗人不满世事，许多诗是随感而写。诗人在夜深人静时，忧思萦绕，不能入睡，只得起身弹琴自遣。王粲的诗也有同样的描写，"独夜不能寐，摄衣起抚琴"。阮籍所忧不是思乡，而是忧不稳定的时局。月光静静地照在薄幔上，凉爽的清风带起衣襟，孤雁在哀鸣，飞鸟在北林上鼓动着翅膀，这些景象正好对应了诗人内心难言的孤独苦闷的情感。他徘徊良久，却不知可以做些什么。

133

咏 怀（二）

阮 籍

阮籍生活在魏、晋之际，他有雄心壮志。《晋书·阮籍传》说："籍本有济世志，属魏、晋之际，天下多故，名士少有全者，籍由是不与世事，遂酣饮为常。"由于当时政治黑暗，壮志难酬，所以陶醉酒中。但酒并不能浇愁，他的忧愁和苦闷，终于发而为《咏怀》诗。

二妃游江滨，逍遥顺风翔。交甫怀环珮，婉娈有芬芳。
猗靡情欢爱，千载不相忘。倾城迷下蔡，容好结中肠。
感激生忧思，萱草树兰房。膏沐为谁施？其雨怨朝阳。
如何金石交，一旦更离伤！

注释

〔1〕婉娈：婀娜美貌。〔2〕猗靡：缠绵。〔3〕迷下蔡：地名。〔4〕萱草：又叫"忘忧草"。
〔5〕兰房：闺房。〔6〕膏沐：脂粉。

诗意

　　江妃二女游于江畔，快活得像鸟儿飞翔。叫郑交甫的男子请她们赠玉佩为信物，得到后更觉她们貌美而芬芳。缠绵相爱之情，千年难忘。倾城之美迷倒天下，美好记忆记在心中。二妃为交甫的真情感动并因分离而悲伤，于是把忘忧草种在闺房之内。交甫不在身边脂粉为谁而用？情人不来就像盼雨却出了太阳一样。为何当年金石般坚固的盟誓，一旦离别却变成了悲伤！

赏析

　　此诗写江妃二女结伴出游，神情逍遥自在，在江边偶遇交甫，使其一见钟情，交甫请她们以环珮相赠作为信物，二女解下带着芬芳气息的珮饰赠与交甫，交甫珍重地纳入怀中。别后交甫长久地沉浸在缠绵的相思中，久久不能忘怀，二女倾城之容颜铭刻在交甫心中，而二妃也因相思产生忧伤，在闺房中种下"忘忧草"，借花解忧，因见不到相思之人，也就倦于梳妆。心中急切盼望意中人的到来，可事与愿违，就像盼下雨却艳阳高照，金石之盟也因无音信而令人悲伤。此诗借男女之情比喻曹魏与司马氏的君臣离合。

咏 怀（三）

阮 籍

在阮籍那个时代里，有相当一部分士大夫对在思想界长期占统治地位的儒家学说由怀疑到不满，阮籍也是其中一个。他认为，儒家所提倡的"礼法"是"束缚下民"的可怕又可恶的东西，他不愿为此牺牲自己，但又寻找不到生命的价值和意义。

嘉树下成蹊，东园桃与李。秋风吹飞藿，
零落从此始。繁华有憔悴，堂上生荆杞。
驱马舍之去，去上西山趾。一身不自保，
何况恋妻子？凝霜被野草，岁暮亦云已。

注释

〔1〕蹊：小路。〔2〕藿：豆类作物的叶子。〔3〕荆杞：杂树。〔4〕西山：首阳山。〔5〕趾：山脚。〔6〕已：结束。

诗意

　　东园桃树李树之下，被赏景之人踩出了一条小路。秋风吹卷豆叶时，桃李便开始凋零了。有繁华就有衰败，大厦倒塌长出的是荆丛。不如策马舍弃所追求依恋的，到西山脚下去隐居。没有办法，已经自身难保，哪顾得上妻子儿女？严霜已覆盖了野草，冬天也就到来了。

赏析

　　在花繁叶茂时，到桃李树下观花，采果之人络绎不绝，树下被踩出一条路来。但当秋风来时，花飞叶落，一派凋零，与盛时形成强烈对比，引出由盛及衰的道理。有繁华也会有憔悴，昔日显赫的高堂，可能会变成杂草丛生的荒凉之地，表示出诗人对国家前途的担忧，但又没有能力去改变现状，为躲避随时可能加身的灾祸，只好离开是非之地去隐居。自身性命难保，哪顾得上家小，野草虽然茂密，严霜的摧残，终归使其了结。由于社会矛盾激烈冲突，人身安全得不到保障，远离现实社会的争斗，似乎是上策。

咏 怀（四）

阮 籍

这首诗的基调，虽然十分消极，但就人生态度来说，却是很严肃的。作者体会到了生命短促的悲哀，为找不到人生的寄托而感到痛苦。他对人生有着严肃的追求，希望生命获得它所应有的价值，但又意识到在当时的社会状况下，这种追求是虚幻的，于是不禁悲哀。

步出上东门，北望首阳岑：下有采薇士，上有嘉树林。
良辰在何许？凝霜沾衣襟。寒风振山冈，玄云起重阴。
鸣雁飞南征，鷤鴃发哀音。素质游商声，凄怆伤我心。

注释

〔1〕首阳岑：首阳山。〔2〕采薇士：薇，巢菜，一年或二年生草本植物，嫩叶及茎、种子均可食，也叫野豌豆，此处指伯夷、叔齐。〔3〕鷤鴃 (tí juē 题绝)：鸟名，即杜鹃、子规。

诗意

出门登上东门，向北眺望首阳山：山下有采野菜的高士，山上有俊挺的树林。美妙的时日在何处？想起来心寒，泪湿衣襟。冷风吹拂山冈，天空浓云密布。雁群鸣叫着向南飞去，杜鹃也发出悲鸣。天地飘动着秋声，伤痛在我心。

赏析

该诗以眼见带出联想，从咏景的词语中就能感觉到一种压抑。诗人步出东城北门，抬头望见首阳山，那里曾是前人伯夷、叔齐采薇归隐之处，山上树木郁郁葱葱。但诗人却发出良辰美景在何处的疑问，这也许与当时的社会背景有关。沾在衣襟上的凝霜和阵阵寒风，预示着冬天即将到来，天空笼罩着乌云。大雁一路鸣叫着飞向温暖的南方，鷤鴃就只能哀鸣，到处是凋零、失色的气息，凄凉的景色令诗人悲伤。诗人以秋景的凝重比喻当时社会的黑暗与恐怖，想逃离现时，却又无所适从。

咏 怀（五）

阮 籍

阮籍五言《咏怀》诗共八十二首。阮籍《咏怀》诗（包括四言《咏怀》诗十三首），是他一生诗歌创作的总汇。《晋书·阮籍传》说："作《咏怀》诗八十余篇，为世所重。"这是指他的五言《咏怀》诗。

昔年十四五，志尚好书诗。被褐怀珠玉，颜闵相与期。
开轩临四野，登高望所思。丘墓蔽山冈，万代同一时。
千秋万岁后，荣名安所之？乃悟羡门子，嗷嗷今自嗤。

注释

〔1〕尚：崇尚。〔2〕褐：粗布衣。〔3〕珠玉：才德。〔4〕颜闵：颜回、闵子骞，均为孔子弟子，以德行著称。〔5〕与期：如。〔6〕蔽：埋葬。〔7〕羡门子：神话中的仙人，轻荣名，重长生。

诗意

当年十四五岁时，尚有诵读诗书的志向。穿粗布衣却心怀大志，想做颜闵那样的贤人。打开窗子面向世界，登上高处驰飞思绪。坟墓布满山冈，自古以来谁能不死。纵使活上千年万载，死后还有什么荣耀功名？终于明白了羡门子的追求，不由自嘲过去追求功名的可笑。

赏析

在这首诗中诗人自述思想转变。早年的时候，对读书写诗刻苦好学，虽然家境贫寒，依然胸怀大志，想像将来成就事业，与颜回闵子骞比肩。但现实社会是残酷的，在世风日下的朝代，仅靠才能求得功名仕途是行不通的。失意之余也让他悟出了真谛：达官贵人和平民百姓都将殊途同归，被埋于坟墓，何不学仙人羡门子，弃虚瞻远荣名，重长生，抛弃烦恼，超然人生！

咏 怀（六）

阮 籍

此诗是诗人在嘉平六年(254)针对司马师废魏帝曹芳为齐王而立高贵乡公曹髦一事而发。这首诗用象征的手法，极力渲染一种险恶疯狂、怵目惊心的自然景象氛围，表达了诗人对时政混乱、时人无节的幽愤和哀伤。

徘徊蓬池上，还顾望大梁。绿水扬洪波，旷野莽茫茫。
走兽交横驰，飞鸟相随翔。是时鹑火中，日月正相望。
朔风厉严寒，阴气下微霜。羁旅无俦匹，俯仰情哀伤。
小人计其功，君子道其常。岂惜终憔悴，咏言著斯章。

注释

〔1〕蓬池：沼泽地。〔2〕大梁：洛阳。〔3〕鹑火：星座。〔4〕中：方位。〔5〕日月相望：十五日。〔6〕朔：北。〔7〕俦（chóu 酬）：伴侣。〔8〕道：遵循。

诗意

　　徘徊在郊外沼泽旁，回首远望魏都洛阳。忽然江河卷起巨浪，风吹野草大地一片苍茫。各种野兽左奔右逃，鸟群也跟着仓皇飞翔。此时鹑火星位于中天，正是日月相对的十五日。北风呼啸，严寒骤至，阴冷中草木结霜。羁留他乡又无志同道合的友朋伴侣，四顾茫然，不由悲从心起。小人计较利害得失，君子按常理行事。不能因为不得志终会憔悴而惋惜，有感于此才写下这篇诗章。

赏析

　　踌躇徘徊来到蓬池边，不时回头遥望大梁城，江河汹涌，旷野苍茫，走兽驰骋，飞鸟成群在天空中翱翔，时为农历九月十五，朔风凛冽，天气阴霾，大地开始结霜。诗人渲染了肃杀怵目的深秋景色，暗喻时政动荡，矛盾、冲突，孕育着大乱将临。在错综复杂的变乱中，无人可以援手，孤掌难鸣，只能独自哀伤。小人们工于心计，趋炎附势，君子则遵常理办事，并有可能因此断送前程。

139

咏 怀（七） 阮 籍

阮籍在政治上倾向于曹魏皇室，对司马氏集团怀有不满，但同时又感到世事已不可为，于是他采取不涉是非、明哲保身的态度，或者闭门读书，或者登山临水，或者酣醉不醒，或者缄口不言。因此感到孤独而痛苦。

独坐空堂上，谁可与欢者？
出门临永路，不见行车马。
登高望九州，悠悠分旷野。
孤鸟西北飞，离兽东南下。
日暮思亲友，晤言用自写。

注释

〔1〕与：使。〔2〕悠悠：远。〔3〕晤：面对面。

诗意

一个人坐在空寂的房内，谁能与我谈笑带来欢欣？出门面临长路，看不到车马行人。登高看国内，遥远得只有旷野。孤独的鸟往西北飞，离群的兽朝东南走。天黑时思念亲友，也只是心里和他们见面交谈。

赏析

这是一首寂寞孤独者的自白，孤独寂寞缘自没有心有灵犀、志趣相投的人可以推心置腹，因此造成感觉的错位。一个人独自空坐，没有人交谈，出得门来，路上不见车马行人，登上高处眺望，也只是无边无际的九州大地，天上是飞往西北的孤鸟，地上是南下离群的走兽，心灵上的孤独者也会有"日暮思亲友"的时候，但仍然不会委屈自己以迎合他人，宁可在心里假设与亲友交谈。

咏 怀（八）

阮 籍

诗人生活在魏、晋之际，当时政治黑暗，名士很难保全自己，诗人心灰意冷，常常不理世事，于竹下饮酒解愁。他的《咏怀》诗，大都是以比兴的手法来表现他的难言之隐，借此来抒发自己济世之志不得施展的郁闷。

西方有佳人，皎若白日光。被服纤罗衣，左右佩双璜。
修容耀姿美，顺风振微芳。登高眺所思，举袂当朝阳。
寄颜云霄间，挥袖凌虚翔。飘飖恍惚中，流盼顾我傍。
悦怿未交接，晤言用感伤。

注释

〔1〕皎：洁白明亮。〔2〕纤：精细。〔3〕璜：半璧形的玉。〔4〕袂：衣袖。〔5〕凌虚：升空。〔6〕顾：回头看。〔7〕悦怿：喜欢。〔8〕交接：触摸。〔9〕晤言：对言。

诗意

　　西方有位美丽的女子，像日光一样姣艳。穿着细软的绸衣，两边坠着月牙形的美玉。打扮过的容貌更显姿色动人，风中飘荡着她带来的香气。登高眺望思念之人，举袖遮住阳光。容颜显现在云彩中，舞着衣袖凌空飞翔。飘飘飞飞恍惚之中，双目传情地来到我身旁。令人爱悦却未能接触，只能感伤地想象与她交谈。

赏析

　　诗人用灵秀的工笔描写佳人的外貌和神态，她光彩照人，身着纤罗绸衣，佩饰双璜璧玉，仪容如霞光焕发，体态婀娜多姿，随风送出阵阵幽香，登高远眺似有所思，是思念意中情人，还是憧憬美好的将来？举起衣袖挡住耀眼的阳光，她的倩影仿佛影衬在云间，挥动衣袖凌空飞翔，飘飘恍惚之中，佳人流连顾盼在诗人身旁，可望而不可及，令人无限感伤。佳人是诗人美好理想的化身和压抑情感的释放，表达了诗人企盼圣贤君主出现的愿望。

咏 怀（九）

阮 籍

魏、晋之际，天下多故，政治严酷，名士多有性命之忧。自古以来困扰着人们的生命倏忽如逝水的忧虑，更迫切地摆在人们的面前。在诗人看来，消极的人生态度并不能从本质上超越人生的短暂。所以他的《咏怀》诗也有积极的作品。

炎光延万里，洪川荡湍濑。弯弓挂扶桑，长剑倚天外。
泰山成砥砺，黄河为裳带。视彼庄周子，荣枯何足赖？
捐身弃中野，乌鸢作患害。岂若雄杰士，功名从此大！

注释

〔1〕炎光：阳光。〔2〕湍濑：急流。〔3〕扶桑：传说中的神树。〔4〕砥砺：磨刀石。〔5〕荣枯：生死。

诗意

　　阳光铺展万里，大河翻腾巨浪。弓箭挂在东瀛的扶桑树上，长剑向天而倚。把泰山当作磨刀石，黄河也不过是条窄窄的衣带。看人家庄周子，已参破了生死。死了弃于荒野，任由乌鸦啄食。惟有悬弓倚天的雄杰之士，他们的功名才称得上永恒。

赏析

　　诗人以极夸张的写作手法，去描绘一个理想中的英雄人物。首先在空间概念上展示了它的辽阔壮观。阳光照万里，洪川奔腾急，英雄豪杰的弯弓挂在东瀛的扶桑树上，利剑倚在天外。扶桑是传说中日出处的神树，高数千丈，比喻英杰的高大，高高的泰山是他的磨刀石，长长的黄河是他的衣带，这种大胆的夸张，表现了对生命意义的超越。这种超越是永恒的，庄周只是在生死的解释上豁达，来于大自然，也要归于大自然，但诗人要超越生命的限制，志向的延续才是诗人追求的最终结果。

咏 怀（十）

阮 籍

这首诗与不同于《咏怀》诗中多数诗篇之发言玄远、旨意遥深，而是词近意切，旨归分明，且语言雄浑，气势壮阔，是《咏怀》诗中最具独特风格的佳作，反映的是同一主题，即诗人之欲兼济天下、报效国家的雄心壮志。

壮士何慷慨，志欲威八荒。驱车远行役，受命念自忘。良弓挟乌号，明甲有精光。临难不顾生，身死魂飞扬。岂为全躯士？效命争战场。忠为百世荣，义使令名彰。垂声谢后世，气节故有常。

注释

〔1〕行役：出征。〔2〕乌号：弓名。〔3〕临：遭遇。〔4〕彰：显扬。
〔5〕垂声：流传。

诗意

　　壮士何等慷慨激昂，志在威震边关。驾着战车远征，肩负使命打消一切私念。好弓配以利箭，铠甲闪着光芒。临危不顾性命，战死也豪气万丈。哪能做保全性命的懦夫？战士就应血洒疆场。忠才是百代荣耀，义更使英名显扬。为忠为义献身的人，高风亮节永久流传。

赏析

　　这首诗歌颂报效国家、受命出征、勇敢杀敌的壮士。以铿锵的语句，壮阔的气势加强了诗的感染力。慷慨激昂的壮士，怀着报效国家的雄心壮志，踏上征程。"八荒"是指遥远的边地，将士手持乌号良弓，身披精光耀眼的铠甲，威武雄壮，将以自己的鲜血和斗志为国捐躯。身陷杀场，难以全身而退是诗人为救国难而一无反顾的梦想，英烈的气节和功绩必将流芳千古，为后世之人所颂扬。

咏怀（十一）

阮 籍

追求自由是人类的天性，古来哲人，为此不知作了多少探寻，故有庄子逍遥之游，佛教蝉蜕之说。阮籍的这一首诗，也正是对自由道路的探寻，同时也是求而不得后的怅惘。诗中比喻当时政治形势犹如"天网"，可见当时司马氏杀戮政策的广泛和严酷。

天网弥四野，六翮掩不舒。随波纷纶客，泛泛若浮凫。
生命无期度，朝夕有不虞。列仙停修龄，养志在冲虚。
飘飖云日间，邈与世路殊。荣名非己宝，声色焉足娱。
采药无旋返，神仙志不符。逼此良可惑，令我久踌躇。

注释

〔1〕弥：满，遍。〔2〕翮：羽毛。〔3〕纷纶：忙碌。〔4〕凫：野鸭。〔5〕虞：预料，忧虑。
〔6〕邈：远。

诗意

　　天地间布满罗网，任所有翅膀都无法舒展。要么做碌碌无为之人，像漂浮的野鸭。不知道生命的长短，难料之事也不知发生在早晨还是晚上。要么像神仙那样享有长寿，在太虚幻境中涵养其志。逍遥在太阳云雾之间，过着和世上不一样的日子。荣誉名利已没有什么珍贵，更不必到犬马声色中寻求快乐。但是，采仙药的人没有一个返回，史志上也没有真正的神仙。面对现实陷入困惑，让我久久费尽思量。

赏析

　　追求自由是人们梦寐以求的目标，在严酷险恶的社会环境中，这种愿望就更为强烈。"天网弥四野"描绘出时下的社会氛围，司马氏集团的严酷政策限制着人们的自由，在严刑酷吏面前只能唯唯诺诺如同浮凫。即便小心谨慎，不测之忧仍难预料，绝望之下企盼能像神仙一样，没有罗网的羁绊，摆脱世俗的烦恼，可以悠然自得地修身养性。然而求得仙药，修行成仙只是人们的美好梦想，现实生活中的出路又在哪里？"令我久踌躇"，道出诗人的迷惑和惆怅。

咏 怀（十二）

阮 籍

司马氏在夺取曹魏皇位的过程中，为掩饰其犯上篡权的丑行，虚伪地提倡以礼法治天下。善于钻营的小人，无不把自己打扮成礼法之士。于是，他们就借"居丧之礼"为名，欲使司马昭放逐阮籍。但他们同时又干着无君无父的毁礼之事。这首诗是对此现象的揭露。

洪生资制度，被服正有常。尊卑设次序，事物齐纪纲。
容饰整颜色，磬折执圭璋。堂上置玄酒，室中盛稻粱。
外厉贞素谈，户内灭芬芳。放口从衷出，复说道义方。
委曲周旋仪，姿态愁我肠。

注释

〔1〕洪生：儒生。〔2〕资：凭借，按照。〔3〕磬折：弯腰如磬，表示尊敬。〔4〕圭璋：玉制礼器。〔5〕玄酒：祭祀用的水。〔6〕衷：真心。〔7〕周：掩饰。

诗意

　　洪生深懂礼法制度，连穿衣都照礼法办理。尊卑按次序划分，处世接物也依照礼法纲常。上朝时衣冠楚楚，手中执着玉制礼器。祭堂之上设有圣水，供奉着谷物。在外面高谈阔论，回家说些庸俗的话。不经意间说出真心话，马上又来礼义道德一套。这种装腔作势的虚伪样子，让我愁断肝肠。

赏析

　　诗中对当时"儒生"的伪善进行讽刺。"洪生"是指那些道貌岸然，善于投其所好的所谓"鸿儒"。他们以礼法之士自居，表面上遵循礼法制度，遵守尊卑等级次序，处事符合"纪纲"，朝事时仪表庄重，手执圭璋，供堂上以玄酒、粱稻作祭品。对外时高谈阔论，回到家中则另行主张，内外言行不一，不小心说出真心话，马上用虚伪的高论加以掩饰，这都是一种委曲周旋的假象。而这些欺世盗名、包藏祸心的势利小人的险恶用心令人担忧。

赠兄秀才从军（一）

嵇 康

"秀才"是汉魏时荐举科目之一。嵇喜曾举秀才，他去从军，其弟嵇康写了《赠兄秀才从军十八首》。嵇康有着自己独立的政治见解。他的诗文，既表现了自己特立独行的生活态度，又针对时弊提出了许多严肃有力的见解。

良马既闲，丽服有晖。左揽繁弱，
右接忘归。风驰电逝，蹑景追飞。
凌厉中原，顾盼生姿。

注释

〔1〕闲：娴熟。〔2〕繁弱：古代有名的弓。〔3〕忘归：箭矢名。〔4〕蹑：追。〔5〕景：通"影"。〔6〕飞：飞鸟〔7〕凌厉：厉勇向前。〔8〕顾：回头。

诗意

　　骑着高头大马，戎装洒满落日余晖。左手拉开繁弱之弓，右手搭起忘归之箭。如同风驰电掣，追射空中的飞鸟。纵马驰骋在中原，环顾四周大地尽收眼底。

赏析

　　嵇康之兄嵇喜曾举秀才，他去从军，嵇康写了一组诗赠别。诗人凭借丰富的想象，勾画出其兄威武的形象：骑着骏马，身着戎装，左手持弓，右手搭箭。纵马飞奔，快如闪电，追风逐影，潇洒飘逸，驰骋在中原大地。诗人无缘亲临战场，只是借助想象力来抒发自己的情感。一种渴望自由的快感，如水银泄地般如意舒展，这种浪漫的情怀也恰如诗人本人的性格特征。

赠兄秀才从军（二）

稽　康

稽康在赠其兄稽喜从军的四言诗里，并未提到与从军有关系的事，却描写了一番属于他自己的悠闲情趣和高迈风格，表明稽康并不赞成其兄热衷于功名利禄的行为。司马昭曾想拉拢稽康，但稽康在当时的政争中倾向皇室一边，对于司马氏采取不合作态度，因此颇招忌恨。

息徒兰圃，秣马华山。流磻平皋，垂纶长川。
目送归鸿，手挥五弦。俯仰自得，游心太玄。
嘉彼钓叟，得鱼忘筌。郢人逝矣，谁与尽言。

注释

〔1〕徒：步兵，此泛指士兵。〔2〕兰圃：长着兰草的草地。〔3〕华：同"花"。
〔4〕磻：带绳的箭。〔5〕皋：草泽。〔6〕纶：钓丝。〔7〕筌：捕鱼的竹笼。

诗意

　　军队在长满兰草的野地上休息，将马放在开着野花的山坡上进食。兄长时而在空旷的草泽上射鸟，时而在长河边垂钓。时而又弹起五弦琴，而目光却追随着大雁飞向天边。兄长心里追求天地自然的大道理，所以随时随地都有自己的心得体会。兄长如同捕鱼人得鱼忘筌一样，大道理得到了，其他也就不在乎了。可一旦兄长像匠石失去郢人一样，即使心有所得，也无人可与其尽情谈论了。

赏析

　　这首诗与上一首一样，还是通过想象来构成。想象稽喜行军途中，在长满了兰草的旷野上休息，放开马缰任它们在开满野花的山坡上吃草。有的用箭射飞鸟，有的在长河边垂钓，有的弹着五弦琴，目送大雁飞往远方。这里没有战斗前的紧张，完全是一种钟情大自然风光的感情流露。最后两句是两个典故：筌是用来装鱼，得鱼而忘筌；匠石挥斧如风，可把别人鼻尖上涂的白粉削得干干净净，但只有郢地的一个人敢让他削，郢人死后匠石之技也无法演试了，言外之意是无人能与其交流了。

晋诗

晋代风云突变，政治黑暗，生活在那个时代的人们备受压抑，在儒家渐趋式微的情势之下，晋代的士大夫们谈玄论道，崇尚虚无，使文学脱离了『建安风骨』的影响，极少反映现实。出身寒微的太康诗人左思，以极具浪漫主义色彩的诗歌，在那个诗歌内容空虚贫乏的时代里独树一帜。而隐逸诗人之宗陶渊明的出现，则给荒芜的东晋文坛吹来一股清新自然之风。他那感情真挚、质朴恬淡的田园诗，为我国古典诗歌开创了一个新的境界。

豫章行苦相篇

傅 玄

《豫章行》是古乐府曲调名,《苦相》是具体诗题。作为一个关心政事,以直谏著称的文人,傅玄在这首诗中通过对女子"苦相"的陈述,揭露了当时社会男尊女卑的不平等现象,对遭到遗弃的女子寄予了深切的同情,具有深刻的社会意义。

苦相身为女,卑陋难再陈。男儿当门户,堕地自生神。
雄心志四海,万里望风尘。女育无欣爱,不为家所珍。
长大逃深室,藏头羞见人。垂泪适他乡,忽如雨绝云。
低头和颜色,素齿结朱唇。跪拜无复数,婢妾如严宾。
情合同云汉,葵藿仰阳春。心乖甚水火,百恶集其身。
玉颜随年变,丈夫多好新。昔为形与影,今为胡与秦。
胡秦时相见,一绝逾参辰。

注释

〔1〕苦相:苦命。〔2〕当门户:当家。〔3〕堕地:出生。〔4〕适:出嫁。〔5〕云汉:银河。〔6〕心乖:感情不合。〔7〕胡与秦:北方少数民族和中原汉族,比喻疏远。〔8〕参辰:均为星名,两星永无相遇时。

赏析

这首诗痛斥男尊女卑的不平等现象。苦相是迷信说法,而身为女人就是苦相,男儿当家,是家中的主宰,自出生就注定在家中的地位。男儿可以"雄心志四海,万里望风尘",女人只能深居闺中,不得抛头露面,否则即为大逆不道。而嫁出去的女人在婆家就更没有地位尊严,一切言听计从,低声下气,逆来顺受;男人离家外出,女子盼夫如牛郎织女,似葵藿仰阳春;随着色老颜衰,最后被遗弃,而丈夫则可以另寻新欢。这种人间悲情在封建社会非常普遍,诗人并没有直接去评说,而是用感情语句描绘女子的生活片断,以加强感染和说服力。

青青河边草

傅 玄

诗人用的是独白口吻，通过景物烘托，既写了对良人久出不归、音信杳无的种种期盼情态，又写了对自身华发已生、良辰永乖的感叹。这是一首拟乐府，不少地方有模仿《饮马长城窟行》的痕迹。

青青河边草，悠悠万里道。草生在春时，远道还有期。
春至草不生，期尽叹无声。感物怀思心，梦想发中情。
梦君如鸳鸯，比翼云间翔。既觉寂无见，旷如参与商。
梦君结同心，比翼游北林。既觉寂无见，旷如商与参。
河洛自有涘，不如中岳安。回流不及返，浮云往自还。
悲风动思心，悠悠谁知者？悬景无停居，忽如驰驷马。
倾耳怀音响，转目泪双堕。生存无会期，要君黄泉下！

注释

〔1〕还有期：归来之日。〔2〕参，商：星宿名。〔3〕中岳：嵩山。〔4〕安：不变。〔5〕悬景：太阳。〔6〕怀音响：动静声音。〔7〕要：即约。

赏析

　　这首诗有《饮马长城窟行》的痕迹，写思妇念夫之情，也有梦中相会，但此诗更为委婉细致。春天来了，带来了生机和希望，可是迟迟不见青草长出，征人归期已过，也不见归来，思绪烦乱，只能哀声叹息。梦中相聚又回到从前的美好时光，比翼双飞形影不离，醒来之后眼前的一切依然如故，令人更加哀伤。可梦中情景却总是闪现，迷惑中产生了猜疑，是不是变心了？能像中岳那样恒久不变吗？这种既盼望又担心的矛盾反复撕扯着思妇的心。时光在等待中流逝，多么令人心焦。侧耳聆听，希望能传来归者的声音，一次次的失望引发了痛苦的咏叹：生无会期，黄泉路上再相会。

吴楚歌

傅 玄

想象手法的成功运用，使得这一描写作者思慕美好事物的诗作充满了生机与活力。大胆而奇特的想象表现了诗人对美好事物执着追求的信念。艺术手段是为艺术主题服务的，这里，想象手法充分运用，很好地适应了诗歌主题的需要。

燕人美兮赵女佳，其室则迩兮限层崖。
云为车兮风为马，玉在山兮兰在野。
云无期兮风有止，思多端兮谁能理？

注释

〔1〕迩：远。〔2〕限：难。〔3〕无期：不规律。

诗意

　　漂亮的燕赵美女啊，居住在山高云淡、层峦迭嶂的幽渺境界。我多么想驾驭着云车风马，去寻找深山中有如碧玉和幽兰一般的美人。可云飘浮不定，风时起时息，让人难以捉摸，无法预料。我的思慕是多么深长，可一番苦心尽付东流，又有谁能明白，谁能理会？

赏析

　　诗人将燕赵美女置在一种虚幻飘渺的意境中。美人的居所如仙境般在峰峦迭嶂云雾缭绕中时隐时现，有看得见摸不着之感。那种超凡脱俗的美，如藏匿在深山中未经雕琢的美玉和僻野中的香兰，令人心驰神往。企盼驾凤马、乘云车与美人相会，然而云飘忽不定，风不从人意。得到的只是苦心思慕，可望不可及的失落，又有谁能明白和理会呢？

车遥遥篇

傅 玄

诗人出身于官宦家庭，是西晋初年的著名政治家、思想家。幼时，父被罢官，同逃难河南，"专心诵学"。性情清高、孤赏、不落俗尘，同情农民。举秀才后，选为著作史，"撰集魏书"。再迁弘农太守。

车遥遥兮马洋洋，追思君兮不可忘。
君安游兮西入秦，愿为影兮随君身。
君在阴兮影不见，君依光兮妾所愿！

注释

〔1〕遥遥：马车行走状。〔2〕安游：旅程。〔3〕依：站。

诗意

　　一位女子静静地站在路边，目送着往来的车马。想当年她也在这里送夫君西去入秦，嘶叫的马儿，轻摇颠簸的马车，来接夫君上路，妻子相送，千叮咛万嘱咐，依依惜别。每当看见车马就想起当时送别的情景，随着马车的远去，似乎心也随之远行。追思中幻想着与君随行，他到哪她也跟到哪，像夫君的身影一样不离左右。那样就不再孤单寂寞，顾影自怜了；可是不能走进阴影里，只有站在阳光下才可形影相随，这是我的意愿。

赏析

　　本诗借一位妻子真切的内心独白，抒写了一段难以言说的离情别意。"车遥遥兮马洋洋"，无疑是女主人公追忆夫君离去时梦幻般的虚景，迷茫中将眼前的车马，认作载着夫君离去的车马；为了不分离，就想化为夫君的身影；而且还不准夫君站在阴处。这一切似乎都可笑之至，无理得很，而正是这种"无理得很"的景致，倒恰恰是多情而又微妙的心理的绝好表露。

昔思君

傅 玄

晋武帝即位后，进傅玄"爵为子，加驸马都尉"，与散骑常侍皇甫陶共掌"谏职"。傅玄以锐敏的眼光，提出在阶级、民族矛盾的实际情况下，应以"舜之化，开正直之路，体夏禹之至俭，举清远有礼之臣，以敦风节；未退虚鄙，以征不恪"。武帝十分赞同。

昔君与我兮形影潜结，今君与我兮云飞雨绝！
昔君与我兮音响相知，今君与我兮落叶去柯！
昔君与我兮金石无亏，今君与我兮星灭光离！

注释

〔1〕潜：暗自。〔2〕绝：落下。〔3〕响：指回声。〔4〕亏：缺损。

诗意

忆往昔，君和我恩爱无比，似形影般不弃不离；看今朝，君和我恩断义绝，如云中洒落的雨滴！

忆往昔，君和我心心相印，似鼓瑟般和谐美好；看今朝，君和我背道而驰，如落叶般离开树枝。

忆往昔，君和我月下盟誓，似金石般坚固不移；看今朝，君和我已成陌人，如天空过眼的流星。

赏析

此诗写女子被抛弃后的愤怒之情。想当初君与我情投意合形影不离，恩爱无比，如今却劳燕分飞，如离开云彩落下的雨滴。忆往昔，君与我心口相印，如声音与回响，自然和谐相敬如宾，而今你我落叶去柯。昔日君与我山盟海誓地久天长，永不变心；现在说来都已成为过去，如过眼的流星飞逝，灰飞烟灭。与其他诗不同之处在于，这首诗写法上采用对比的手法写出了今与昔的反差。

答傅咸

郭泰机

李善注引《傅咸集》曰："河南郭泰机，寒素后门之士。"《诗品》所谓"寒女"就是指《文选》卷二十五所选其《答傅咸》一诗，诗中郭泰机以寒女自比，表达了在门阀世族制度下，寒士胸怀妙才、不被荐用的怨愤。这与陶渊明《感士不遇赋》的情绪有相通之处。

皎皎白素丝，织为寒女衣。寒女虽妙巧，不得秉杼机。
天寒知运速，况复雁南飞。衣工秉刀尺，弃我忽如遗。
人不取诸身，世士焉所希？况复已朝餐，曷由知我饥！

注释

〔1〕白素丝：丝，丝绢。〔2〕秉：拿，掌。〔3〕运：运转，指天气。〔4〕忽：不经意。〔5〕取诸身：了解，体验。〔6〕曷：怎么。

诗意

　　莹洁光鲜的白丝绢，织成贫寒女子的衣服。寒女虽然心灵手巧，但没有操持布机的资格。天冷知道时光快速流逝，何况还有大雁南飞为证。制衣的工匠掌管量裁制作，说不用就抛弃了我。不能打破门阀观念，任用各类人才，出身寒门的人还有什么希望？况且执掌选举者已经吃饱喝足，哪里会知道寒士的饥饿呢！

赏析

　　一个贫贱之士空有才能，却难有机会施展，本想通过傅咸引见，遭到拒绝，愤然之下写下此诗。诗人以织衣女自喻，白素丝在聪颖灵巧的织衣女手下，织成美丽的衣衫，但织女的灵巧并不被认可，也没有资格上织机，不能展示自己的才华。日复一日，天气已转凉，何时才可实现小小的梦想，而衣工却不能知人善任，唯才是举，他们只是以门第高低见人取士，而不考虑其真才实学，希望从何而言，饱食之人哪里知道饥饿的痛苦。此诗是对荐举制度的不满，对特权士族门阀制度的讽刺。

情 诗（一）

张 华

这是张华《情诗》五首之三。张华诗今存32首，少数描写自己的壮志和对贵族豪门的不满。这组《情诗》，描写夫妇离别思念的心情。他还编纂有《博物志》。《隋书·经籍志》录《张华集》10卷，已佚。

清风动帷帘，晨月照幽房；
佳人处遐远，兰室无容光。
襟怀拥虚景，轻衾覆空床；
居欢惜夜促，在蹙怨宵长。
拊枕独啸叹，感慨内心伤。

注释

〔1〕幽房：闺房。〔2〕佳人：指丈夫。〔3〕虚景：月光。
〔4〕衾：被子。〔5〕促：短、快。〔6〕蹙：急促。〔7〕拊：
轻拍。

诗意

　　清风吹拂着罗帐，晨日淡淡地照着妇人独处的闺房；夫君此刻正在远方，眼前已没有了他的音容笑貌。撩人的月光挥之不去，惟有拥着薄被独守空床；往日与夫君在一起常感叹时间太短，而今却盼望着长夜快快过去。寂寞难耐之中，只好轻拍着枕头暗自叹息，藉以平息自己思君的忧愁。

赏析

　　诗起处将人们引向深闺之中。夜深人静，清风拂动帷帘，月光幽幽，闺阁中少妇独处，因丈夫尚在远方，兰室中也失去了它应有的温馨与芳香。前四句用景色烘托出一种哀婉的伤情。撩人的月光挥之不去，只能拥着月光独守空床。往昔的欢情笑语拨动着少妇的痴情愁绪，惟盼怨夜快速逝去，剪不断理还乱的情思缠绕，令人难以消受。睹物思人的流连冥想之情，只好拊枕独啸来发泄。

159

情 诗（二）

张 华

张华写有五首《情诗》，这是第五首。曹魏末期，他愤世嫉俗，通过对鸟禽的褒贬，抒发自己的政治观点，引起了巨大反响，张华自此名声鹊起。后任职太常博士，又屡迁佐著作郎、长史兼中书郎等职。晋惠帝时，遭司马伦杀害。

游目四野外，逍遥独延伫。兰蕙缘清渠，
繁华荫绿渚。佳人不在兹，取此欲谁与？
巢居知风寒，穴处识阴雨。不曾远别离，
安知慕俦侣？

注释

〔1〕延伫：久久伫立。〔2〕缘：沿着。〔3〕渚：水中沙洲。〔4〕欲：打算，想。〔5〕慕：思念。〔6〕俦侣：伴侣。

诗意

　　在野外游览四处观望，独自久久伫立凝视着远方。芬芳的兰蕙沿着清清的水渠，美丽的花朵覆盖着碧绿的沙洲。可是面对美景，妻子不在身边想撷取兰蕙送给谁呢？巢居的鸟儿最易感受风寒，洞穴中的虫子也最易预知风雨。不曾经历长久别离的人，怎能知道这思念爱人的滋味呢？

赏析

　　与以往不同，这首诗表现了丈夫对妻子的思念之情。丈夫独自久久伫立在野外，举目四下观望，周围一片寂静，在清澈的溪水边，浓绿的沙洲上，兰蕙芬芳盛开，郁郁葱葱，此良辰美景唤起了对佳人的思念。妻子不在身边，取兰蕙送给谁？巢居鸟最知风寒，穴之虫谙识阴雨，没往历过离别的人，怎能感知思念亲人的惆怅之苦。清丽、缠绵的手笔，把怀人的思绪如涓涓细流般抒发出来。

悼亡诗

潘 岳

此诗是为其妻杨氏而作,潘、杨两家原是世交,潘岳十二岁时第一次见到杨氏的父亲杨肇,杨肇很喜欢这个聪颖过人的美少年,便把自己的大女儿许配给了他。长大成婚后,夫妇共同生活了二十多年。杨氏于晋惠帝元康八年的冬天去世,当时不到五十岁。

荏苒冬春谢,寒暑忽流易。之子归穷泉,重壤永幽隔。
私怀谁克从,淹留亦何益。僶俛恭朝命,回心反初役。
望庐思其人,入室想所历。帏屏无仿佛,翰墨有余迹。
流芳未及歇,遗挂犹在壁。怅恍如或存,回遑忡惊惕。
如彼翰林鸟,双栖一朝只。如彼游川鱼,比目中路析。
春风缘隙来,晨霤承檐滴。寝息何时忘,沉忧日盈积。
庶几有时衰,庄缶犹可击。

注释

〔1〕荏苒:展转之意。〔2〕谢:交替。〔3〕之子:妻子。〔4〕穷泉:地下。
〔5〕僶俛(mǐn miǎn 敏免):勉强。〔6〕反初役:回任。〔7〕无仿佛:指连相似的形影也见不到。〔8〕怅恍:恍惚。〔9〕回遑:不足。〔10〕惕:恐惧。〔11〕隙(xì 细):缝隙。〔12〕霤(liù 六):屋檐流下的水。〔13〕庶几:但愿。〔14〕庄缶:庄子妻死,他鼓瓦盆而歌。

赏析

　　此诗被誉为古今悼亡作品第一,是悼念亡妻杨氏的诗作,共三首,这是第一首。

　　爱妻故去已历一年了,诗人即将离家返任,土地将夫妻二人相隔绝,眷恋之情谁能理解,人已死,留在家中也无用。况且身有所任。上路前,再一次审视房舍,触景生情,又想起了一块度过的日子,妻子音容笑貌如在眼前,一切如故,只是不见妻子,墙壁上还留有妻子的墨迹,余香未尽。所有的思爱合好都已成为过去,留给诗人的是孤独与凄凉,春风又来,思念随处而生,哀思使人难以入眠。

赏析

　　这首诗是陆机仿效曹操《北上行》所做，描写行军时的艰苦情况。北征的军队穿行于北方的山谷，时值天寒地冻时节，时而进入谷底，时而又仰攀山峰，山路坎坷难行，积雪覆盖山岳，阴云缭绕，寒风鸣树梢，抬头不见日光只能听到猛兽的吼叫，天色将晚，依林木支帐宿营，渴了饮冰水，饿了餐风露，加之思念亲人之苦，好不悲凉。

苦寒行

陆 机

陆机是西晋太康、元康年间最富有声誉的文学家，被后人誉为"太康之英"。他的诗歌今存107首，多为乐府诗、拟古诗。往往因袭旧题、摹拟前人之作，创造性不高，被后人讥为"束身奉古，亦步亦趋"。如他的《苦寒行》模仿曹操，却远不及曹诗形象生动。

北游幽朔城，凉野多险难。俯入穷谷底，仰陟高山盘。
凝冰结重磵，积雪被长峦。阴云兴岩侧，悲风鸣树端。
不睹白日景，但闻寒鸟喧。猛虎凭林啸，玄猿临岸叹。
夕宿乔木下，惨怆恒鲜欢。渴饮坚冰浆，饥待零露餐。
离思固已久，寤寐莫与言。剧哉行役人，慊慊恒苦寒。

注释

〔1〕游：征程。〔2〕穷谷：深谷。〔3〕陟（zhì）：登高。〔4〕被：覆盖。〔5〕兴：环绕。〔6〕恒：长久。〔7〕鲜：少有。〔8〕寤寐：暗指生死。〔9〕慊：恨。

诗意

北征来到幽朔一带，冬天的野地十分艰难。往下是深深山谷，往上登上高山顶。坚冰结于重叠的山涧，积雪盖着长长的山峦。浓云环绕峰侧，凄风呼啸于树顶。看不到一丝阳光，只听见挨冻的鸟喧叫。猛虎靠着山林呼啸，猿猴对着河岸悲叹。晚上住在大树下，愁苦得没有半点欢颜。渴了喝冰融化的水，饿了以风露为餐。想念亲人已很久了，他们是死是活也无人告知。剧痛啊行役人，永远怀恨不尽的苦寒。

门有车马客行

陆 机

西晋武帝末年，陆机和弟弟陆云离开江南家乡，北上洛阳以求取功名。不久，晋武帝去世，统治集团内部展开了激烈的权力争夺。陆机沉浮于这复杂的环境中，备感仕途艰险，由此也常常发出怀念故乡亲友之情。

门有车马客，驾言发故乡。念君久不归，濡迹涉江湘。
投袂赴门涂，揽衣不及裳。拊膺携客泣，掩泪叙温凉。
借问邦族间，恻怆论存亡。亲友多零落，旧齿皆凋丧。
市朝互迁易，城阙或丘荒。坟垄日月多，松柏郁芒芒。
天道信崇替，人生安得长。慷慨惟平生，俯仰独悲伤。

注释

〔1〕濡迹：沾湿的双脚。〔2〕投袂：挥袖。〔3〕拊膺：拍胸。〔4〕恻怆：凄伤。〔5〕旧齿：老人。
〔6〕市朝：市，交易之地；朝，官府办公处。〔7〕天道：自然规律。〔8〕信：确实。〔9〕崇替：盛衰。〔10〕惟：思。

诗意

　　门前有乘车马而来的客人，说是从故乡而来。想到君久未回乡，特意涉水来访。急忙甩着袖子奔到门前，披衣顾不得整装。拍着胸脯拉着客人哭泣，强制拭泪叙说别情。请告诉我家族的情况，伤心地诉说生死存亡。亲友大多家境已经衰败，有名望的老人们都不在了。交易场和官府都互为变迁，城镇有的也颓败为荒丘。坟墓一天天增多，墓前松柏已郁郁苍苍。自然规律确实由盛至衰，人生又怎么能够长久。感慨地想到自己的一生，抬头垂胸只能暗自悲伤。

赏析

　　门外有客人到，说是从家乡远道而来，因君离家日久不归，家人记挂，所以涉水而来。主人听说有故乡客来，挥袖跑向大门口，急忙披上衣服，来不及着装，写主人迎客的急忙心情。拉着客人的手掩面而泣，互问长短，淋漓尽致地表现了诗人积抑已久的思乡之情。来客讲述了家乡的情况，亲人大多已经零落，老年人都过世了，城邑衰败，有的已变成杂草丛生的荒丘，坟墓边的松柏已长得郁郁葱葱。诗人感叹：万物终会走向衰亡，何况人呢，这是无法改变的！

班婕妤

陆 机

班婕妤是汉成帝的后妃，本名巳不可知，她才貌双全，在赵飞燕入宫前，汉成帝对她最为宠幸。后赵飞燕独擅帝宠，班婕妤自请退居长信宫服侍太后。她的父亲班况在汉武帝出击匈奴的后期，驰骋疆场，建立过不少汗马功劳。

婕妤去辞宠，淹留终不见。
寄情在玉阶，托意惟团扇。
春苔暗阶除，秋草芜高殿。
黄昏履綦绝，愁来空雨面。

注释

〔1〕去：失。〔2〕淹留：停留，久留。〔3〕惟：只有。〔4〕除：台阶。〔5〕芜：荒芜。〔6〕履綦：指君王的行迹。

诗意

婕妤失去了皇上的宠爱，长久居住在偏僻的后宫。整日徘徊在清冷的玉阶，寂寞难捱的日子，只有靠手中这柄团扇来打发。台阶上苔痕斑斑，秋天的枯草荒芜了崇高的殿堂。多么希望君王能光临寒宫，可黄昏时分依旧是宫门紧闭，足音散尽，只有终日以泪洗面来排遣心中的忧愁。

赏析

婕妤，皇宫中的女官名。班婕妤才貌双全，曾颇受皇帝宠爱，后遭人陷害失宠退居长信宫，此诗为陆机据此事所写。班婕妤既已失宠，终日见不到皇帝的面，悲苦之情只能寄托于笔墨之中，手执团扇徘徊于空荡的门庭，由于门庭冷落廊阶下苔痕斑斑，虽然身居高殿，却令人感到寂寞孤独。多么希望皇帝能重念旧情，会来一顾。然而思君不至，忧愁的泪水潸然而落。诗人将宫廷妇女的哀怨写得凄婉动人。

猛虎行

陆 机

《猛虎行》，乐府古题，属《相和歌·平调曲》。本篇是一首赞美游子洁身自好，不作非礼之事的诗。这首诗写自己在外行役的经历，虽然壮志难酬，仍不改"耿介"之怀。情、理结合自然，描写景物细致而生动，是陆诗中的上乘之作。

渴不饮盗泉水，热不息恶木阴。恶木岂无枝，志士多苦心。
整驾肃时命，杖策将远寻。饥食猛虎窟，寒栖野雀林。
日归功未建，时往岁载阴。崇云临岸驰，鸣条随风吟。
静言幽谷底，长啸高山岑。急弦无懦响，亮节难为音。
人生诚未易，曷云开此衿。眷我耿介怀，俯仰愧古今。

注释

〔1〕盗泉：水名，因名恶，人不肯饮。〔2〕恶木：丑恶的树木。〔3〕肃：恭敬。〔4〕杖策：拄杖。
〔5〕岁载阴：指岁暮。〔6〕崇云：高云。〔7〕曷：怎么。〔8〕眷：顾。〔9〕耿介：正直，不同于流俗。

诗意

渴了也不喝盗泉水，热了也不在恶木下休息。恶木也有枝条，但壮士决不肯与之为伍。恭敬地听从君命，扶杖开始远行。饿了在猛虎穴旁进食，寒夜就住在野雀栖息的树林。岁月流逝，功名未建，不免有天寒岁暮之感。崇云向悬崖飞驰，树枝随风而悲鸣。无声徘徊在幽谷底，长啸在高山顶。急弓发出的不是懦弱之声，高风亮节的人却很难说话。人生确实不易，真难敞开胸襟。自怜我正直的性格，实在是对不起古往今来。

赏析

此诗作于西晋政治动荡时期，虽胸怀壮志，但心有余而力不足。诗人志向高峻，不愿牵扯进污秽的争斗，出仕任职，迫于不得已做了一些违背本意的事，心里很愧疚。随着时间的推移，还没有什么功业和建树，就像旅人徘徊于山谷之中，幽情难抒。这种困顿复杂的矛盾心理，是诗人在仕途中的真实感受，隐有厌倦的情绪，因为自己的志向，不能被别人理解，直言忠告更不宜被人接受，感叹自己的遭遇，难以敞开胸怀，倾吐积郁。

赴洛道中（一）

陆 机

这首诗是作者于晋太康末年赴洛阳途中所作。他于破国亡家之后，赴洛宦游，既有流离之感，又怀甄录之欣。本诗以质直的笔墨，叙写了诗人离乡去国"赴洛道中"的所见所感，表现了作者忧喜交集同时又忧多于喜的复杂情绪，凄恻深沉，缠绵动人。

总辔登长路，呜咽辞密亲。借问子何之，世网婴我身。
永叹遵北渚，遗思结南津。行行遂已远，野途旷无人。
山泽纷纡余，林薄杳阡眠。虎啸深谷底，鸡鸣高树巅。
哀风中夜流，孤兽更人前。悲情触物感，沉思郁缠绵。
伫立望故乡，顾影凄自怜。

注释

〔1〕辔：缰绳。〔2〕密亲：家乡亲人。〔3〕婴：缠绕。〔4〕遵：向着。〔5〕渚：小洲。〔6〕津：渡口。〔7〕纡余：弯曲、曲折。〔8〕更：夜半之时。〔9〕顾：回头看。

诗意

挽马登上长路，哭着向亲人告别。问我到哪里去，世事如网缠着我身。叹息着沿北边水洲前行，思念之情仍在南边故乡的渡口。越走越远，荒凉的路途没有行人。山野水泽曲折折，疏林在小路旁沉寂而睡。虎在深谷底长啸，鸡在高树巅啼明。哀凉的风在半夜吹拂，孤独的野兽走到人的跟前。这等景物怎能不让人伤感，万般思绪挥之不去。久久站立思念故乡，看着自己的影子，自己哀怜自己。

赏析

写诗人被迫离开家乡去洛阳途中的景物和心情，挥泪告别家乡而凄然走上漫漫长路，此行也是不得已而为之。所经过之处大多人烟稀少，景色荒凉，山林路段崎岖，杂草丛生，不时传来野兽的低吼和树巅鸡的鸣叫，夜里啸叫的山风和不时出没的野兽让人胆战心惊。这里既写途中实景，也流露出诗人内心的悲愤心情。悲伤与留恋让诗人伫立山头眺望故乡，此时也只能与自己的身影相伴自怜了。

赴洛道中（二）

陆　机

陆机出身名门，祖父陆逊为三国名将，父陆抗曾任东吴大司马。父亲死的时候陆机14岁，与其弟分领父兵。20岁时吴亡，陆机与其弟陆云隐退故里，十年闭门勤学。晋武帝太康十年，陆机和陆云来到京城洛阳拜访时任太常的著名学者张华。

远游越山川，山川修且广。振策陟崇丘，按辔遵平莽。
夕息抱影寐，朝徂衔思往。顿辔倚嵩岩，侧听悲风响。
清露坠素辉，明月一何朗。抚枕不能寐，振衣独长想。

注释

〔1〕修：长。〔2〕振：挥动。〔3〕按辔：握缰绳。〔4〕遵：沿着。〔5〕徂：往，开始。〔6〕顿辔：勒马。〔7〕素辉：月光。〔8〕振：披。

诗意

　　去洛阳要翻山涉水，山水又长又广阔。挥鞭催马登高山，握紧缰绳过平野。晚上影子陪着睡，早上满怀思绪又开始前行。停骑靠着山岩，侧耳听悲风呼啸。露水含着月光，月亮多么明朗。抚着枕头难以入睡，披衣默想未来的命运。

赏析

　　此诗是陆机赴洛阳途中有感而作。通过对沿途景物的描写表现出心情的忧郁和对前程的担忧。一路远行，翻越崇山峻岭，走过平原，长途跋涉自有艰辛。形单影孤，夜上休息也只有与身影为伴，早起又要含悲登程。由于思念故乡和亲人，在途中休息时，听到风声中都含有悲鸣，也许是独行寂寞所致，抚枕望着清亮的明月，思潮汹涌难以入眠，起身披衣，独坐遐想。

拟明月何皎皎 陆 机

陆机写这首诗时正处于魏晋时代诗学思潮"沦心浑无，游精大朴"的审美趣味之中，这也反映在他的诗中。表达了久客思归之情。这首诗体现了缘于游宦无成而离思难守或缘于离思难守而游宦无成的互为因果关系。

安寝北堂上，明月入我牖。
照之有余辉，揽之不盈手。
凉风绕曲房，寒蝉鸣高柳。
踟蹰感节物，我行永已久。
游宦会无成，离思难常守。

注释

〔1〕北堂：北房。〔2〕余辉：月光。〔3〕盈：满。

诗意

　　静卧于北堂之内，月光从窗外照进。看着朦胧的月色，想去握住却什么也握不到。凉风绕着回廊，寒夜蝉鸣于柳树。来回走动，感触季节景物变化，我离家已很久了。求取功名尚无成果，怕再也熬不住思乡之苦了。

赏析

　　这是一首客子思乡之作。静静的秋夜，一位游子安静地躺在床上，皎洁的月光洒满堂上，余晖引发游子的情思，想伸出手去抓，却什么也没有。凉风穿绕房间，增添了一份凄冷之感，屋外的柳树上寒蝉在鸣叫，这一切似乎都在烦扰着游子。出门在外已经很久了，为了仕宦而远离家乡和亲人，但前程渺茫，很难有所作为，这就更增加了惆怅之情，思归之情更加强烈。

招 隐

陆 机

富贵名利与身心自由不能兼得，这种苦闷在封建时代知识分子中很普遍。陆机出身于吴国世族，吴亡后入晋为官，深感思乡之苦，又卷入了统治集团的争斗中，这一切当然使他发出这样的喟叹。

明发心不夷，振衣聊踯躅。踯躅欲安之，幽人在浚谷。
朝采南涧藻，夕息西山足。轻条象云构，密叶成翠幄。
结风伫兰林，回芳薄秀木。山溜何泠泠，飞泉漱鸣玉。
哀音附灵波，颓响赴曾曲。至乐非有假，安事浇淳朴！
富贵苟难图，税驾从所欲。

注释

〔1〕明发：早晨。〔2〕夷：悦。〔3〕幽人：隐士。〔4〕浚：深。〔5〕轻条：树枝。〔6〕云构：高大建筑。〔7〕漱：激荡。〔8〕颓响：回响余音。〔9〕曾曲：曲折的深谷。〔10〕假：借。〔11〕苟：实在。〔12〕税驾：弃车。税，"舍"。

诗意

　　早晨心情不爽，披衣走来走去。想到何处去呢，隐士隐于深山幽谷。他们早晨到南边山涧采藻，晚上就住在西山脚下。轻柔的树枝好像高大建筑，茂密的树叶如同翠色篷帐。风儿停留在有兰花的树林，香气回荡于秀美的林间。山溪流水潺潺，瀑布泻下如珠玉飞溅。哀怨的水声附于神奇的水波，渐低渐缓的水声流向深谷。凭借自然之力得来的大快乐，有什么比这更为淳朴？如果说富贵难求，那么不如弃车放弃仕途，按自己所愿去生活。

赏析

　　这道诗描写了对自由生活的向往。因社会不安定，为逃避现实，许多人归隐山林。早晨起来心情不悦的诗人，披上衣服打算前往山谷去追寻那些幽清不问俗事的隐士，隐士的生活很单调，早晨出去南边的山涧采集食物，晚上回到隐居处休息，山上高大树木像高高的殿堂，茂密的枝叶像帐幕。清风吹拂着兰林秀木，风中夹杂着幽香，飞泉溅起水花泠泠作响，随着水的波纹向远处扩散开去。富贵难求，不如放弃荣华，去过这种随心所欲的生活。

咏史（一）

左 思

左思认为自己文韬能与贾谊、司马相如媲美，武略可堪与司马穰苴并论，希望得到朝廷的重用，平治天下。功成之日，不受封爵，隐退田园。但他的抱负落空了，西晋统治者认为他出身寒微，将他弃在一旁。

弱冠弄柔翰，卓荦观群书。著论准《过秦》，作赋拟《子虚》。边城苦鸣镝，羽檄飞京都。虽非甲胄士，畴昔览《穰苴》。长啸激清风，志若无东吴。铅刀贵一割，梦想骋良图。左眄澄江湘，右盼定羌胡。功成不受爵，长揖归田庐。

注释

〔1〕弱冠：二十岁男子行冠礼。〔2〕柔翰：毛笔。〔3〕卓荦(luò)：卓绝出众。〔4〕过秦：《过秦论》，贾谊作。〔5〕子虚：赋名，司马相如作。〔6〕鸣镝：响箭。〔7〕羽檄：紧急文书。〔8〕穰苴：古兵书，《司马穰苴兵法》。〔9〕铅刀：钝刀。〔10〕眄：斜视。

诗意

　　二十多岁时就善写文章，且博览群书才学出众。写论文以《过秦论》为典范，作赋以《子虚赋》为楷模。精通军事，边关有战事，以告急文书飞传京城。虽然不是身穿盔甲的将士，以前读过许多兵法书籍。长啸声在风中激荡，胸中远大志向，不把东吴放在眼里。刀再钝也希望有一割之用，连做梦都想施展抱负。左边斜视东吴将其灭之，右面环顾羌胡加以平定。大功告成时不受封赏，长长一拜，退隐还乡。

赏析

　　左思的《咏史》诗与班固的《咏史》诗不同，不在写历史事件和人物，而在于借咏抒怀。青年的才子观鉴群书，才华出众，卓荦不群，可与贾谊司马相如媲美。当边陲告急时，他欲以自己的才智报效国家。豪情在结尾中激荡，梦想能施展自己的才华去实现抱负，左去平定东吴，右去消灭羌胡，凯旋后不受封赏，只求归隐田园，足见其怀高志远。

咏 史 (二)

左 思

左思少时学书与音乐不成，其父认为他笨，但左思发奋勤学，写成《三都赋》。《三都赋》在京城洛阳广为流传，人们啧啧称赞，竞相传抄，一下子使纸昂贵了几倍，甚至倾销一空。不少人只好到外地买纸，抄写这篇千古名赋。洛阳纸贵这个成语就是据此而来。

郁郁涧底松，离离山上苗，以彼径寸茎，荫此百尺条。
世胄蹑高位，英俊沉下僚。地势使之然，由来非一朝。
金张藉旧业，七叶珥汉貂。冯公岂不伟，白首不见招。

注释

〔1〕荫：遮盖。〔2〕世胄：世族。〔3〕金：汉金日磾家族。〔4〕张：汉张汤家族。〔5〕叶：代。
〔6〕汉貂：饰物，借指高官。〔7〕冯公：即冯唐。

诗意

　　郁郁葱葱的涧底松，柔弱低垂的山上苗，用它只有寸粗的枝干，遮盖高达百尺的大树。世袭贵胄盘踞高位，英才俊士屈居其下。地位权势决定这种不平等，也不是一朝一日形成。金张两大世族凭着祖先功业，七代人都做大官。而冯公这样的伟才，到老也未被重用。

赏析

　　诗人抨击门阀制度，为不平而作。用"涧底松"比喻出身贫寒之士，用"山上草"比喻世家子弟，只有寸余的树苗岂能遮蔽百尺大树，表示了对不公平的强烈不满，世家子弟不论有无才能都能占据高位，寒门贫士只能居官下位。而这门第之事，决非一朝一夕，而是由来已久。引金张两大世族与冯唐为证，金张两家子弟凭借其福荫七代在朝为官，而冯唐颇具才能，直到头发白了也未能得到重用，这种高下优劣的对比，揭露了门阀制度的不合理。

咏 史（三）

左 思

《咏史》诗，并不始于左思。东汉初年，班固已有《咏史》诗，但是，这首诗的写法只是"概括本传，不加藻释"，而左思的咏《史诗》诗，并不是概括某些历史事件和人物，而是借以咏怀。这是"咏史"诗的新发展。

吾希段干木，偃息藩魏君。吾慕鲁仲连，
谈笑却秦军。当世贵不羁，遭难能解纷。
功成耻受赏，高节卓不群。临组不肯缕，
对珪宁肯分？连玺曜前庭，比之犹浮云。

注释

〔1〕吾：我。〔2〕段干木：战国魏人。〔3〕偃息：退隐。〔4〕鲁仲连：齐国人。〔5〕羁：笼络。〔6〕组：绶带。〔7〕缕（xié 谢）：系。〔8〕珪：瑞玉。〔9〕玺：官印。

诗意

　　我希望当段干木那样的人，隐退后还保卫魏国的安宁。我羡慕鲁仲连，谈笑间便让秦国退了兵。世人所推崇的是那些不羁之士，于危难时为人排难解纷。大功告成而羞于受赏，高尚的节操与众不同。面对绶带不肯佩戴，对象征官爵的封玉宁可相让。成串的官印光照厅堂，却把它看成浮云一般。

赏析

　　诗人歌颂了段干木和鲁仲连为国建功、轻视禄位的高尚情操。段干木退隐之后仍旧以国事为重，为君分忧。鲁仲连以辩才说服魏国的使臣，使秦人退兵。平原君要厚赏鲁仲连，鲁仲连以为人排忧解难为己任，以不收报酬为天下之士的高节。对高官厚禄看得像浮云一般轻，重义轻利，报效国家的不羁之士，令诗人折服。

咏 史（四）

左 思

左思的《咏史》诗，抒发诗人自己的雄心壮志。但是，由于门阀制度的限制，当时出身寒门的有才能的人，壮志难酬，不得已，只好退而独善其身，做一个安贫知足的"达士"。这组诗表现了诗人从积极入世到消极避世的变化过程。

济济京城内，赫赫王侯居。冠盖荫四术，朱轮竟长衢。
朝集金张馆，暮宿许史庐。南邻击钟磬，北里吹笙竽。
寂寂杨子宅，门无卿相舆。寥寥空宇中，所讲在玄虚。
言论准宣尼，辞赋拟相如。悠悠百世后，英名擅八区。

注释

〔1〕济济：盛。〔2〕冠盖：衣着和车乘。〔3〕术：道路。〔4〕衢：街道。〔5〕金张：汉世家官僚。〔6〕许史：汉外戚。〔7〕杨子：指扬雄。古杨、扬通。〔8〕空宇：空屋。〔9〕宣尼：孔子。〔10〕八区：八方。

诗意

　　繁盛的京城内，显耀着王侯的宅第。他们的冠冕和车盖充满道路，红色车轮在长街上奔来奔去。早上开始聚集在豪门家，夜晚住在贵族府。这边敲钟击磬，那边吹笙吹竽。空寂的扬雄家，门前没有公卿车子来访。清冷的房子中，讲授探讨深奥的道理。著作以孔夫子为标准，辞赋则学习司马相如。漫长的千百年后，其英名仍然传播四方。

赏析

　　写长安城中富人显贵与寒士扬雄的生活对比。京城中的王侯衣着华丽，他们出门乘坐赤色车轮的私家车，往来于大街之上，富豪之间相互交往，竞相追逐热闹。晚上欢宴府中，吹竹弹丝，寻欢作乐，过着奢华放荡的生活。而寒门之士扬雄家中冷落，门前没有达官贵人的车子造访，在空荡荡的屋里研习哲理，言论作赋模仿孔子，模拟司马相如，其学业和成就流芳后世。

176

咏史（五）

左 思

左思的《咏史》诗，是封建社会中一个郁郁不得志的有理想有才能的知识分子的不平之鸣。前半首写京城洛阳皇宫的高大建筑和高门大院内的贵族，后半首写诗人要抛弃人间的荣华富贵，走向广阔大自然，隐居以洗涤世俗的尘污。

皓天舒白日，灵景耀神州。列宅紫宫里，
飞宇若云浮。峨峨高门内，蔼蔼皆王侯。
自非攀龙客，何为欻来游？被褐出阊阖，
高步追许由。振衣千仞冈，濯足万里流。

注释

〔1〕灵景：太阳。〔2〕紫宫：汉宫殿名。〔3〕蔼：多的意思。〔4〕攀龙客：攀附权贵的人。〔5〕欻（xū）：忽然。〔6〕许由：传说中的隐士，唐尧欲将天下给他，他拒而逃到山水间隐居。〔7〕濯：洗。

诗意

　　天空晴朗，阳光普照神州大地。皇宫里一排排高大建筑，飞檐呈云彩飞翔之势。巍峨的大门内，有众多的王侯。我不是攀附权贵之人，为何忽然来到这里？穿着粗布衣远离宫门，大步追随隐士许由。在高山上振衣歌吟，在江河中清洗双脚。

赏析

　　此诗写出了诗人对纸醉金迷生活的厌倦和对自由生活的向往。风和日丽的天空，太阳普照九州大地，洛阳城中的皇宫气派非凡，飞檐如云的深宅大院里住着王侯大臣。诗人自问自己不是追逐名利之人，为何来京城这种地方呢？既然难以实现理想，展现才华，只有离开这污浊的地方，穿起粗布衣，像帝尧时名士高人许由那样过隐居生活。

咏 史（六）

左 思

战国以后，荆轲的事迹长期流传。三国阮籍《咏史》第二首、东晋陶渊明《咏荆轲》、唐代骆宾王《易水送别》等都是歌咏荆轲之作。陶诗云："其人虽已没，千载有余情。"大体上表达了这类诗歌的共同感情。左思这首诗也不例外。

荆轲饮燕市，酒酣气益震。哀歌和渐离，
谓若旁无人。虽无壮士节，与世亦殊伦。
高眄邈四海，豪右何足陈！贵者虽自贵，
视之若埃尘。贱者虽自贱，重之若千钧。

注释

〔1〕荆轲：齐国人，刺秦王失败被杀。〔2〕渐离：高渐离。〔3〕壮士节：指荆轲刺秦之举。〔4〕高眄：傲视。〔5〕豪右：世家大族。〔6〕钧：古代重量单位。

诗意

　　荆轲饮于燕国都城，酒喝到酣畅时更是豪气冲天。他伴着高渐离击筑高唱悲歌，尽其性情，旁若无人。虽然刺秦没有成功，在世上也是非凡之人。高傲而藐视四海，豪门世族又算得了什么！贵者虽然自视高贵，看起来也不过一捧尘土。贱者虽然地位卑微，但行为品格却重于千斤。

赏析

　　诗人用荆轲之侠胆义气，表现志士傲视四海，蔑视豪门的精神风貌。荆轲与高渐离在街市上饮酒，酒酣之际，放怀高歌一曲，且相对而泣，并不在乎周围人如何看待。他虽然没有完成壮士之举，但其精神和魄力令世人赞叹。他傲骨不凡，对豪门贵族不屑一顾；官宦之人虽自恃金贵，但却如尘土一样。贱者虽然地位卑微，但节操志向绝非权贵们所能相比。全诗表达了诗人清操自守的思想感情。

178

咏 史（七）

左 思

这首诗慨叹主父偃、朱买臣、陈平、司马相如四位贤才的厄运。这些人都有大才，又都出身寒微，作者写他们未遇时，有穷困致死、身填沟壑之忧；感叹"英雄有屯遭，由来自古昔。何世无奇才，遗之在草泽"。这是对古代门阀制度的控诉。

主父宦不达，骨肉还相薄。买臣困采樵，伉俪不安宅。
陈平无产业，归来翳负郭。长卿还成都，壁立何寥廓。
四贤岂不伟，遗列光篇籍。当其未遇时，忧在填沟壑。
英雄有屯遭，由来自古昔。何世无奇才，遗之在草泽。

注释

〔1〕相薄：嫌弃，鄙视。〔2〕翳负郭：背靠城墙的破房子。〔3〕遗列：遗业。〔4〕填沟壑：被贫困吞噬。〔5〕屯遭（zhān 沾）：困顿不得志。

诗意

主父偃没当成官时，父母兄弟都瞧不起他。朱买臣贫困时靠打柴为生，连妻子也改嫁他人。陈平家无产业，住在靠城墙的破房子里。司马相如返回成都时，家徒四壁，一贫如洗。这四贤怎能不算伟人，他们的业绩载入了史册。然而当他们没有知遇没做官时，担心穷困潦倒葬身沟壑。英雄也有困顿不得志的时候，从古到今都是如此。每个朝代都有奇才，却往往被视作无用之物弃于荒野。

赏析

以四位贤士的遭遇，抒说贤者雅士被埋没，表达了自己的激奋之情。主父偃因没能出仕作官，父母不予相认，兄友都远离他；朱买臣未做官时，靠打柴维持生活，妻子看不起他而改嫁他人；陈平少时家贫好读书，住的破房子用破席当门；司马相如与文君私奔回成都，家中一无所有。但这四人后来都做官出仕，功业有成，扬名史册。自古英雄豪杰大多有跌宕起伏的生活，也有穷困潦倒的窘境，以此暗喻自己被抛弃，希望将来也能像上面四人那样苦尽甘来，飞黄腾达。

咏 史（八）

左 思

在门阀制度森严的社会中，左思到处碰壁，在愤慨和不平之中，他感到无路可走，目睹社会的黑暗和官场的无常，他终于退却了，只想过安贫知足的生活，做一个"达士"。左思的《咏史》之八，借古人古事表达了自己的愤懑和不平。

习习笼中鸟，举翮触四隅。落落穷巷士，抱影守空庐。
出门无通路，枳棘塞中途。计策弃不收，块若枯池鱼。
外望无寸禄，内顾无斗储。亲戚还相蔑，朋友日夜疏。
苏秦北游说，李斯西上书。俯仰生荣华，咄嗟复凋枯。
饮河期满腹，贵足不愿余。巢林栖一枝，可为达士模。

注释

〔1〕习习：屡飞的样子。〔2〕翮：翅膀。〔3〕四隅：四周。〔4〕枳棘：比喻前程艰难。〔5〕斗储：一斗的积蓄。〔6〕苏秦：曾佩六国相印，后因争宠被刺死。〔7〕李斯：秦统一后任相，后被杀。〔8〕俯仰：此处为快速之意。〔9〕凋枯：杀身之祸。〔10〕达士：旷达之士。

诗意

　　扑腾的笼中鸟，想要展翅高飞却碰到四周的笼壁。潦倒的穷巷士，伴着影子守空房。外出没有可行之路，荆棘堵在道中。良策无人采纳，孤立无援像枯池中的鱼。在外没有一点俸禄，家里没有一斗储粮。连亲戚都瞧他不起，朋友也一天天疏远。苏秦北上游说六国，李斯在西上书秦王。他们转瞬之间获得荣华，可叹随即凋枯被杀。偃鼠饮水只在饱肚，没有别的希求。鸟儿筑巢只栖一枝，它们足以成为达士的楷模。

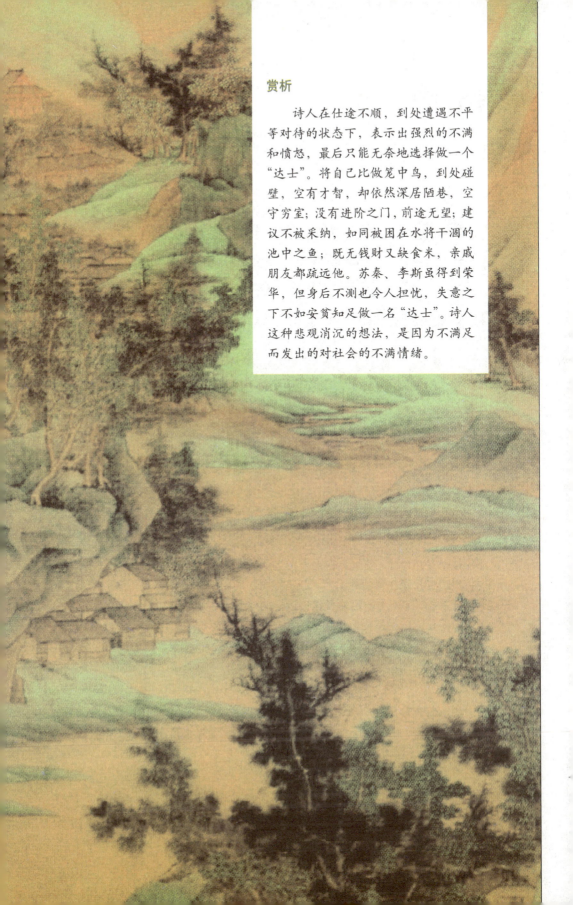

赏析

诗人在仕途不顺，到处遭遇不平等对待的状态下，表示出强烈的不满和愤怒，最后只能无奈地选择做一个"达士"。将自己比做笼中鸟，到处碰壁，空有才智，却依然深居陋巷，空守穷室；没有进阶之门，前途无望；建议不被采纳，如同被困在水将干涸的池中之鱼；既无钱财又缺食米，亲戚朋友都疏远他。苏秦、李斯虽得到荣华，但身后不测也令人担忧，失意之下不如安贫知足做一名"达士"。诗人这种悲观消沉的想法，是因为不满足而发出的对社会的不满情绪。

招 隐

左 思

左思年轻时是一个很有上进心的人，他博览群书，文才极好，但容貌丑陋，口才不佳，加之出身寒门，仕进一直不得意，无法得到重用。这首《招隐》诗正是他在仕途难通之后表达的一种入山寻访隐士，愿与隐士同居山林的愿望。

杖策招隐士，荒途横古今。岩穴无结构，丘中有鸣琴。
白云停阴冈，丹葩曜阳林。石泉漱琼瑶，纤鳞或浮沉。
非必丝与竹，山水有清音。何事待啸歌？灌木自悲吟。
秋菊兼糇粮，幽兰间重襟。踌躇足力烦，聊欲投吾簪。

注释

〔1〕策：细树枝。〔2〕横：无人走过。〔3〕丹葩：明丽色彩。〔4〕纤鳞：游动姿态。〔5〕丝竹：指音乐。〔6〕兼：作。〔7〕糇：干粮。〔8〕间：佩戴。〔9〕投：抽。

诗意

　　拄杖寻访隐士，荒野自古无人走过。岩洞中没有任何建筑，山丘内似有琴声传出。白云停在背阴的山冈，红花艳丽于向阳的林间。山泉流涌甘美泉水，小鱼在溪中嬉戏。不一定要有丝竹这样的乐器，山水间自有清丽的音乐。其实又何必期待人的啸歌呢？短树林自然就发出悲吟。秋菊当作食粮，幽兰佩于衣襟。此情此景让人忘记人间烦恼，抽下帽子上的簪子，做一个逍遥自在的隐士。

赏析

　　诗人因仕途无望而动归隐之念。诗人执手杖去寻隐士，隐士所在没有路径，荒僻难行。没有房舍，依洞穴而居，其中隐约飘出琴声。这里山高云飘，丹花掩映，清泉之水在涧间激荡，游鱼嬉戏于清凉的溪水中，景色恬美令诗人心旷神怡。王侯贵人宴上的丝竹音乐岂能和这山水之音媲美，作赋咏唱又怎有灌木自悲吟的天韵。菊花做饮食，幽兰饰芳香，摆脱世俗的晦气，挂冠弃仕，表明诗人决意隐居山林的愿望。

杂 诗（一）

张　协

张协的《杂诗》共有十首，其内容比较广泛，这是第一首，写思妇怀远之情。通过细致的景物描写和内心刻画，表现了女子的深切思念。古来写思妇怀人的诗很多，但张协诗中的写景更趋细腻，景与情的结合更加和谐。

秋夜凉风起，清气荡暄浊。蜻蜊吟阶下，
飞蛾拂明烛。君子从远役，佳人守茕独。
离居几何时，钻燧忽改木。房栊无行迹，
庭草萋以绿。青苔依空墙，蜘蛛网四屋。
感物多所怀，沉忧结心曲。

注释

〔1〕暄：热。〔2〕蜻蜊：蟋蟀。〔3〕茕：孤立。〔4〕钻燧：钻木取火。〔5〕栊：窗户。

诗意

　　秋天夜凉如水，涤荡了闷热与混浊。蟋蟀在庭阶下鸣叫，飞蛾在烛火旁飞舞。丈夫到远方服役，妻子独守空房。分别多少年啊，取火用具换了多次。家中看不到归人的身影，庭院的草枯了又绿。青苔爬上墙壁，蜘蛛四处结网。睹物想起往日夫妻恩爱，沉重的忧愁积满心中。

赏析

　　诗写女子秋夜深思。秋夜里，清爽的凉风将闷热混浊的空气吹散。宁静之中只有屋外阶台下的蟋蟀在低吟，飞蛾在明烛前飞过，一位女子在秋夜里独坐灯下，思念在远方服役的夫君。丈夫离家已经很长时间了，妻子用来取火的木头也已换过多次，庭院仍无他的踪迹和脚步声，无人打理的院子里杂草丛生，苔藓爬上空墙，屋的四周结满蜘蛛网，这萧条的光景令妻子忧伤。

杂 诗（二）

张 协

魏晋时期正处于山水田园诗正式问世的前夕。这时期诗歌创作中的一个显著特点是写景因素正迅速滋长。以"三张""二陆""两潘""一左"为代表的西晋太康诗坛，诗人们的创作在不同程度上体现了这一特色，其中张协尤其值得注意。

朝霞迎白日，丹气临汤谷。翳翳结繁云，
森森散雨足。轻风摧劲草，凝霜竦高木。
密叶日夜疏，丛林森如束。畴昔叹时迟，
晚节悲年促。岁暮怀百忧，将从季主卜。

注释

〔1〕汤谷：传说中日出之处。〔2〕翳翳：多云而阳。〔3〕竦：通"耸"。
〔4〕畴昔：从前。

诗意

　　朝霞迎来日出，彤云莅临汤谷。水气升腾结为浓云，哗哗大雨如注。挺立的小草被风吹折，凝霜的大树惊然耸立。浓密树叶一天天稀疏，干枯的林木形状如束。从前叹息时间过得太慢，老了悲伤人生太过短促。晚年百感交集，愿意随司马季主去当个卜者。

赏析

　　这是一首描写田园风光的抒情诗。朝霞迎接初升的太阳，紫色的霞光洒满汤谷，带给人愉悦之情。夏季天气多变，阴云密布，随之而来的是大雨滂沱。秋季到来时，草木干枯，寒凝霜降，往日茂盛滋润的绿叶随风飘落，冬季只有如束的树枝指向天空。由四季景色的变化比喻人生的进程，年轻时虚度光阴，总感到无聊，到年老时又感觉时光过得太快，似乎有很多事要做。富于哲理的人生体验，传递出人的微妙感受。

杂诗（三）

张 协

张协是西晋时期的文学代表。曾任公府掾、秘书郎、华阳令等职。永宁元年为征北将军司马颖从事中郎，后迁中书侍郎，转河间内史，治郡清简。惠帝末年，天下纷乱，他辞官隐居，以吟咏自娱。

朝登鲁阳关，狭路峭且深。流涧万余丈，围木数千寻。
咆虎响穷山，鸣鹤聒空林。凄风为我啸，百籁坐自吟。
感物多思情，在险易常心。渴来戒不虞，挺辔越飞岑。
王阳驱九折，周文走岑崟。经阻贵勿迟，此理著来今。

注释

〔1〕寻：八尺为寻。〔2〕籁：泛指声音。〔3〕渴：去。〔4〕辔：嚼子和缰绳。〔5〕岑：小而高的山。〔6〕崟（yín 银）：形容山高。

诗意

　　早晨登上鲁阳关，窄路陡峭而临深渊。涧水长达万丈，巨树粗壮参天。猛虎吼于荒山，仙鹤鸣于寂林。凄风为我呼啸，山林草木发出呻吟。眼前景物让人感慨万千，遇到险境须保持平常心。要走就要快走，策马飞过山岭。王阳因为畏惧逃离了九折阪，周文王怕山高路险而匆匆离开殽山。经历险境贵在杜绝迟疑，此理今后要牢记在心。

赏析

　　此诗将行旅当中所见与情感融为一体。通向鲁阳关的路狭窄而艰险，关居险要，飞流直下万余丈，关上古树参天，山中回荡着猛虎的咆哮，群鹤鸣叫着飞过树梢。山风呼啸扑面而来，刮得草木弯腰低头发出悲吟。人处在如此险恶的环境中要小心谨慎，保持冷静，并尽快脱离险境。王阳遇天险九折阪而驱马回去，周文王也因殽山之险阻而绕行。身临险境时不能迟疑，这个道理要牢记在心。诗人用旅途中的感受提醒人们在官场中须审时度势，避免灾祸临头。

杂 诗

王 瓒

此诗以一名戍守边疆的士兵口吻，诉说长年服役在外，思念家人渴望回乡的迫切心情。北地思乡之辞，风格也是刚健有力，十分明快，直抒胸臆爽快直言，不似南人思乡委婉缠绵。在南朝时即为人所传诵，说它"气寒而事伤，此羁旅之怨曲也"。

朔风动秋草，边马有归心。
胡宁久分析，靡靡忽至今？
王事离我志，殊隔过商参。
昔往鸧鹒鸣，今来蟋蟀吟。
人情怀旧乡，客鸟思故林。
师涓久不奏，谁能宣我心！

注释

〔1〕朔风：北风。〔2〕胡宁：何。〔3〕析：通"离"。〔4〕靡靡：迟迟。〔5〕商、参：二星宿名，二者永不同时出现在天空。〔6〕鸧鹒：黄鹂。〔7〕师涓：齐国乐师。

诗意

北风吹动秋草，边塞的马也有了归心。我这游子为何久久不归，迟迟地延误到今日。公事使我心思散乱，与故乡相隔就像商参二星不能相见。昨天还是春天的黄鹂在鸣转，如今已是秋天的蟋蟀在呻吟。人之常情总是思念故乡，就像飞在外地的鸟思念故林。名乐师师涓早已不在，谁还能弹奏出我满怀愁绪！

赏析

  思乡之情是诗人钟情的题材，被人们反复吟唱，这首诗也是其中之一。萧瑟的北风吹动秋草，马儿都起了归心，可我为何迟迟拖到岁末依旧远离家人。王命在身，身不由己，因而天各一方如同商、参二星不得相见。用鸧鹒鸣、蟋蟀吟比喻季节交变，黄莺鸣叫预示着春天，蟋蟀则在秋季低吟，外出的人总是怀念故乡，就像鸟儿归故林一样。急切之情跃然在眼前，似乎还包含着一些烦乱，师涓早已不在了，谁能帮我把愁绪宣泄出来。这首诗反映出的质朴的情感，非未曾体验者所能知悉。

扶风歌

刘 琨

本篇是作者在晋怀帝永嘉元年受任并州刺史，九月末自京城洛阳前往并州治所晋阳（今山西太原西南）途中所作。当时黄河以北，已成为匈奴等少数民族争战角逐之场。作者显然是怀着匡扶晋室的壮志，冒险而去的。

朝发广莫门，暮宿丹水山。左手弯繁弱，右手挥龙渊。
顾瞻望宫阙，俯仰御飞轩。据鞍长叹息，泪下如流泉。
系马长松下，发鞍高岳头。烈烈悲风起，泠泠涧水流。
挥手长相谢，哽咽不能言。浮云为我结，归鸟为我旋。
去家日已远，安知存与亡？慷慨穷林中，抱膝独摧藏。
麋鹿游我前，猿猴戏我侧。资粮既乏尽，薇蕨安可食？
揽辔命徒侣，吟啸绝岩中。君子道微矣，夫子固有穷。
惟昔李骞期，寄在匈奴庭。忠信反获罪，汉武不见明。
我欲竟此曲，此曲悲且长。弃置勿重陈，重陈令心伤！

注释

〔1〕龙渊：宝剑。〔2〕轩：马车。〔3〕结：聚集。〔4〕摧藏：悲伤。〔5〕薇、蕨：可食野生植物。〔6〕徒侣：随从。〔7〕骞：过失。〔8〕竟：结束。

赏析

　　这是诗人赴任路上的感念之作。前八句是写起程时的情景，"朝发""暮宿"是泛指行程地点的变化，而非一日之间。持弓佩剑以防不测，而此时心中依然留恋在洛阳的安乐生活，往日车裘从身，诗酒会友，今日却劳顿鞍马，怎能不令人伤感。以下十八句描写心情和行程的艰苦，行旅中只有悲风涧水，浮云和飞鸟相随，身处穷林荒野中惟与麋鹿猿猴为伴，以野草、山果充饥，困境中奋发向前是因重任在肩。末尾是诗人所忧，李陵忠信反而获罪，自身的前程是否也艰险难行？诗中表现了作者的壮志，同时也抒发了诗人的悲凉之情。

重赠卢谌

刘 琨

刘琨少有大志，与祖逖为友，夜同宿，闻鸡起舞。永嘉元年任并州刺史，后受命都督并、冀、幽三州军事，为石勒所败。败后投奔幽州刺史段匹磾，相约共扶晋室，不料因儿子刘群得罪段而陷于缧绁。在狱中他写了这首"托意非常，摅畅幽愤"的诗歌。

握中有悬璧，本自荆山璆。惟彼太公望，昔在渭滨叟。
邓生何感激，千里来相求。白登幸曲逆，鸿门赖留侯。
重耳任五贤，小白相射钩。苟能隆二伯，安问党与仇？
中夜抚枕叹，想与数子游。吾衰久矣夫！何其不梦周？
谁云圣达节，知命故不忧？宣尼悲获麟，西狩泣孔丘。
功业未及建，夕阳忽西流。时哉不我与，去乎若云浮。
朱实陨劲风，繁英落素秋。狭路倾华盖，骇驷摧双辀。
何意百炼刚，化为绕指柔！

注释

〔1〕荆山璆（qíú 球）：指和氏璧。〔2〕太公望、渭滨叟：均指姜尚。〔3〕邓生：邓禹，曾渡黄河投奔刘秀。〔4〕白登：山名。〔5〕曲逆：曲逆侯陈平，刘邦被困白登城中，用陈平之计脱险。〔6〕留侯：指张良，张良在鸿门宴中救刘邦脱离危难。〔7〕重耳：即晋文公。〔8〕小白：齐桓公。〔9〕圣达节：通达事理。〔10〕陨：遭受。〔11〕华盖：帝王乘车上的伞状遮蔽物。〔12〕辀（zhōu 周）：车辕。

赏析

　　这首诗作于拘禁之中，有勉励其姨甥卢谌之意。诗人列举一些历史人物的功绩：姜尚助周文王，邓禹辅佐刘秀，曲逆侯陈平、留侯张良助汉王脱离危险；重耳手下有五位贤才，管仲辅助齐桓公，以此来暗示卢谌帮助自己脱困。接下来感慨自己没能建立功业，浪费大好时光，举孔子因鲁哀公射获麒麟而悲伤。诗人用这些史实抒发内心的实感，勉励卢谌要有所作为。

游仙诗（一）

郭 璞

西晋末北方乱起，郭璞南下避祸。东晋元帝时任著作郎。后因劝阻王敦谋反，被杀。其代表作为《游仙诗》。游仙诗是道教诗词的一种体式，指的是歌咏仙人漫游之情的诗。其体裁多为五言，句数或十句，或十二句，或十六句不等。

京华游侠窟，山林隐遁栖。朱门何足荣？
未若托蓬莱。临源挹清波，陵冈掇丹荑。
灵溪可潜盘，安事登云梯。漆园有傲吏，
莱氏有逸妻。进则保龙见，退为触蕃羝。
高蹈风尘外，长揖谢夷齐。

注释

〔1〕游侠：豪门子弟。〔2〕栖：山居。〔3〕蓬莱：传说中的海上仙山。〔4〕挹：舀。〔5〕灵溪：水名。〔6〕潜盘：隐居盘桓。〔7〕漆园：指庄子，他做过漆园地方小吏。〔8〕进：做官。〔9〕高蹈：远行。〔10〕夷齐：伯夷、叔齐，有贤德，周武王灭商，二人耻食周粟，隐居首阳山上，采薇而食，终至饿死。

诗意

　　京华乃贵族子弟的销金窟，山林是隐士的栖息地。富豪家有什么荣耀？不如托付给蓬莱。在水的源头舀清泉，于丘陵山冈上采嫩芽。灵溪可供隐居盘桓，何必走求利禄的青云路。漆园有庄子这样的傲吏，老莱子有不愿过受禄日子的妻子。进而求仕虽能如潜龙显现，但陷入困境则像羊角卡在篱笆上进退不得。还是超越于人世风尘之外，长长一拜，辞别伯夷叔齐二人。

赏析

　　诗中的游侠是指豪富子弟，用他们纵情放浪的生活反衬山林中隐者生活的冷清。"朱门"与"蓬莱"之比，前者虽辉煌，但如过眼烟云，后者仙山也，令世人向往，归隐能脱离尘世的浮华。隐士生活闲情逸致，可饮山间的清泉，在山冈上采食灵芝，诗人向往的是纵情山水间，修身养性，无需为利禄而费尽心机。后引庄子和老莱子的故事，说明避世胜于为仕。为仕既丧失自由，又随时会出现危机。伯夷、叔齐的名节可嘉，却未能摆脱尘网，应去追求超脱和自由的境界。

游仙诗（二）

郭　璞

游仙诗不一定是追求神仙境界，有时只是为了在文学中增添神奇色彩，或借以表现对现实不满的思想情绪。阮籍《咏怀诗》就多次写到游仙，郭璞承继了阮籍，其诗中将老庄思想与道教神仙之说相混合，歌咏高蹈遗世的精神，寄寓着惧祸避乱的情绪。

青溪千余仞，中有一道士。云生梁栋间，
风出窗户里。借问此何谁，云是鬼谷子。
翘迹企颍阳，临河思洗耳。阊阖西南来，
潜波涣鳞起。灵妃顾我笑，粲然启玉齿。
蹇修时不存，要之将谁使？

注释

〔1〕仞：古代七尺或八尺为一仞。〔2〕鬼谷子：战国时楚人，名王诩，因隐居鬼谷而得名。〔3〕翘迹：举足。〔4〕企：向往。〔5〕洗耳：指唐尧时隐士许由。〔6〕阊阖：西风。〔7〕灵妃：传说中的洛水女神。〔8〕蹇修：古贤士。〔9〕要：请求。

诗意

　　青溪山高千余丈，住着一位道士。云好像生成于梁栋之间，风仿佛从窗内向外吹。请问这里住的是谁，回答是鬼谷子。举足向往颍阳，站在河边想到许由。风从西南方刮来，河水鳞纹泛起。水中仙子灵妃对着我笑，她轻启玉齿，笑容可掬。蹇修已经不在，我将邀谁向神女传递我的爱意呢？

赏析

　　此诗歌颂隐逸，也企盼登仙。在高高的青溪山上有一位道士，所居之处风光绮丽，云绕左右，风出其屋，居住在这如仙境中的一定是高人雅士如鬼谷子一般的人物。接下来又例举著名的隐士和女神——许由、灵妃。许由拒绝帝尧让位，到颍川之阳隐居，因认为尧之所言不好，故而到河边去洗耳。西风吹动水面，水波荡漾，惊动了水神灵妃，她莞然一笑，明眸皓齿，令人神往。诗人借赞美隐士的节操，暗示自己也有意隐遁，但因身临尘世之中而不得抽身。

191

游仙诗（三）

郭　璞

西晋末，在诗坛上已开始流行一种宣扬道家思想的、枯淡寡味的作品，世称"玄言诗"。关于郭璞与玄言诗的关系，有两种恰恰相反的说法。檀道鸾《续晋阳秋》说："郭璞五言，始会合道家之言而韵之。"这等于说郭璞是玄言诗的倡导者。

翡翠戏兰苕，容色更相鲜。绿萝结高林，
蒙笼盖一山。中有冥寂士，静啸抚清弦。
放情凌霄外，嚼蕊挹飞泉。赤松临上游，
驾鸿乘紫烟。左挹浮丘袖，右拍洪崖肩。
借问蜉蝣辈，宁知龟鹤年。

注释

〔1〕苕：茎。〔2〕冥寂士：隐士。〔3〕霄：天空。〔4〕挹：舀。〔5〕赤松、浮丘、洪崖：神仙。〔6〕蜉蝣：昆虫，生命极短。〔7〕宁：怎么。

诗意

翡翠鸟戏于兰花茎上，色彩、情态更加迷人。绿萝缠绕着高林，为整座山蒙上了青翠。山中住着隐士，或纵情长啸，或抚琴低吟。心游云天外，食花蕊，饮泉水。赤松子到达上游，骑鹤乘着紫霞。左边拉着浮丘子的衣袖，右边拍着洪崖的肩。敢问那些蜉蝣般朝生暮死之辈，可知道龟鹤长寿么？

赏析

色彩艳丽的翡翠鸟在兰花茎上跳跃嬉戏，绿萝枝繁茂盛，将山岭染成一片浓绿。在这青山绿水之中，居住着一些心态淡泊，将功名利禄置之度外的冥寂士。他们宁可放弃华屋，而独守在寂静幽深的山中，来往于山野之间，纵情长啸，或抚琴吟曲，或神游天外。饿了可采食新鲜的花果，渴了则饮清澈的飞泉，其逍遥自在如同众神仙驾着飞鸿遨游仙乡四海。那些鼠目寸光的小人岂能体味到遁迹山野，钟情自然的世外高人之乐趣？这其中也表达了诗人志在归隐的意愿。

游仙诗（四）

郭　璞

至晋室南渡之际，玄言诗开始兴起。这时活跃于诗坛的郭璞，较多继承了阮籍的特点。如果从缘情寄兴的一面看，颇与所谓"永嘉平淡之体"相背，显得卓拔时俗；如果从好言老庄哲理和假游仙以偈虚寂的一面来看，却又像是玄言诗的前导了。

逸翮思拂霄，迅足羡远游。清源无增澜，安得运吞舟？
圭璋虽特达，明月难暗投。潜颖怨青阳，陵苕哀素秋。
悲来恻丹心，零泪缘缨流。

注释

〔1〕逸翮：善飞。〔2〕迅足：善行。〔3〕增澜：波浪。〔4〕安：怎么。〔5〕运：游。〔6〕圭璋：玉制礼器。〔7〕明月：一种贵重的宝珠。〔8〕潜颖：暗处的植物。〔9〕陵苕：高处的植物。〔10〕缘：沿。〔11〕缨：冠带。

诗意

　　善飞者向往遨游九霄，善行者渴望远游。浅水中没有波澜，怎能游动吞舟的大鱼？圭璋虽比其他玉制礼器特殊，但不能像宝珠那样暗中投掷与人。暗处植物抱怨春天来迟，高处植物叹秋天早早到来。想到这些悲从心来，不由眼泪顺着冠带而流。

赏析

　　诗人借飞翔和远行比喻有志者希望自身才能得以施展，不希望被束缚而磕磕绊绊。适身的环境，良好的社会氛围，有助于才能的发挥。诗人又以"圭璋""明月"比喻贤达之人，这种品质高尚的人，需有独具慧眼的伯乐，如不能被赏识接纳，就如同明珠暗投。最后四句是感叹生不逢时，为小人所容，空有雄心壮志，却历经磨难与坎坷，怎能不泪沾冠带。

兰亭诗

王羲之

东晋穆帝永和九年暮春，王羲之与一班名士谢安、孙绰等宴集于会稽山阴之兰亭，为风流千古之盛会。其所作《兰亭集序》，亦千载传诵之名文。唯会上诸人所作《兰亭诗》，却少为人们所言及。

三春启群品，寄畅在所因。仰望碧天际，俯磐绿水滨。寥朗无厓观，寓目理自陈。大矣造化功，万殊莫不均。群籁虽参差，适我无非新。

注释

〔1〕群品：万象。〔2〕寄畅：希望。〔3〕寥：宇宙。〔4〕厓：边。〔5〕殊：不同。〔6〕群籁：万籁。〔7〕适：置身。

诗意

　　三春时节万象更新，寄情山水，畅叙幽情都是这个原因。仰望碧天晴空无际，下山来到绿水之滨。面对寥廓朗畅一望无际的景观，悟出许多自然与人生的真理。伟大啊，自然的神力，对万事万物莫不一视同仁。万籁虽然千差万别，我置身其中，无不感到新鲜，感到亲切。

赏析

　　古人有临水祭祀的习俗，当时王羲之同谢安等四十多人在会稽山阴的兰亭集会，在溪水边把盛有酒的杯子放在水面上，酒杯漂到谁面前，就将酒饮了，然后临流作诗。后来，人们将这些诗汇集起来，编成《兰亭诗集》，王羲之写了一篇千古留名的《兰亭集序》。这首诗是《兰亭诗》中的一首。大地回春，气象更新，风景宜人，人们寄情山水之间，天空碧蓝如洗，溪水清澈见底，万物生机盎然，苍穹辽阔无际，不得不赞叹造化的伟大，自然界中虽然千差万别，但都很新鲜并充满生机。

游西池

谢 混

诗人在纡回的西池路上，有高陵城阙在望，高台之上则可远眺飞霞丽景，一路前行，风光满目，美不胜收。在大自然的感召下，诗人情动于中而辞见于外，将西池清美景色收揽笔底。谢混在山水文学史上是一个颇受重视的作家，这首诗是他的代表作。

悟彼蟋蟀唱，信此劳者歌。有来岂不疾，
良游常蹉跎。逍遥越城肆，愿言屡经过。
回阡被陵阙，高台眺飞霞。惠风荡繁囿，
白云屯曾阿。景昃鸣禽集，水木湛清华。
褰裳顺兰沚，徒倚引芳柯。美人愆岁月，
迟暮独如何！无为牵所思，南荣戒其多。

注释

〔1〕疾：不适时。〔2〕蹉跎：错过。〔3〕屡：经常。〔4〕阡：路。〔5〕屯：聚集。〔6〕曾阿：层。〔7〕引：攀。〔8〕愆：错过，耽误。

诗意

　　感悟那蟋蟀的鸣唱，相信这是辛劳者唱的歌。以往岂有不逢时的时候，现在却常错过欣赏美景的机会。逍遥地穿过街市，希望今后结伴经常来。回路有高陵城阙在望，高台上可眺望飞霞美景。和风荡着长满茂树的庭院，白云聚集在层峦深处。归沚鸟鸣叫着欢聚枝头，水木在夕照中泛着清辉。提着衣襟顺兰沚游览，手揽芳枝留恋不舍。美人错过了岁月，怎能不进入迟暮之境！那些追求功名的庸碌之人，有几人能迷途知返。

赏析

　　这是一首游景观光诗，诗人与友人同游西池，因时间不对而错过良辰美景，这也隐约包含了逝者没能享受到的，后来者还需赶上之意。结伴逍遥出游，一派悠哉心情。在返回的路上，登上一座高台眺望，白云聚集中天，天色将晚，落日的余辉使水泛金光，树染秀色。这美景让诗人情不自禁提起衣襟涉水游览。最后四句是诗人的反思，岁月悠悠，忙碌一生又得到什么呢，不如抛弃俗念，尽情享受山水之乐。

酌贪泉

吴隐之

吴隐之虽家境贫寒，但人穷志不穷，他饱览诗书，以儒雅显于世，不受外来之财，母亲去世时，他悲痛万分。当时太常韩康伯是他的邻居，康伯之母常对康伯说："你若是当了官，应当推荐像他那样的人才。"后来康伯成了吏部尚书，果然推荐吴隐之为辅国功曹。

古人云此水，一歃怀千金。
试使夷齐饮，终当不易心。

注释

〔1〕云：说。〔2〕歃：饮。〔3〕怀千金：得千金的贪欲。〔4〕易：变。

诗意

传说中的这种泉水，即使再廉洁的人，一旦饮过便会萌生攫取千金的贪欲。这贪泉水啊，试教伯夷、叔齐来饮，我相信他们终不会改变自己的高尚思想和情操。

赏析

此诗是作者赴任时所作。岭南在当时属僻远之地，但因临海，物产丰富，官场上贿赂贪墨盛行，朝廷欲革除弊政，派吴隐之任广州刺史，整治吏治。赴任路过石门，这里有一眼清澈的泉水，叫石门泉，又叫"贪泉"。当地有一传说，饮此泉水，就会变得贪得无厌，吴隐之饮泉水而作此诗。古人说谁饮了这泉水，心里会怀有希望攫取千金的贪欲，但如果让伯夷、叔齐来饮此泉水，他们是不会改变初衷的。诗人用这个典故表明自己清廉为政的决心。

时 运

陶渊明

这首诗模仿了《诗经》的格式。本来，汉魏以后，四言诗已渐趋消歇。因为较之新兴的五言诗，四言诗的节奏显得单调，不够简练。但诗人为了追求闲静、古朴淡远的情调，常有意选用节奏简单而平稳的四言体诗。效果比《诗经》更为明显。

时运，游暮春也。春服既成，景物斯和，
偶影独游，欣慨交心。

迈迈时运，穆穆良朝。袭我春服，薄言东郊。
山涤余霭，宇暖微霄。有风自南，翼彼新苗。
洋洋平泽，乃漱乃濯。邈邈遐景，载欣载瞩。
人亦有言，称心易足。挥兹一觞，陶然自乐。
延目中流，悠想清沂。童冠齐业，闲泳以归。
我爱其静，寤寐交挥。但恨殊世，邈不可追。
斯晨斯夕，言息其庐。花药分列，林竹翳如。
清琴横床，浊酒半壶。黄唐莫逮，慨独在余。

赏析

这首诗抒发了诗人在三月三日（禊日）出游柴桑东郊时，自乐的欢情及其时刻萦怀的生不逢时、情志难舒的愁绪。季节交替之际，诗人信步出游，郊野中，山峰抹去余雾，天高云淡，南风带来了春意，绿色的禾苗在微风中如鸟儿飘动的翅膀。平坦的水面辽阔而迷濛，悠然产生了自得其乐之感。诗人的目光注视着湖中的水波，仿佛看到古人逍遥于沂水之滨，清闲咏唱于归途。这种恬静气氛令人神往，但与现时悬隔。游春归来，家中情景依然，花卉药草分列两旁，树竹相互遮蔽。清琴浊酒摆放床前，清静之中带有一丝忧伤，远古时的那种平和、质朴已不复存在。我深深地感慨自己生不逢时。这首诗表现的情绪、蕴含的内容是复杂而深厚的。诗人从寄情自然中获得欣慰，但仍不能忘怀世情。他幻想一个太平社会，一个灵魂没有负荷的世界，却又明知不可能得到。因而在他的诗歌中，形成了一种恬淡自然、平和幽远的独特风格。

注释

〔1〕春服既成：春天的衣服已经穿好。〔2〕迈迈：行走的样子。〔3〕时运：季节交替。〔4〕穆穆：和美的样子。〔5〕袭：穿。〔6〕霭：云气。〔7〕漱、濯：洗。〔8〕沂：沂水，在山东。〔9〕交挥：迭起。〔10〕邈：远。〔11〕翳：掩盖。〔12〕黄唐：指传说中的黄帝、唐尧。

游斜川

陶渊明

晋安帝义熙十年，作者年五十岁。正月五日，他和二三邻里，偕游斜川。作者一面感年时易往，一面喜景物宜人，不禁欣慨交心，悲喜集怀。这首诗真实记录了作者刚入半百之年的一时心态。斜川，应该在诗人所居南村附近。

开岁倏五十，吾生行归休。念之动中怀，及辰为兹游。
气和天惟澄，班坐依远流。弱湍驰文鲂，闲谷矫鸣鸥。
迥泽散游目，缅然睇曾丘。虽微九重秀，顾瞻无匹俦。
提壶接宾侣，引满更献酬。未知从今去，当复如此否？
中觞纵遥情，忘彼千载忧。且极今朝乐，明日非所求。

注释

〔1〕开岁：岁首。〔2〕休：止息。〔3〕远流：分布。〔4〕弱湍：小溪。〔5〕闲谷：空中。〔6〕迥：远。〔7〕九重：高。〔8〕匹俦：比拟。

诗意

　　岁首忽然就到了五十岁，我的人生将要结束了。想到这里，不如趁着良辰出去一游。空气清新，天空一碧如洗，人们依偎着分布而坐。清澈的小溪中鱼儿在任意地畅游，幽静的山谷中水鸥在自由地飞翔。辽远的湖泊分散了游人的视线，沉思间注视着曾城山。虽然它没有昆仑那样高耸、秀美，但周围的山峰没有比得上它的。拿着酒壶招待宾朋，举起斟满的酒杯向客人敬酒。不知道今日分别，什么时候还能再这样。饮酒中间尽情放纵自己高远的情怀，忘却了人世间的种种忧虑。姑且痛快地享受今日之乐吧，对于明天如何又何必强求。

赏析

　　这首诗真实记录了作者刚入半百之年的心态。步入五十，犹如天已过午，离生命的终止也不远了，选一吉日结伴出游。天空晴朗，友人席地而坐，近处小溪中鱼儿在游动，鸥鸟在空中鸣叫。极目远望，水面宽广浩瀚，曾城山巍然耸立，虽没有九重的秀美，但放眼它的周围，也没有可与它比拟的。诱人的美景，令友人举杯畅饮，表现了诗人对生活的赞美。在酒至半酣时，更咏出"且极今朝东，明日非所求"的旷达胸怀。

答庞参军

陶渊明

《陶渊明集》中有五言、四言《答庞参军》各一首，据四言《答庞参军》序，庞为卫军参军。庞在浔阳为官，与陶渊明遂成"邻曲"，后庞参军奉命出使江陵。告别友人之际，陶渊明以此诗作答，表达了自己与庞参军的真挚友情。

相知何必旧，倾盖定前言。有客赏我趣，每每顾林园。
谈谐无俗调，所说圣人篇。或有数斗酒，闲饮自欢然。
我实幽居士，无复东西缘。物新人惟旧，弱毫多所宣。
情通万里外，形迹滞江山。君其爱体素，来会在何年！

注释

〔1〕旧：过去。〔2〕顾：拜访。〔3〕谐：合谐、融洽。〔4〕幽居士：隐居的人。〔5〕复：需要。〔6〕惟：以。〔7〕滞：阻隔。

诗意

　　相知为何要过去相识，即使是偶然相遇的新朋友，也会像老朋友一样亲切交谈。庞参军欣赏我的为人，常常来林园登门拜访。言谈间没有世俗的语言，谈论的都是圣人的学说。间或备有美酒，酒助人兴，自然更加情投意合。我是立志归隐之人，不再有为求仕而东奔西走的缘分。器物是新的好，人却是老朋友感情笃深，望彼此间多以书信往来。即使感情相通，不惧相隔万里，也终究无法改变天各一方，江山隔阻的现实。您要保重贵体，再见面不知在何年何月！

赏析

　　此诗为诗人送别友人时所做。与庞参军非旧友而是新交，但并不影响两人之间的情谊。如果不能情投意合，就是到了白头时，也和初识一样，但如果志趣相投，即使在路上偶遇也会停下来像老朋友一样交谈。因陶渊明志趣高雅而交往了像庞参军这样的友人，所谈论的话题非凡夫俗子所能理解，又识酒趣，自然相处融洽。正因为有如此交情，分别之时才依依不舍。诗人是自由身，不必东奔西走，友人却身不由己。朋友之间以友情为重，虽然不能时时相聚，只求保重身体。

和刘柴桑

陶渊明

刘柴桑即刘程之，当时与陶渊明、周续之被合称为"浔阳三逸"。刘程之不但人品、志趣与陶相同，生活经历也有相似之处。刘曾作柴桑令，后辞归故园，陶渊明曾作彭泽令，后隐于乡间。这首诗也流露了作者安于隐遁、不慕名利的情趣。

山泽久见招，胡事乃踌躇？直为亲旧故，
未忍言索居。良辰入奇怀，挈杖还西庐。
荒途无归人，时时见废墟。茅茨已就治，
新畴复应畲。谷风转凄薄，春醪解饥劬。
弱女虽非男，慰情良胜无。栖栖世中事，
岁月共相疏。耕织称其用，过此奚所须。
去去百年外，身名同翳如。

注释

〔1〕见招：召唤。〔2〕直：但，只。〔3〕索居：离群独居。〔4〕荒途：官场。
〔5〕新畴：整治新田。〔6〕凄薄：寒冷。〔7〕饥劬：饥渴劳苦。〔8〕栖栖：
忙碌不安的样子。〔9〕世中事：官场中的事。〔10〕共相疏：双方相互疏远。
〔11〕称：适合，相符。〔12〕去去：行走的样子。指时间推移。〔13〕翳如：
泯灭。

赏析

　　赞美刘柴桑弃官归隐之举。早已有归隐山泽之意，为何一直犹疑不定呢？迫于亲情、生计而未得及早归隐，写诗人对友人的理解，因时局的动乱，人心烦闷，最终促使刘柴桑隐遁山林。虽然隐居生活清苦，但自己开荒种地，饮自家酿的酒，也独具一番乡隐的乐趣。人生本就很短暂，又生活在一个不稳定的社会，能安保生活，自耕自种以求丰衣足食就已经很好了。不要有非分之想，人死之后，功名利禄也都不复存在。表明诗人对富贵生活的轻视及淡泊名利的人生观。这首诗以己度人，由人及己，同声相应，同气相求，既可看作刘柴桑之速写，也可看作陶潜的自我写照。作者以清淡之心写清淡之人，摹清淡之品，修饰愈少而愈见其"真美"。

和郭主簿（一）

陶渊明

此二诗约作于晋安帝元兴元年前后，时作者约三十八岁左右。这两首诗非同时所作，但主要都是写景寄怀，表现恬淡闲适的情趣与贞洁清高的品格。

蔼蔼堂前林，中夏贮清阴。凯风因时来，
回飙开我襟。息交游闲业，卧起弄书琴。
园蔬有余滋，旧谷犹储今。营己良有极，
过足非所钦。春秫作美酒，酒熟吾自斟。
弱子戏我侧，学语未成音。此事真复乐，
聊用忘华簪。遥遥望白云，怀古一何深。

注释

〔1〕蔼蔼：茂盛。〔2〕凯风：南风。〔3〕回飙：回风。〔4〕闲业：不急之务。
〔5〕华簪：指富贵。

诗意

　　房前的树林枝繁叶茂，仲夏正好可以乘阴纳凉。南风清凉习习，不时掀开我的衣襟。中止了与官场的交往，悠闲自得，整天吟诗作赋，抚琴赏花。园中的蔬菜有余，往年的陈粮犹储。维持生活之需其实有限，够吃即可，过分的富足并非我所羡慕。捣掉粘稻的外壳酿造美酒，酒熟后我自斟自饮。小儿不时偎倚嬉戏身边，呀呀学语之声萦绕耳际。这种天伦之乐真叫我快乐，暂且忘却了荣华富贵。遥望悠悠白云，萌发了对古人深深的怀念之情。

赏析

　　诗人弃官后，一身轻松，开始了隐居耕种的田园生活。没有公事烦扰，可随意操琴读书。在田间耕种，园中的蔬菜足以自给。与家人团聚，儿女绕膝嬉戏，享尽恬淡之乐。这首诗用的是白描手法和朴实无华的语言。全诗不施藻绘，只用疏淡自然的笔调精炼地勾勒，形象却十分生动鲜明。真可谓平淡中有醇味，朴素中见奇趣。

和郭主簿（二）

陶渊明

东晋内乱迭起，到处腥风血雨，官场腐败，人心险恶，世风伪诈。处在这样动乱、黑暗的年代里，家道中衰的陶渊明，虽有宏图壮志，却不得施展，于是，他便归隐浔阳，开始了躬耕田园的生活。这首诗就是他归家二年后所作。

和泽周三春，清凉素秋节。露凝无游氛，天高肃景澈。
陵岑耸逸峰，遥瞻皆奇绝。芳菊开林耀，青松冠岩列。
怀此贞秀姿，卓为霜下杰。衔觞念幽人，千载抚尔诀。
检素不获展，厌厌竟良月。

注释

〔1〕和泽：雨水。〔2〕游氛：云雾。〔3〕陵岑：山峰。〔4〕开：遍地。〔5〕衔觞：举杯饮酒。〔6〕幽人：隐士。〔7〕检素：简素，书信。〔8〕展：展阅。

诗意

　　丰沛的雨水润泽了整个春天，而秋天则清凉无比。露水凝结为一片洁白的霜华，天空中没有一丝阴霾的雾气，天高气爽，格外清新澄澈。遥看起伏的山陵高岗，群峰飞逸高耸，无不挺秀奇绝。近看林中满地盛开的菊花，光耀夺目；青翠的松柏植根在山岩之上，排列成行，巍然挺立。只有迎霜怒放的菊花和经寒弥茂的青松在肃杀的秋风中独放异彩。手持酒杯对菊饮酒，不禁怀念那些守节自律的古代高人隐士，千百年来一直坚持着松菊那种傲霜挺立的品质。很久没有得到你的书信了，在清秋明月之下，也不由得厌厌无绪了。

赏析

　　与第一首一样依然咏景色，那首是写夏景，这首是写秋色。这一年风调雨顺，预示着五谷丰登。清凉的秋季，景色怡人，露水莹莹，天空中没有浓重的云雾。清澈而高远，远景中的山峰飞逸起伏，挺秀苍翠。眼前有菊花，芳香四溢，争奇斗艳。山冈上葱翠的松柏排列成行，也只有怒放的菊花和青松可在百卉凋谢的季节里独放异采。诗人举杯对菊，敬重那些有着菊花苍松一样品质的隐士高人。写秋色而能独辟蹊径，一反前人肃杀凄凉的悲秋传统，却赞赏它的清澈秀雅，灿烂奇绝，这也恰是此诗具有开创性的一大特征。

赠羊长史

陶渊明

这首诗是陶渊明答诗中的名篇。羊长史，名松龄，是和作者相处日久的友人，当时任江州刺史、左将军檀韶的长史。这次是奉使去关中，向新近北伐取胜的刘裕称贺。秦川是今天陕西一带。作者对此次胜利表现得十分淡漠。

愚生三季后，慨然念黄虞。得知千载上，
正赖古人书。圣贤留余迹，事事在中都。
岂忘游心目，关河不可逾。九域甫已一，
逝将理舟舆。闻君当先迈，负疴不获俱。
路若经商山，为我少踌躇。多谢绮与角，
精爽今何如？紫芝谁复采？深谷久应芜。
驷马无贳患，贫贱有交娱。清谣结心曲，
人乖运见疏。拥怀累代下，言尽意不舒。

注释

〔1〕三季：指夏、商、周三朝。〔2〕黄虞：指黄帝、虞、舜。〔3〕中都：洛阳，长安。〔4〕九域：指天下。〔5〕绮、角：刘邦时期的隐士。〔6〕紫芝：灵芝。〔7〕贳：通"赦"，赦免，免除。〔8〕交娱：接连不断的欢乐。〔9〕清谣：指《四皓歌》。

赏析

　　这首诗是陶渊明赠诗中的名篇。自己虽已远离官场，但对友人依旧有所关注。关长史是诗人的朋友，正要出使关中，诗人以诗相赠，委婉劝告友人不要过分依附权贵。言自夏、商、周三代之后，淳朴之风已不复存在，只有欺骗和虚伪。诗人一直向往着中都的圣贤余迹，有意游历却限于时局的阻隔，今天下初步统一，又因身体有病，难以成行，只得以诗相赠，嘱咐友人如路过商山，要去祭奠绮、角等四位先人的英灵。这四位先人当年不曾趋附刘邦的权势而隐居在高山，诗人以此来警醒并忠告友人。

始作镇军参军经曲阿作

陶渊明

晋安帝元兴三年，陶渊明已四十岁了，为生活所迫，出任镇军将军刘裕的参军，赴京口上任。往昔的生活经历，使他对官场的黑暗已经有了十分深切的了解。口腹自役，这与作者的本性又格格不入，于是，在行经曲阿时作者写下了这首诗。

弱龄寄事外，委怀在琴书。被褐欣自得，屡空常晏如。
时来苟冥会，宛辔憩通衢。投策命晨装，暂与园田疏。
眇眇孤舟逝，绵绵归思纡。我行岂不遥，登降千里余。
目倦川途异，心念山泽居。望云惭高鸟，临水愧游鱼。
真想初在襟，谁谓形迹拘。聊且凭化迁，终返班生庐。

注释

〔1〕弱龄：年轻。〔2〕被褐：指生活贫苦。〔3〕晏如：欣然自得的样子。〔4〕通衢：大路。
〔5〕目倦：厌倦。〔6〕拘：束缚。〔7〕聊：略，姑且。〔8〕化迁：变化。

赏析

　　晋安帝元兴三年，陶渊明出任刘裕的参军，此诗是在赴任途中所写。诗人年轻时就对公门之事没什么兴趣，弹琴读书是其所好，虽然清苦，但也怡然自得。很厌恶官场的污浊和黑暗，出仕属迫不得已，也只能顺其自然，暂时告别田园生活。随着行程渐远，归情越来越浓，望着天空中的飞鸟，江中的游鱼，面对如此大自然的美景，让诗人心中惭愧，随即产生厌倦的情绪。官场非自己意愿所在，既然已经出来也就顺应变化，随遇而安吧，自己最终还是会重归田园生活的。

辛丑岁七月赴假还江陵夜行涂口

陶渊明

江陵是当时荆州刺史桓玄的驻所。诗人正在桓玄处任僚佐。桓玄是一个雄踞上游、时时觊觎着晋室政权的跋扈军阀。在作者写这诗的次年，他便举兵下建康，第二年废晋安帝自立，国号为楚。作者写这首诗时已对桓玄有了较清醒的认识而急欲摆脱这个是非之所。

闲居三十载，遂与尘事冥。诗书敦宿好，园林无世情。
如何舍此去，遥遥至西荆！叩枻新秋月，临流别友生。
凉风起将夕，夜景湛虚明。昭昭天宇阔，晶晶川上平。
怀役不遑寐，中宵尚孤征。商歌非吾事，依依在耦耕。
投冠旋旧墟，不为好爵萦。养真衡茅下，庶以善自名。

注释

〔1〕遂：隔离。〔2〕西荆：地名。〔3〕枻（yì 义）：船舷。〔4〕晶晶（xiǎo 小）：皎洁明亮的样子。〔5〕遑（huáng 黄）：闲暇。〔6〕旧墟：故里。〔7〕萦：羁绊。〔8〕庶：或许。

赏析

诗人假满赴职途中，告别涂口朋友时作此诗。诗中流露出诗人对官场的厌倦，想脱离是非之地归隐田园。诗作从过去开始写起，写自己曾经在家闲居许多年，少与外界有交往。诗书园林生活是他志趣所在，对现在的处境表现出强烈的自责和后悔，与友人告别西行，行程中夜不能寐，道出中宵行役之苦。而此时的秋江夜景足以引发诗人归返大自然的心绪，出仕不是出于本意，不会像宁戚那样用商歌自荐求官。诗人不为高官厚禄所羁绊，情愿隐居田园，保持淳朴本性。

归园田居（一）

陶渊明

东晋安帝义熙元年，陶渊明在江西彭泽做县令，不过八十多天，便声称不愿为五斗米折腰，之后挂印回家。从此结束了时隐时仕、身不由己的生活，终老田园。归来后，作《归田园居》诗一组，共五首，描绘了田园风光的美好与农村生活的淳朴。

少无适俗韵，性本爱丘山。误入尘网中，一去三十年。
羁鸟恋旧林，池鱼思故渊。开荒南野际，守拙归园田。
方宅十余亩，草屋八九间。榆柳荫后檐，桃李罗堂前。
暧暧远人村，依依墟里烟。狗吠深巷中，鸡鸣桑树颠。
户庭无尘杂，虚室有余闲。久在樊笼里，复得返自然。

注释

〔1〕韵：风度，性情。〔2〕尘网：指官场。〔3〕三十年：又作"十三年"。〔4〕羁鸟：笼中鸟。〔5〕守拙：保持天性。〔6〕暧暧：昏暗不明。〔7〕尘杂：杂事。〔8〕樊笼：比喻仕途。

诗意

年轻时不适应世俗中的交际应酬、投机取巧，本性就喜欢大自然的淳朴。一朝误入仕途之中，一干就是十三年。笼中的鸟儿眷恋过去的树林，池中的鱼儿想念故乡的深潭。在南野里开荒耕种，在归园田居保持自己的本性。有宅地十余亩，八九间草屋。榆树柳树的绿荫罩于屋檐，桃花李花竞艳于庭院。远处的村落隐隐绰绰，农家的炊烟依稀可辨。狗在深巷中叫着，鸡在桑树顶打鸣。家里无尘俗杂事相扰，格外清闲安静。久居官场犹如关在笼子里一般，如今又得以回到大自然之中了。

赏析

这组诗为陶渊明代表作之一，是诗人辞去彭泽县令后不久所作。诗的一开始就将诗人个性一展无遗，本性里就不喜欢世俗中的周旋应酬、投机钻营，性喜淳朴自然，不受约束的生活，踏入仕途并非出自本意。而在官场的十三年中，一直留恋乡间的土地、草房、桃李、炊烟、狗吠、鸡鸣的田园生活。开荒南野以自弄，虽清贫，但可随心所欲尽享田园之乐。没有了尘俗杂事的羁绊，在宁静的居所悠闲生活，这也反映出诗人脱离官场束缚重获自由的喜悦心情。

归园田居（二）

陶渊明

陶渊明"性本爱丘山"，这与他长期生活在田园之中息息相关。炊烟缭绕的村落，幽深的小巷中传来的鸡鸣，都会唤起他无限亲切的感情。更重要的是，在他心目中，恬美宁静的乡村是与趋膻逐臭的官场相对立的一个理想天地。

野外罕人事，穷巷寡轮鞅。白日掩荆扉，
虚室绝尘想。时复墟曲中，披草共来往。
相见无杂言，但道桑麻长。桑麻日已长，
我土日已广。常恐霜霰至，零落同草莽。

注释

〔1〕罕：少。〔2〕穷巷：偏僻之处。〔3〕鞅：套马的皮带。〔4〕荆扉：柴门。
〔5〕时复：不时地。〔6〕但道：只说。〔7〕霰：小雪粒。〔8〕草莽：野草。

诗意

　　乡间人际交往的俗事很少，僻巷鲜有车马经过。白天关上柴门，幽静的居室，没有了尘世间的喧嚣。有时也沿着野草丛生的田间小路，时常与乡邻们来来往往。言谈中没有尘杂之语，只议论桑麻的长势。桑麻一天天生长，我开垦的土地也越来越多。常常担心霜雪突然降临，庄稼凋萎如同野草一样。

赏析

　　第一首诗是写刚刚归隐的喜悦心情，这一首则写的是乡村生活的安宁。不用与世俗的人和事烦恼，没有人来访，虚掩着门的乡村清静居室，已与外界俗念喧闹隔绝。常往返于野草丛生的园间小路，与相邻的纯朴农人叙家常，没有虚伪的杂言，谈论多是桑麻等耕种之事。看着庄稼一天天生长，开垦的荒地也越来越多，如果照顾不好一旦荒废岂不可惜。这些只是生活中的小事，却让人体味出乡居生活的平和安详。

归园田居（三）

陶渊明

在陶渊明看来，为口腹所役，以社会的价值标准作为自己的行为准则，追逐富贵，追逐虚名，都是扭曲人性、失去自我的行为。而自耕自食，满足于俭朴的生活，舍弃人与人之间的竞逐与斗争，才是自然的生活方式。

种豆南山下，草盛豆苗稀。晨兴理荒秽，
带月荷锄归。道狭草木长，夕露沾我衣。
衣沾不足惜，但使愿无违。

注释

〔1〕兴：起床。〔2〕荒秽：杂草。〔3〕带月："戴月"。〔4〕荷：肩扛。
〔5〕愿：指隐居，自食其力的愿望。

诗意

　　在南山下种豆，草长势旺盛而豆苗稀疏。早上起床后去地里清除杂草，月光洒遍田野，扛着锄头沿着田间小路回家。道路狭窄草木却长得很高，天时已晚，草叶上凝结了点点露珠，沾湿了衣裳。衣服湿了并没有什么可惜，只要不违背自己的意愿，哪怕辛苦点也是快乐的。

赏析

　　这首是描写诗人亲自耕种的体验和心情。因不善耕种，南山坡下种的豆苗稀疏，草却很盛，所以早晨起来下地去锄草整治土地，表明诗人要自食其力。劳作了一天，月亮已经出来了，扛起锄头，沿着长满小草的小径往家走。因是新开垦的土地，道路狭窄，夜晚潮湿，草上凝结的露水打湿了衣裳。最后诗人道出了本意，衣衫湿了没什么可惜，只要不违背自己的意愿就是最快乐的。用浅易的文字，平缓的语调，表现深刻的思想，一向是陶渊明的特长。

归园田居（四）

陶渊明

陶渊明作为一个贵族的后代，要完全凭借自己的体力养活一家人，实际上是难以做到的。事实上，他仍然有僮仆为他种田。但他确实也在努力实践自己对人生、对社会的特殊认识，经常参加一些农业劳动，并在诗歌中歌颂这种劳动的愉悦和美感。

久去山泽游，浪莽林野娱。试携子侄辈，披榛步荒墟。
徘徊丘垄间，依依昔人居。井灶有遗处，桑竹残杇株。
借问采薪者，此人皆焉如？薪者向我言，死没无复余。
一世异朝市，此语真不虚。人生似幻化，终当归空无。

注释

〔1〕去：离开。〔2〕山泽：山野。〔3〕莽：广大。〔4〕丘垄：山间田地。〔5〕薪：柴草。〔6〕焉：哪。〔7〕复余：后代。

诗意

长时间离开山野去游宦，重又置身于大自然之中，心情十分舒畅。带着子侄一同出游，拨开荆棘信步在野外荒郊。在山间田地间久久徘徊，依稀可辨认过去有人居住的屋子。井台、灶间还留有污迹，桑竹还残留着露出根株。向打柴的人打听，居住在这的人到哪里去了？打柴的人对我说，去世了也没有留下后代。三十年间朝廷和市集的变化真大啊，这句话果真名不虚传。人生变化无常，最终都将走向死亡。

赏析

前一首诗写诗人辞官归隐，劳作田间的情景，这首诗则写与子侄出游的自由心态。自离开官场后，投身乡间，心随境安，携子侄同去山泽莽林游览，享受大自然。途中路过一处居所，虽已人去屋空，但到处都遗留着生活的痕迹：水井、灶台、桑竹上的污迹。向一个砍柴者打听后，得知此间主人已过世。诗的最后讲出生则有死的生命自然规律。

归园田居（五）

陶渊明

我们不能把陶渊明的"躬耕"与普通农民的种地等量齐观，因为这并不是他维持家庭生活的主要经济手段；也不能把陶渊明对劳动的感受与普通农民的感受等同看待，因为这种感受中包含了相当深沉的对于人生与社会的思考。

怅恨独策还，崎岖历榛曲。山涧清且浅，
可以濯吾足。漉我新熟酒，只鸡招近局。
日入室中暗，荆薪代明烛。欢来苦夕短，
已复至天旭。

注释

〔1〕怅恨：懊恼，怨恨。〔2〕策：柱杖。〔3〕历：行走。〔4〕榛曲：荆棘小路。〔5〕濯：洗。〔6〕漉：滤过。〔7〕近局：近邻。〔8〕荆薪：柴草。〔9〕已：过。〔10〕天旭：天明。

诗意

　　游兴未尽独自拄杖而归，山路崎岖不平，多经过荆棘从生之地。浅浅的山间，小溪清澈见底，正好可以洗去我脚上的泥泞。回到家中，过滤新近酿成的米酒，并用一只家鸡来款待邻居。天色渐晚，屋中已经昏暗，用柴草代替蜡烛照明。把酒问盏，相酌甚欢，感叹时间太短，不知不觉间天已经亮了。

赏析

　　这是归园田居组诗的最后一首。出游是诗人归隐之后的乐趣之一，游兴未尽是因暮色降临，只得持杖独自行走在草木丛生的崎岖山路上。山涧的溪流清澈而浅，可以洗去脚上的尘污，这也带出诗人融身大自然的闲情。回到家中，滤过自酿的新酒，只有一只鸡作下酒菜来招待邻里。茅草屋因日落而显昏暗，用柴草代蜡烛。谈不上盛宴，但其乐融融，体现了诗人知足常乐的心态。最后两句，诗人感慨人生的短促，是脱离世俗、得返田园的真情表白。

乞食

陶渊明

本篇可能作于诗人晚年困厄之时。清人方东树说陶诗"一味本色真味,直书胸臆",即使是一般士大夫讳莫如深的事,他也总是如实写出。这首诗正如此。诗人在其中写出了自己叩门乞食,羞愧踌躇的窘态,具有一种少见的真率之美。

饥来驱我去,不知竟何之。行行至斯里,叩门拙言辞。
主人解余意,遗赠岂虚来。谈谐终日夕,觞至辄倾杯。
情欣新知欢,言咏遂赋诗。感子漂母惠,愧我非韩才。
衔戢知何谢,冥报以相贻。

注释

〔1〕斯:村落。〔2〕遗赠:赠与。〔3〕谈谐:很相投。〔4〕觞:酒杯。〔5〕倾:干杯。〔6〕衔戢:牢记不忘。〔7〕冥报:死后报答。

诗意

因为饥饿逼迫我去乞食,可不知该往何处去。走啊走啊,来到了一处村落,敲开门后,一时间不由得口齿闭塞,不知说什么好。主人看到我的窘样明白了我的来意,立刻拿出食物相赠,我这一趟真不虚此行。两人谈得投机,不经意已到了黄昏,我与主人端起酒杯开怀畅饮。我为有这样的新朋友而真心欢喜,谈得高兴,于是赋诗相赠。感激您如漂母般慷慨赠食的恩惠,渐愧的是我没有韩信那样的才能。您的恩惠我铭记于心,今生不知如何能够答谢,只有待到死后在冥冥之中,再来报答于您。

赏析

这首诗写诗人自己的亲身经历,其实很令人敬佩。中国古代社会,读书人很讲究面子,极力掩饰自己的短处,怕遭人耻笑。而陶渊明能坦然面对现实,因饥饿而去叩门乞食,直接说明来意,虽然拙于言辞,却不装腔作势。听者明白来意,拿出食物相赠,相互交谈很投机,不知不觉天色已晚。主人邀诗人吃饭,以酒相待。对主人的盛情,诗人赋诗相赠,有滴水之恩涌泉相报的意愿。言外之意是大恩不言谢,我会铭记在心中。这件事也体现了诗人宁去乞食,也不向权贵折腰的气节。

连雨独饮

诗人在四十岁以后渐觉衰老，于是更为自觉地反省人生。他曾为功业无成而焦虑，又为误落官场而追忆"真想"。41岁辞官归田后，也有孤寂、贫困、衰老等烦恼。为了摆脱这种种困惑，诗人试图在人生必有一死的前提下，以"自然"之说来解释"形影之苦"。

运生会归尽，终古谓之然。世间有松乔，于今定何间？
故老赠余酒，乃言饮得仙。试酌百情远，重觞忽忘天。
天岂去此哉？任真无所先。云鹤有奇翼，八表须臾还。
自我抱兹独，俚俛四十年。形骸久已化，心在复何言？

注释

〔1〕运：运行。〔2〕终：自。〔3〕松乔：指赤松子、王子乔（传说中的神仙）。〔4〕定：在。〔5〕百情：感知。〔6〕先：超然。〔7〕八表：八方以外极远的地方。〔8〕独：信念。

诗意

　　人生于运行不息的宇宙之间必有一死，这是自古以来始终不变的道理。人世间有传说中的仙人赤松子、王子乔，如今他们究竟又在何处？有位老者告诉我，饮酒可以成仙。于是我尝试着饮了一杯，果然觉得各种各样牵累人生的情欲，纷纷远离自己而去。难道天地万物真的远远离去了吗？其实只要听任自然就没有什么先后之分。仙鹤就是有神奇的翅膀，飞到很远的地方一会儿还要飞回来。我独自抱守自己的信念，勉力而为，已经四十年了。任凭形体依照自然规律而逐渐变化、衰老，但信念仍在，还有什么忧虑可言呢？

赏析

　　这是一首饮酒诗，在阴雨连绵的天气里，诗人独自饮酒，深思中想到人终归会有一死，自古都是如此。人们所传说的仙人赤松子、王子乔今天又在哪里？有位老者直言相告，说饮酒能成仙，试着喝了一杯，仿佛有一切都离去的感觉，又多饮几杯，又觉得所有的都不存在了。其实那离去之感只是一种感受。诗人笃守自己的信念，不主张终日饮酒以忘忧，以理智的观点去面对生死的自然现象。

移 居（一）

移居共二首，是陶渊明在晋安帝义熙六年迁居南村新居后不久写的。义熙四年的一场大火，把诗人的旧房烧毁，因此才移居新村。诗人搬到新居后，对新居生活非常满意。两首诗都是写他迁居后同邻人友好交往的愉快情形。

昔欲居南村，非为卜其宅。闻多素心人，
乐与数晨夕。怀此颇有年，今日从兹役。
弊庐何必广，取足蔽床席。邻曲时时来，
抗言谈在昔。奇文共欣赏，疑义相与析。

注释

〔1〕昔：过去。〔2〕卜其宅：卜算风水。〔3〕素心：淳朴善良。〔4〕颇有年：多年。〔5〕兹役：移居搬家。〔6〕弊：破旧。〔7〕蔽：遮盖。〔8〕抗言：高谈阔论。〔9〕析：剖析。

诗意

　　自己早就想移居南村，卜宅不为风水吉利，而为求友共乐。听说南村多有淳朴善良的人，很愿意和他们一同度日，共处晨夕。移居南村的愿望早就有了，现在终于得以实现。房子不一定要宽敞，只要能遮蔽床席就行了。邻居们时时聚在一起，放言谈论往昔之事。一起欣赏美妙的奇文，共同分析疑难的文义。

赏析

　　以得佳邻为移居的原因，诗人早就有移居南村的愿望，而并非先得占卜而后移居。诗人是要与友共乐，与淳朴之人朝夕相处。"怀此颇有年"以下四句，再次强调，移居此地的想法已有几年了，今日得以遂愿，只要与善者为邻，不在乎新居是否简陋，能有一床一席足矣。表现了诗人豁达的胸怀，只求乐在其中。最后四句描写与友人交往的快乐，邻里经常相互来往，无拘无束地热烈交谈往昔之事，一并欣赏美妙诗文，分析疑难之义。

移居（二）

陶渊明

义熙四年的火灾使陶渊明受到严重打击，但他并不自怨自艾，仍努力耕作，打算重建家园。当时一家人暂时住在门前水塘的船上。两年后，陶渊明由柴桑山迁居到附近的南村。南村在庐山南金轮峰麓归宗寺西约五里，属江西星子县境，这也是诗人终其一生的地方。

春秋多佳日，登高赋新诗。过门更相呼，
有酒斟酌之。农务各自归，闲暇辄相思。
相思则披衣，言笑无厌时。此理将不胜？
无为忽去兹。衣食当须纪，力耕不吾欺。

注释

〔1〕斟酌：饮酒。〔2〕农务：农忙时。〔3〕此理：指朋友之情义。〔4〕胜：美。
〔5〕无为：轻易。〔6〕纪：经营。

诗意

每逢春秋季节温和晴朗的日子，与"素心人"一起登高赋诗。路过别人门口或别人路过自家门前，互相热情地招呼着，一起饮酒共欢。农忙时各自在家耕作，闲暇就相互思念对方。即使睡下了也会披衣而起，谈笑起来没完没了。这种乐趣岂不是比什么都美吗？不要轻易匆匆地离开此地。衣食之事必须经营料理，躬耕所带来的快乐生活是不会欺骗我的。

赏析

此首诗写移居之后，与邻里愉快相处的场景。每当春秋佳日之际，与"素心人"登高赋诗，潇洒、风雅，自有一番乐趣。谁处有酒，便过门招呼一声，一同斟酌，朋友之间真率融洽，无需世俗间的虚情假义。农忙时各自在家劳作，闲时相思，披衣复聚首，大家谈笑风声，兴趣相投，乐此不疲。这种生活乐趣岂能轻易丢弃！这是诗人由衷的感叹，而这一切自得之乐的根本在于努力耕作。有衣食作基础，才有心情吟诗作赋，享受纯朴情义。

庚戌岁九月中于西田获早稻 陶渊明

庚戌岁是晋安帝义熙六年,陶渊明四十六岁。陶渊明经过多年的躬耕体验,对农业生产劳动有了更深的感受与思考。这首诗并不是描写秋收的具体情况,而是强调劳动的重要性,以及自己在劳动过程中所得到的精神享受,从而使其隐耕之念更加坚定不移。

人生归有道,衣食固其端。孰是都不营,而以求自安?
开春理常业,岁功聊可观。晨出肆微勤,日入负耒还。
山中饶霜露,风气亦先寒。田家岂不苦?弗获辞此难。
四体诚乃疲,庶几异患干。盥濯息檐下,斗酒散襟颜。
遥遥沮溺心,千载乃相关。但愿长如此,躬耕非所叹。

注释

〔1〕道:根本所在。〔2〕固:本是。〔3〕端:首。〔4〕是:指衣食。〔5〕常业:指农事。〔6〕岁功:收成。〔7〕肆:致力。〔8〕饶:多。〔9〕弗获:不能。〔10〕庶几:也许。〔11〕沮、溺:春秋时两隐士。

赏析

  这首诗是陶渊明在秋收时有感而作。叙写了诗人收获早稻时的欢悦之情和丰富的人生体验。人要自下而上,衣食是根本,点明农耕生产的重要作用。哪有不进行耕织就可以安身立业呢,这是诗人在归隐后的亲身体验。从春天开始犁地播种,且需精心勤作,到了秋天才会有所收获。平常要很早就起身去整地除草,日落后才能收工回家。山里比平原冷得早,庄户人家很辛苦,不能把家事的艰难推给别人。躬耕虽然使人疲惫,却可以避免灾祸。耕作归来洗漱完毕坐在屋檐下喝酒,也是一乐。这种心境与春秋时长沮、桀溺两位隐士心意相通,能如此自食其力也就知足了。通过亲身经历,诗人增进了务农方面知识,加深了对农家不辞劳苦与沮溺隐居避世的理解,越发感受到躬耕自食虽苦犹乐,从而更加坚定了躬耕不辍的信念。

饮 酒（一）

陶渊明

《饮酒诗二十首》是陶渊明的重要代表作。作于晋安帝义熙年间。陶渊明义熙元年辞彭泽令归隐，再经十二年，正好是义熙十三年，时作者五十三岁。此诗写作时，正是晋宋易代之际，故前人称这一组诗为"感遇诗"。

衰荣无定在，彼此更共之。邵生瓜田中，宁似东陵时！
寒暑有代谢，人道每如兹。达人解其会，逝将不复疑。
忽与一觞酒，日夕欢相持。

注释

〔1〕荣：草木繁盛。〔2〕邵生：秦时为东陵侯后沦为平民。〔3〕宁：难道。〔4〕代谢：更替。
〔5〕道：事理。〔6〕达人：明理之人。〔7〕解：明白。〔8〕逝：变化。

诗意

　　人的富贵和贫贱并非一成不变，两者之间相互更替、变化。当邵生在瓜田辛勤耕作时，同他在秦代为侯的奢华生活相比，难道不是天壤之别吗！社会人事的盛衰变化，就像寒暑相互更替一样，人生的道理也常常如此。明白事理的人懂得其中的道理所在，自然不会再猜疑。随意地携着一壶酒，每天从早到晚可以任意地畅饮。

赏析

　　《饮酒》诗是陶渊明的重要作品。每首诗都是根据当时的感受所写，其意不在酒而是在于酒后的抒情。借饮酒为题，此诗表达出诗人对人生富贵的看法，用邵平为农和为侯两种不同生活境遇，来说明世间万物都有由荣到衰的过程。人世如此，人事更替也像寒暑交替一样不可改变。陶渊明的先辈中曾任过大司马、太守等职，而现今家世已经衰落，但这并不是诗人眷恋富贵，而是感叹社会的黑暗，希望能有一个平和安祥的社会环境。

饮 酒（二） 陶渊明

陶渊明自二十九岁开始，断断续续地做过江州祭酒、镇军参军、建威参军这类小官，四十一岁时又做了八十五天的彭泽令，由于他不能"为五斗米折腰向乡里小人"而辞职。诗人的这些生活经历便是本诗前半部所暗示的事实。

栖栖失群鸟，日暮犹独飞。
徘徊无定止，夜夜声转悲。
厉响思清远，去来何依依。
因值孤生松，敛翮遥来归。
劲风无荣木，此荫独不衰。
托身已得所，千载不相违。

注释

〔1〕日暮：傍晚。〔2〕无定止：犹豫不安。〔3〕厉响：鸟的叫声。〔4〕值：遇到。〔5〕荣木：茂盛的树木。〔6〕所：栖息之地。

诗意

　　一只离群的鸟儿，黄昏时分还在独自飞翔。它疑惧不安地在天际徘徊，始终找不到可以栖息的地方，日复一日，夜复一夜，它的啼声也越来越悲凉感伤。在凄厉的叫声中，可以听到思慕清深高远之地的心声，它飞来飞去却无处可依。它遇到一株孤生的松树，于是收起翅膀，从遥远的地方来此栖息。寒风袭来，枝叶茂盛的树木纷纷凋零，惟独松树挺立不衰。我已有了栖息之地，将永远固守不再离去。

赏析

　　诗人用失群鸟来比喻自己的归隐。一只脱离了伙伴的鸟，独自飞翔，一声声凄厉的哀鸣在无边无际的天空中回响，因找不到栖息之地而游弋徘徊，不知该飞向何方。这是诗人处在仕途时的写照。诗的后半部分以"因值孤生松"开始写孤独鸟找到一孤立的松树，得以休息，用孤立的松树来暗示自己找到了归宿。有了依托就不愿离去，也许孤松的傲然正与诗人的品格相似，表现了诗人归隐的强烈情感，故愿托身情感，千载长守。

饮 酒（三）

陶渊明

在魏晋以前，中国思想以儒家学说为核心，中国人一直都相信人类和自然界都处于有意志的"天"的支配下。这一种外于而又高于人的个体生命的权威，在东汉末年开始遭到强烈的怀疑。于是就相应地有了所谓"人的主题"的兴起。

结庐在人境，而无车马喧。问君何能尔？心远地自偏。
采菊东篱下，悠然见南山。山气日夕佳，飞鸟相与还。
此中有真意，欲辨已忘言。

注释

〔1〕结庐：造屋，这里指隐居。〔2〕人境：尘世。〔3〕尔：如此。〔4〕悠然：悠闲自得的样子。〔5〕南山：庐山。〔6〕日夕：傍晚。〔7〕已忘言：说不出来。

诗意

　　居住在人世间，却听不到车马的喧闹。你如何能做到这样？心远离世俗，住处尽管扰攘不宁也像偏僻的地方一样。在庭院中随意地采摘菊花，不经意间望见了庐山。日暮的岚气，若有若无，萦绕于峰际；成群的鸟儿，结伴而行，归向山林。在这里可以领悟到生命的真谛，想要辩论，却忘了该用什么语言表达。

赏析

　　这首诗以超拔脱俗的风韵，率真自然的境界，成为千古传诵的名篇。陶渊明弃官归田，并不像隐士那样遁迹山林，只是远离官场在乡村生活。是弃官不弃世，是强调人与自然的和谐统一，不会为蝇头末利去迎来送往，要做到这些，就得超脱世俗的利害，对功名利禄淡然处之，喧闹的环境自然离你远去。通过诗人所憧憬的是"采菊东篱下，悠然见南山。山气日夕佳，飞鸟相与还"的意境，我们似乎能体会到诗人已将自己融入这美好的风光中。诗人正以一种平静、安闲的眼光去欣赏自然之美。而其中"采菊东篱下，悠然见南山"也成为千古绝句而广为流传。

饮 酒（四）

陶渊明

东晋末年，在玄学的背景中，陶渊明的诗开始表现一种新的人生观和自然观。这就是反对用对立的态度看待人和自然的关系，而是强调人和自然的一体性，追求人与自然的和谐。这在他的诗中，表现得充分而优美。

秋菊有佳色，裛露掇其英。泛此忘忧物，
无宛遗世情。一觞虽独进，杯尽壶自倾。
日入群动息，归鸟趋林鸣。啸傲东轩下，
聊复得此生。

注释

〔1〕裛：通"浥"，沾湿。〔2〕掇：拾取。〔3〕英：菊花。〔4〕忘忧物：酒。〔5〕遗世：弃官。〔6〕入：落。〔7〕趋：向、往。〔8〕聊：姑且。〔9〕得此生：指自由生活。

诗意

　　秋菊色彩艳丽，带着露水把它采摘。纵情饮酒吧，以使我的弃世之情更加疏淡。虽然是对菊独饮，但却喝得杯干壶空。日落时分各种动物已经栖息，空中传来归鸟飞向树林的啼鸣。在东边的长廊下傲然长啸，姑且算作获得人生的真谛了吧。

赏析

　　秋菊，只有菊花可在严寒绽放，诗人咏秋菊，是颂其坚贞高洁的品质。"有佳色"是对秋菊的赞美，在百花凋零的季节里，惟有傲霜的秋菊展露芳姿，诗人对菊独自纵情饮酒。"忘忧物"是指酒，"忘忧"指诗人曾怀有"大济于苍生"的抱负，只因官城的黑暗，而未能实现自己的理想，才有归隐之念。而结尾处的"归鸟趋林鸣"，正是诗人自比退出官场归隐田园的写照，对菊饮酒，人闲逸自在，是诗人情归所在。

饮 酒（五）

陶渊明

"岁寒，然后知松柏之后凋也。"经过孔子的这一指点，松柏之美，便象征着一种高尚的人格，而成为中国文化的集体意识之一。中国诗歌多赞叹松柏的名篇佳作。尽管如此，陶渊明所写的这首诗仍然是极有特色。

青松在东园，众草没其姿。凝霜殄异类，卓然见高枝。连林人不觉，独树众乃奇。提壶挂寒柯，远望时复为。吾生梦幻间，何事绁尘羁。

注释

〔1〕没：淹没。〔2〕殄(tiǎn 舔)：尽、绝。〔3〕卓然：高高挺立的样子。〔4〕连：紧密。〔5〕柯：树枝。〔6〕绁：拴、捆。

诗意

青松生长在东园，众多草木淹没了它的英姿。严霜降临，众草凋零，而青松却傲然挺立着。倘若青松蔚然成林，人们不会觉得它的特别之处；一株青松卓然独立于众多草木之间，才显出它的与众不同。提着酒壶将它挂在松枝之上，极目远眺不时举杯畅饮。人生如同梦幻一般，何必要受尘世间俗事的束缚。

赏析

在古代文人的笔下，青松是高尚人品的象征，陶渊明诗中的青松也是如此。东园里的青松使其它草木黯然失色，它的常青之色不畏风雪，傲然挺立。树木成林体现不出有什么奇特之处，而单株秀美的青松则会使人惊诧，这是诗人的喻意所在。一个品格超凡的人正如这青松，在严寒之下百草凋谢，惟有青松依然矗立于天地之间。也正是对青松的一往情深，才能让诗人摆脱世俗的羁绊，保持自己坚贞高洁的人格品性。

饮 酒（六）

陶渊明

陶渊明义熙元年辞彭泽令归隐，这是一篇表示诗人坚持隐居避世、拒绝仕宦决心的诗作。这首诗历来受到人们的重视，它使人们更清楚地了解了陶渊明归隐后的生活，以及他对于"仕"与"隐"的认识和思索。

清晨闻叩门，倒裳往自开。问子为谁欤？田父有好怀。
壶浆远见候，疑我与时乖："褴褛茅檐下，未足为高栖。
一世皆尚同，愿君汩其泥。""深感父老言，禀气寡所谐。
纡辔诚可学，违己讵非迷！且共欢此饮，吾驾不可回。"

注释

〔1〕倒：颠倒。〔2〕田父：村民。〔3〕好怀：好意。〔4〕乖：违背。〔5〕足：委屈。〔6〕汩其泥：随波逐流之意。〔7〕纡辔：回头之意。〔8〕非迷：糊涂。

诗意

　　清晨听到敲门声，慌乱间连衣服都没穿好，亲自去开门。问一声来者是谁，原来是一位年老的村民前来问候。他提着酒壶远道来探望，为的是怀疑我与时世相违背："你衣裳褴褛，居住在低矮的茅屋中，实在不是您这样的人栖身之地。人的一生都不尽相同，劝您还是随波逐流算了。""我深深地感谢老人家的善意劝告，但自己的禀性、气质不能与世俗相融洽。回头再入仕途，诚然可以这么做，可违背了自己的意愿和初衷，岂不是太糊涂了吗！咱们暂且快乐地喝酒吧，我的车是不可能回转的。"

赏析

　　这是一首假设问答以表明诗人决心的诗作，字里行间透露出诗人生活的简朴。清晨时听见有叩门声，诗人赶忙起床，连衣服都没穿好就去开门。问来访者是谁？原来是一位村民造访，来人提着酒造访，以为诗人与时世相背，并劝戒衣着寒酸的诗人不要太洁身自好，这简陋的茅屋也不是高人应住的地方。诗人感谢村民的好意，可自己的性情、才智难于与俗世相融。重入仕途不难，但与自己的意愿相背离，暂且一同渴酒共欢乐，出仕之举不可能重现了。表明了诗人隐居终身的决心，语气上委婉但很坚决。

饮 酒（七）

陶渊明

陶渊明写作此诗时，正是晋宋易代的前夜，是我国历史上最黑暗、最动乱的时期之一。这个时期，政治腐败到了无以复加的地步，大小军阀为了争夺权力，互相攻杀，兵祸连年不绝。作者依旧保持着高洁的情操，不肯同流合污。

少年罕人事，游好在六经。行行向不惑，
淹留遂无成。竟抱固穷节，饥寒饱所更。
敝庐交悲风，荒草没前庭。披褐守长夜，
晨鸡不肯鸣。孟公不在兹，终以翳吾情。

注释

〔1〕罕：少。〔2〕游好：爱好。〔3〕六经：儒家经典。〔4〕淹留：迟，停止。〔5〕固穷：固守穷困。〔6〕交：吹。〔7〕褐：粗布衣。〔8〕翳：遮盖。

诗意

　　年少时不喜欢交际应酬，只爱好儒家的道理学说。时光荏苒流逝，不知不觉已将近四十岁了，仕途上一事无成。始终抱着固守穷困的节操，历经饥寒交迫之苦。秋风吹过破旧的房屋，荒草长满门前的庭院。夜寒难以入眠，只好披衣坐守长夜，长夜如此漫漫，连晨鸡都不肯报晓。自己的处境与张仲蔚类似，却没有像孟公一样了解自己的人，自己的一腔真情只有隐没于世了。

赏析

　　这首诗阐述了诗人从少时到归隐的情感变迁。诗人少年时不喜欢交际应酬之类的事情，所好者惟有儒家学说。立下济世大志，但是岁月无情，步入不惑之年依然未建功业，一事无成，于是产生了归隐之念。虽然历经饥寒交迫之苦，但不可失掉"君子固穷"的志节向权贵低头。隐士的清苦随后告之：破败的茅屋前长满荒草，因寒冷日夜不成眠，披衣坐待天明。诗人叹息未能遇见像孟公那样赏识张仲蔚的知己，自己的才学也只能埋没于世了。诗人写出了对当时社会的绝望，语言简练而意蕴深刻。

饮 酒（八）

陶渊明

陶渊明自二十九岁解褐入仕为州祭酒，至义熙元年辞官归田，在其间及以后的漫长岁月里，诗人的内心是颇不平静的，充满了种种矛盾和冲突，甚至是痛苦。陶渊明对历史文化心诵默念，其终极关怀则是现实社会。

羲农去我久，举世少复真。汲汲鲁中叟，弥缝使其淳。凤鸟虽不至，礼乐暂得新。洙泗辍微响，漂流逮狂秦。《诗》《书》复何罪？一朝成灰尘。区区诸老翁，为事诚殷勤。如何绝世下，六籍无一亲。终日驰车走，不见所问津。若复不快饮，空负头上巾。但恨多谬误，君当恕醉人。

注释

〔1〕鲁中叟：指孔子。〔2〕弥缝：挽救。〔3〕洙、泗：二河流名。
〔4〕老翁：众儒家学者。〔5〕绝世下：指汉以后的三国，两晋。
〔6〕六籍：儒家群经。

赏析

　　此诗是陶渊明《饮酒》诗的最后一首，诗人以大跨度的手法，从上古一直写到当时，是了解诗人思想的主要作品。诗人赞叹伏羲、神农时代淳朴的社会风尚，且称颂孔子为挽救世道而辛劳奔走，虽然没能匡正时俗，治理天下，但他修订的礼乐使得传统文化焕然一新。然而秦始皇却将《诗》《书》一焚为灰，诗人在此痛斥秦始皇的专制行为。汉初的儒家学者努力勤勉地传授经书。而当今社会，世风日下，无人亲近六经，整日追逐权势，尽现争名逐利的丑陋。最后诗人借饮酒醉语，揭露了社会的黑暗，虽然归隐田园，但始终关注社会。

责 子

陶渊明

陶渊明年至五十一岁时，膝下有五子，名字依次叫阿舒、阿宣、阿雍、阿端和阿通。老大十六岁，一身懒骨；老二十五岁，不攻书习文；老三老四是孪生兄弟，都较痴傻；老五已九岁了，却只知道夺食抢物。陶渊明大伤脑筋，写下此诗。

白发被两鬓，肌肤不复实。虽有五男儿，
总不好纸笔。阿舒已二八，懒惰故无匹。
阿宣行志学，而不爱文术。雍端年十三，
不识六与七。通子垂九龄，但觅梨与栗。
天运苟如此，且进杯中物。

注释

〔1〕被：盖。〔2〕复：再。〔3〕纸笔：指读写文章。〔4〕故：一向。〔5〕志学：指年龄。〔6〕垂：接近。〔7〕苟：假如。

赏析

　　这首诗大约是陶渊明五十岁左右时所作。责子，顾名思义，就是责备儿子。诗人已经感觉到老了，两鬓白发，肌肤松弛。虽有五个儿子，但他们都不好读书，以求进取，阿舒已经十六岁了，一贯懒惰成性；阿宣快十五岁了，却不好学写文章；雍和端已经十三岁了，却不识数，六、七分不清；阿通是最小的儿子，快九岁了，只晓得贪吃，其他一概不知。这里引用"孔融让梨"的典故。孔融四岁就知道让梨，阿通九岁了还这么愚笨，表现对几个儿子的失望。如果这些都是天意的话，也没办法，只能喝酒了。

　　这首诗写得很诙谐，作者不是板着面孔在教训，而是出以戏谑之笔，又显出一种慈祥、爱怜的神情。可以说，儿子的缺点都是被夸大、漫画化了的，在叙述中又采用了一些有趣的修辞手法，读者读来忍俊不禁。不妨说，这是带着笑意的批评，是老人的舐犊情深。

231

有会而作

陶渊明

这首诗是陶渊明晚年所作，诗人中年以来对穷达、贫富、贵贱视之如一，不喜不惧，摒弃荣贵，以贫自傲，并不希冀世人的理解。由于这种以贫自傲的心境，渊明在晚年的诗作里，从不讳言自己的贫窘之状，一方面不以乞食为耻，另一方面则对权势的施舍不屑一顾。

弱年逢家乏，老至更长饥。菽麦实所羡，孰敢慕甘肥。
惄如亚九饭，当暑厌寒衣。岁月将欲暮，如何辛苦悲。
常善粥者心，深念蒙袂非。嗟来何足吝，徒没空自遗。
斯滥岂攸志，固穷夙所归。馁也已矣夫，在昔余多师。

注释

〔1〕弱年：年轻。〔2〕乏：贫。〔3〕羡：知足。〔4〕惄（nì 匿）如：忧思伤痛之意。〔5〕暮：末。〔6〕蒙袂：以衣袖遮面。〔7〕自遗：轻生。

诗意

青年时期家境贫寒，到了老年更是每况愈下，连起码的生存条件也难以为继了。只要有粗食充饥就已心满意足，哪里还敢奢求肥美的食物。自己的饥苦状况比当年的子思还差，夏天还换不下令人厌恶的棉衣。老之将来，在如此恶劣的生存条件下了此一生，怎不叫人悲从中来。我常常赞许舍粥的人也有一颗仁爱之心，看不起用衣袖遮面人的轻生行为。嗟来之食有什么值得耻辱，却白白地丧失自己的性命。小人受物所驱自甘沉沦，君子虽身处贫困之中，平素向往精神上的自由。挨饿就挨饿，古代有许多人是值得我学习的。

赏析

"会"是感悟之意，是诗人有感而作。诗人年轻时家中败落，且每况愈下，度日艰难，能有粗粮糊口已经很知足了，哪里还敢想肉食。饥饿时只顾填饱肚子，吃不出什么滋味。缺吃少穿，身上的衣服冬天不够挡御风寒，而到夏天又嫌多余。诗的后半部分是探讨生命价值，赞赏黔敖施粥行为，批评蒙袂者为微末荣辱轻生的行为。诗的末尾四句说出了诗人对生命意义的理解，君子尚志，得以从中求得精神上的自由，小人为物所驱使，最终将淹没于此。

拟 古（一）

《拟古》九首是陶渊明集中的一组重要诗篇，这组诗大约作于晋宋易代之时。在风云变幻、王朝擅替的晋宋之际，陶渊明写出这九首以"拟古"为题的诗章，是为了避免在险恶的环境下直言当世之事而触发政治罗网。

仲春遘时雨，始雷发东隅。众蛰各潜骇，草木纵横舒。
翩翩新来燕，双双入我庐。先巢故尚在，相将还旧居。
自从分别来，门庭日荒芜。我心固匪石，君情定何如？

注释

〔1〕遘：遇。〔2〕隅：角落。〔3〕蛰：冬眠的动物。〔4〕故：依然。〔5〕相将：相偕。〔6〕匪石：比喻意志坚定。〔7〕定：究竟。

诗意

　　仲春二月逢上了及时雨，第一声春雷也从东方响起。各类冬眠的蛰虫，暗中都被春雷惊醒，草木在春雨中纵横舒展。一对刚刚飞来的燕子，翩翩飞进我的屋里。梁上归巢依旧还在，这对燕子相伴着飞了进去。燕子啊，自从去年分别以来，我家门庭一天比一天荒芜，我的心仍然坚定不移，但不知你们的心情究竟如何？

赏析

　　诗人以春天的种种迹象表达故国之思。仲春时节天上降下及时雨，从东方传来了第一声春雷，众多潜伏冬眠的蛰虫被雷声惊醒，草木也因春雨而纵横舒展，春的气息使大地复苏而充满生机，翩翩新燕双双飞进屋里，旧巢依旧存在，双燕回到了旧居。诗人不禁对燕子发出询问：自从分别以来，门庭一天比一天荒芜。我的心境依旧坚定，不知你们的心情如何？诗人借助这种对话方式表达了坚卓挺拔的品性。

拟 古（二）

陶渊明

魏晋以来，"拟古"之体向有两类，一类为严格意义上的模拟古诗之作，性质上更接近于一种文学消遣。另一类拟古诗名为"拟古"，其实不过是借古人杯酒浇自己块垒，借以抒发内心的慷慨愤郁之情。陶渊明这组诗属于后一种类型。

迢迢百尺楼，分明望四荒。暮作归云宅，朝为飞鸟堂。
山河满目中，平原独茫茫。古时功名士，慷慨争此场。
一旦百岁后，相与还北邙。松柏为人伐，高坟互低昂。
颓基无遗主，游魂在何方？荣华诚足贵，亦复可怜伤！

注释

〔1〕迢迢：形容楼高。〔2〕四荒：广阔大地。〔3〕北邙：山名，在洛阳城北。〔4〕低昂：高低状。

诗意

　　站在高楼之上，清楚地看到广阔的大地。傍晚有云彩飘入，清晨有飞鸟鸣聚。大山河川尽在眼中，平原浩渺辽阔。古代有多少功名之士，慷慨激昂地争夺这些地方。可一旦死后，都埋葬于北邙山上。坟上的松柏也被人砍伐了，露出了高高低低的坟头。倒塌的坟墓也无人修理，死者的魂灵在哪里呢？荣华富贵诚然值得看重，但死后如此凄凉也实在可怜可悲！

赏析

　　这首诗是陶渊明登上古楼遥望四方发出的感叹。登上高高的古楼宇。"百尺"是虚词，形容楼高，能看到很远的地方。所能见的广袤大地一片荒凉，飞云从高高的古楼边飘过，因为罕有人迹，飞鸟在此筑巢鸣聚，眼前的这片广阔大地是古人争夺厮杀的战场，可身死之后一切都化为乌有。功名士也都葬于这北邙山上，坟墓没有人打理，旁边的松树被砍伐，高高低低的坟茔尽显荒凉，游魂都无处安身。生前荣华富贵，死后却凄凉冷落。此诗从诗人个人角度说明"守志"的意义。

拟 古（三）

陶渊明

晋安帝义熙元年，陶渊明弃官从隐，从此开始躬耕自资的生涯。义熙十四年，刘裕杀安帝，立恭帝。元熙二年，刘裕墓晋称帝，废恭帝，并于次年杀之。已经归隐了十六年的陶渊明写下了一系列诗篇，表达对刘裕的愤慨。

日暮天无云，春风扇微和。佳人美清夜，
达曙酣且歌。歌竟长叹息，持此感人多。
皎皎云间月，灼灼叶中花。岂无一时好，
不久当如何？

注释

〔1〕暮：傍晚。〔2〕扇：吹佛。〔3〕达：直到。〔4〕酣：饮酒。〔5〕持：怀感。〔6〕皎：洁白。

诗意

　　黄昏时分天空万里无云，春风吹拂，带来一阵阵微微的暖意。佳人喜爱这寂静的夜晚，彻夜酣饮、唱歌直到天明。歌罢不由得深深地叹息，这样的良辰美景又能存在几时。云间的月亮皎洁而明亮，嫩绿的树叶之中花朵艳丽开放。谁知这样花好月圆的美景，以后还能延续多久呢？

赏析

　　诗人在这里假借佳人的感触，来表达自己的情怀。天色将晚，空中清澈如洗，春风阵阵温暖而和煦，在如此怡人的夜色中，对充满活力的佳人来说，能激出对美好未来的憧憬与渴望，舒畅的心情让佳人彻夜饮酒欢歌直到天明。笔锋一转，佳人又在顾影自怜，歌喉谁人欣赏？青春年华又能保持到什么时候？皎洁的月光，映照着新绿的草木，反倒让佳人产生焦虑，这美好的景色又能持续多久呢。"荣耀难久恃"说出佳人的伤感心曲。

拟 古（四）

陶渊明

陶渊明此诗当作于晋亡之后不久。如诗所云，在陶渊明心灵深处，实痛愤刘裕，同情晋朝，对于晋亡，沉痛至深。这说明在诗人归隐的十六年里，终没有成为忘世之人，他对于世道政治仍然抱有正确的是非判断、爱憎之情。

种桑长江边，三年望当采。枝条始欲茂，忽值山河改。
柯叶自摧折，根株浮沧海。春蚕既无食，寒衣欲谁待。
本不植高原，今日复何悔。

注释

〔1〕桑：指晋朝。〔2〕三年：晋恭帝在位三年。〔3〕茂：生长。〔4〕值：遭遇。〔5〕待：制作。〔6〕本：指树根。

诗意

在长江边种植桑树，盼望着三年能够采摘。枝条刚开始生长起来，却突然遭遇到山河的变迁。洪水滔滔冲断了树枝，卷走了根株。桑树被毁，春蚕没有桑叶可食，还等待谁来吐丝制作寒衣呢。桑树种植于江边，而未植根高原，如今桑树根株尽毁，又怎么可以追悔。

赏析

陶渊明虽然隐居田园，但他并非忘世之人，这首诗就表明了他对晋亡的同情。"种桑长江边，三年望可采"，是指当年晋恭帝为刘裕所立，时隔三年又被刘裕所废，本指国家能像桑树一样枝繁茂盛，谁又想到遭此变故。"柯叶自摧折，根株浮沧海"，指晋恭帝被废后，次年又被刘裕所杀，仅有的一点希望又破灭了，桑树被毁，蚕无叶可食，也就没有了蚕丝，御冬的寒衣自然也制不成了。诗人以桑树之比表达对晋朝的同情，人虽已远离时政，但心中却一直牵挂着时局。

杂诗（一）

陶渊明

《杂诗》是在晋义熙十年前后，陶渊明五十岁时所写，共十二首，此首为其中之一。这时离他辞彭泽令归耕园田已八年之久了。在田园生活中，他感到获得了自由，心情舒畅，写下了诸多名句。然而他终非"浑身静穆"，这首诗正透露出个中消息。

人生无根蒂，飘如陌上尘。分散逐风转，
此已非常身。落地为兄弟，何必骨肉亲！
得欢当作乐，斗酒聚比邻。盛年不重来，
一日难再晨。及时当勉励，岁月不待人。

注释

〔1〕陌：小路。〔2〕逐：追起。〔3〕此：指人。〔4〕落地：偶然相遇。
〔5〕比邻：旁人，邻居。〔6〕再晨：第二个清晨。

诗意

　　人生在世如无根之木、无蒂之花，没有着落，没有根柢，又好比是小路上随风飘浮的尘土。由于命运变幻莫测，人生飘泊不定，每一个人都不是最初的自我。既然来到这个世界上的兄弟都已不是最初的自我，那又何必在乎骨肉、血脉之情呢？不如得欢乐时且欢乐，用美酒将近邻们聚在一起。生命是如此短促不能重来，一天之内难以再有第二个早晨。要抓紧时机尽情享受，岁月是不会等待人的。

赏析

　　因当时社会动荡不安，人们飘泊不定，不可预知的变故搞得人不得安宁。人生就如同无根的树木，又像是随风荡起的尘土，无目的四处游走迁徙，人的心态也随着境遇的变化而改变，对明天将走向何方也不得而知。同为沦落人，就都以兄弟相称，今朝有酒今朝醉。既然对朝局已不抱希望，也只有随自己的心愿去没有烦恼的自然中寻找快乐。美好的岁月是短暂的，应及时把握机会尽情享受。这里的享受是说民间的人与人之间的淳朴之情，在大自然中找回自我的生活理念。

杂诗（二）

陶渊明

陶渊明出身于破落仕宦家庭。年幼时不仅学了《老子》《庄子》，而且还学了儒家的《六经》和文、史以及神话之类的"异书"。时代思潮和家庭环境的影响，使他接受了儒家和道家两种不同的思想，培养了"猛志逸四海"和"性本爱丘山"的两种不同的志趣。

白日沦西阿，素月出东岭。遥遥万里辉，
荡荡空中景。风来入房户，中夜枕席冷。
气变悟时易，不眠知夕永。欲言无予和，
挥杯劝孤影。日月掷人去，有志不获骋。
念此怀悲凄，终晓不能静。

注释

〔1〕西阿：西面的山丘。〔2〕素：白。〔3〕悟：感觉。〔4〕时易：时节变化。
〔5〕夕永：夜长。〔6〕骋：施展。

诗意

　　白日沦落于西山，皎洁的月亮从庐山升起。月光洒遍广袤的大地，好一幅光明澄澈的景色。阵阵凉风吹进窗户，半夜枕席已有了寒意。气候变化方悟出季节的更替，难以入眠方知黑夜的漫长。想将心里话倾诉出来，可是无人与我交谈，只好举杯对影独酌。光阴流逝不为人停息片刻，一身的抱负得不到施展。想到这些不禁满怀苍凉悲慨，心情彻夜不能平静。

赏析

　　在此诗中，陶渊明对人生有感而发，感叹人生的短暂，他以自然界中的景色变化比喻生命有限。太阳西下，素月东出，既是自然的规律，也暗示光阴的流逝。"风来入房中"以下四句是从季节的变化强调此意，也体现出一种焦虑。想与人交流却又无人可以倾诉，只有在月光下对着自己的身影举杯独饮，借酒浇愁。诗人将景色的变化与个人的心情巧妙地结合起来，"掷"字极准确地表达出诗人的无奈，"有志不获骋"就显得更加沉重。

赏析

　　陶渊明在这首诗里写出了三个感情阶段。想当初，诗人身怀济世大志，志在四海，愿为理想乐而忘忧，后因对政治的黑暗及官场尔虞我诈的厌恶，而辞去官职归隐田园，与家人享受天伦之乐，在当时纷乱的时局当中能保一家人平安，乃非寻常之事。因为没有公事的羁绊，可随心所欲杯酒弦歌，远离争名夺利的是非之地。人闲逸而自在，不用虚情假义，迎来送往，无拘无束乐在其中。人生一世，谁都逃脱不了最后的埋身黄土，空名又有何用呢！不扭曲生活，才不会丧失个性，也是诗人所追求的人生价值所在。

杂 诗（三）　陶渊明

在晋宋之际那一乱世，一位正直的士人往往连自己的生命也无法保全，又遑论实现天下之志呢？退出黑暗政治，不与同流合污，保全独立自由之生命、人格，此便是一种至为真实可贵之志。

丈夫志四海，我愿不知老。
亲戚共一处，子孙还相保。
觞弦肆朝日，尊中酒不燥。
缓带尽欢娱，起晚眠常早。
孰若当世士，冰炭满怀抱。
百年归丘垄，用此空名道！

注释

〔1〕觞弦：饮酒歌唱。
〔2〕燥：干。
〔3〕缓带：放宽衣带，从容自在的样子。
〔4〕孰：哪。
〔5〕世士：逐名利之人。
〔6〕丘垄：坟墓。
〔7〕空名：虚名。

诗意

　　大丈夫志在天下，我但愿不知老之将至。亲人相聚在一起，子孙还能继续得以保全。终日饮酒歌唱，酒杯中的酒始终不干。无拘无束地尽情欢娱，早睡晚起乐在其中。哪像当今世俗之士，内心充满了矛盾冲突，有如冰炭相加充满胸怀。人生一世终将埋入坟墓，又何须追求空道、虚名呢！

杂 诗（四）

陶渊明

按照中国文化传统，主体价值之实现，有三种模式。上有立德，次有立功，其次立言。陶渊明之一生，于立功的一面，虽然未能达成，可是，在立德、立言两方面，却已经不朽。诗中包蕴了少壮时之欣悦，中晚年之忧虑，及珍惜光阴之警惧。

忆我少壮时，无乐自欣豫。猛志逸四海，骞翮思远翥。
荏苒岁月颓，此心稍已去。值欢无复娱，每每多忧虑。
气力渐衰损，转觉日不如。壑舟无须臾，引我不得住。
前途当几许，未知止泊处。古人惜寸阴，念此使人惧。

注释

〔1〕少壮：年轻。〔2〕骞翮：展翅。〔3〕翥：飞翔。〔4〕荏苒：时间不知不觉中过去。〔5〕壑舟：指生命。

诗意

回忆自己少壮时代，即便没有遇上快乐的事情，心里也自然地充满了欣悦。远大志向超越四海，有如大鹏展翅，高高飞翔。光阴苒苒流逝，当年那种雄心壮志，渐渐地离我而去。即便遇上了快乐的事情，也不能再快乐起来，相反，常常怀有深深的忧虑。气力渐渐衰退，转而感到一天不如一天了。生命消逝，片刻不停，使自己不停走向衰老。未来的人生道路不知还有多少途程，也不知生命的归宿将在何处。古人珍惜寸光阴，想到这些，不得不让人警醒。

赏析

此诗表现出诗人自年轻时起的心理上的变化。年轻力壮时，无论何时心里总是充满喜悦和活力，有着远大的志向和抱负，想象能成就一番惊天动地的大事业。随着时光的流逝，这种雄心壮志已渐渐远离而去，即使欢乐在眼前也无心享受，反倒有着一分忧虑。身体状况也大感不如以前，感觉到正逐步走向衰老。前途渺茫，不知自己的归宿在何方。古人珍惜光阴，但因自己的生命价值未能实现时常感到焦虑。反映了诗人从年轻时的个性飞扬到年老时性格的沉抑。

读山海经

陶渊明

《读山海经》是陶渊明隐居时所写13首组诗的第一首。当时正值桓玄篡位失败之后，刘裕代立心迹未彰之前，东晋政权虽遭严重摧残，尚未完全崩溃。

精卫衔微木，将以填沧海。
刑天舞干戚，猛志固常在。
同物既无虑，化去不复悔。
徒设在昔心，良辰讵可待。

注释

〔1〕精卫：传说是炎帝之女，溺死于东海，后化为鸟。〔2〕刑天：刑天与天帝争神，被天帝断首。〔3〕虑：担心。〔4〕化去：指精卫、刑天化为鸟和无首。〔5〕徒设：空有。〔6〕讵：岂。

诗意

精卫口衔细小的木头，用来填充东海。刑天挥舞盾斧，勇猛凌厉之志，本就始终存在不可磨灭。精卫、刑天生前既无所畏惧，死后也不会再后悔。它们徒存早年的雄心壮志，然而复仇雪恨的时机，终究未能等到。

赏析

诗人借精卫魂化飞鸟，衔西山的石木欲填平东海；刑天被天帝断首仍挥舞斧盾，誓与天帝抗争的传说，赞颂精卫、刑天的勇敢之心。从中可体会出诗人倾心于它们不屈不挠、无畏无惧、毫无反悔的精神。诗的末尾是诗人的自叹，自己曾也有过雄心壮志，却未有施展的机会，虽然有些消沉，但也掩饰不住诗人的豪情。

白纻舞歌诗

无名氏

白纻舞最早出现于三国时期的吴国。吴国出产纻布。织造白纻的女工，用一些很简单的舞蹈动作来赞美自己的劳动成果，创造了白纻舞的最初形态。到了晋代，白纻舞逐渐受到封建贵族的喜爱，以至南北朝的齐代和梁代以来，已经成为宫廷豪族的常备娱乐节目。

轻躯徐起何洋洋，高举双手白鹄翔。宛若龙转乍低昂，凝停善睐容仪光。如推若引留且行，随世而变诚无方。舞以尽神安可忘？晋世方昌乐未央。质如轻云色如银，爱之遗谁赠佳人。制以为袍余作巾，袍以光躯巾拂尘。丽服在御会嘉宾，醪醴盈樽美且醇。清歌徐舞降祇神，四座欢乐胡可陈！

注释

〔1〕白纻(zhù柱)：苎麻织成的白布。〔2〕洋洋：舒缓，美丽的神态。〔3〕白鹄：天鹅。〔4〕睐：旁视。〔5〕御：穿。〔6〕醪：醇酒。〔7〕醴：甜酒。〔8〕祇：泛指神灵。

诗意

　　柔软的身躯缓缓起舞是何等曼妙，扬起的双臂如白天鹅飞翔。体态婀娜多姿宛若游龙，当舞姿娇凝不动时，双目传神，更显容光焕发。如推若引似停还行，千姿百态和谐有序。舞已尽兴怎能忘怀，太平盛世其乐无穷。白纻轻如云，色如银，把它送给思念的美人制成衣袍。剩下的用作手巾，袍穿在身上，巾用于掸尘。穿着华丽的衣服去会嘉宾，好酒满杯美而香醇。清歌曼舞祭祀神灵，举座皆欢难以诉说。

赏析

　　用苎麻织成的白布，产于吴地，故推断为吴舞，舞者都身穿白纻制成的衣服。《白纻舞歌诗》，是留传下来最早的歌辞之一。从诗的内容上看是赞美舞者姿态的优美、神态的欢悦。她们随着乐声徐徐起舞，如天鹅展翅飞翔，起伏昂首，欲飞又止，明亮的双眼凝睇专注，如凌波的仙子流光溢彩，容光随之灿烂生辉。下面又写白纻既轻柔又洁白，像银子一般闪亮，用它制成衣袍送给席间的宾客，宾主乐不可言。美酒盈樽，轻歌曼舞，欢歌笑语汇成欢乐的海洋。诗从舞姿写到盛宴的全貌，将舞者的舞姿刻画得栩栩如生。

陇上为陈安歌

无名氏

东晋时，刘曜派平先追击陈安，陈安兵溃，最后身边只剩十余骑，而敌军逐渐近逼，于是他两手分持刀矛与平先接战，陈安蛇矛为平先所夺。陈安弃马逃入山中，翌日，陈安终为汉赵将领呼延青人循踪发现，遂被杀。陇上的人十分想念，为他作这首诗。

陇上壮士有陈安，躯干虽小腹中宽，爱养将士同心肝。
骕骦父马铁瑕鞍，七尺大刀奋如湍，丈八蛇矛左右盘。
十荡十决无当前，百骑俱出如云浮，追者千万骑悠悠。
战始三交失蛇矛，十骑俱荡九骑留，弃我骕骦窜岩幽。
天降大雨追者休，为我外援而悬头，西流之水东流河。
一去不还奈子何，阿呼呜呼奈子何，呜呼阿呼奈子何。

注释

〔1〕陇：山名，在甘肃、陕西交界。〔2〕骕：形容马的迅捷。〔3〕骦：青白色相杂的马。〔4〕湍：急流。〔5〕幽：隐匿。〔6〕悬头：斩首。

诗意

壮士陈安陇上人氏，个子矮小而胸有大志，体恤部下如同心肝。骑着神骏之马配以铁铸的鞍子，七尺长刀挥舞如飞湍急流，丈八长矛左冲右刺。百战百胜无人敢应战，指挥百骑出击如云蔽日，追兵千军万马连绵不绝。三次交手失去长矛，浴血奋战，伤亡过半，战马丢失逃往山涧。大雨阻挡了追兵，但想到还有援军受困，便主动出山，终被抓住斩首，一命随西流之水向东流去。壮士一去不复返啊！呜呼哀哉，为之奈何！

赏析

此诗歌颂陈安的为人、战绩和壮烈捐躯。主要叙述他的神勇威武，他虽不高大，但气度恢宏，善待将士。"骕骦父马铁锻鞍"，形容他武艺高强、雄悍矫健的英武形象。手持七尺大刀，丈八蛇矛，舞动起来犹如飞瀑，一片寒光，令人目眩。冲杀敌阵，所向披靡，"荡""决"表现他的神勇气概。然而最后终因寡不敌众而失利，先失去了蛇矛，又失去了战马，突围不成反倒被杀。最后两句诗是对陈安的哀悼，那粗犷的悲痛之声震荡天际，回响于叠嶂之间。

宋诗

南北朝时期，中国历史上杰出的政治家刘裕代晋自立，建立了宋朝，史称宋武帝。这时的诗歌，依然是空虚无聊的玄言诗的天下，而元嘉之雄谢灵运的横空出世，扭转了这种风气。他游山玩水之时写下的山水诗大大改变了东晋以来『理过其辞，淡乎寡味』的诗风，给人耳目一新的感觉。而受尽了歧视和打击的孤直诗人鲍照的诗，则继承和发扬了汉乐府的优秀传统，词藻华美，风格俊逸。同时，鲍照又是第一个致力于七言诗创作的诗人。

答灵运

谢　瞻

谢瞻，字宣远，为谢灵运从兄。谢姓祖先南宋时由会稽徙入，博罗徐姓认谢灵运为同宗，其方言称同族为"华宗"。本诗收入《文选》，据李善注"灵运《秋霖》诗云，'示从兄宣远'"，知是答灵运《秋霖》诗之作。

夕霁风气凉，闲房有余清。开轩灭华烛，月露皓已盈。独夜无物役，寝者亦云宁。忽获《秋霖》唱，怀劳奏所诚。叹彼行旅艰，深兹眷言情。伊余虽寡慰，殷忧暂为轻。牵率酬嘉藻，长揖愧吾生。

注释

〔1〕夕：黄昏。〔2〕霁：雨停。〔3〕轩：窗户。〔4〕盈：圆满之月。〔5〕彼：指谢灵运。〔6〕寡：少。〔7〕殷：关怀。〔8〕嘉：华丽。

诗意

雨后晚晴天气凉爽，清静的房内格外宁静。开窗吹灭蜡烛，月亮明而圆。深夜已不为事务缠身，睡觉都觉得安宁。忽然得到《秋霖》诗，有劳你如此至诚以诗赠我。为你正在路途备受艰难而叹息，也深深铭记对我的眷恋之情。平日虽然缺少安慰，读诗之后重重忧愁暂时也得以减轻。我以草率的诗酬答你华丽的辞藻，实在惭愧，只能长揖告罪了。

赏析

　　谢瞻为谢灵运从兄，灵运作《秋霖》诗相赠，此为答诗。

　　前六句叙写闲居月夜的景色，黄昏时分，雨停了，天空清澈，气候凉爽宜人，所居之处也充满清凉之意。灭烛开窗，眼前一片月光，景色的描写似有柳暗花明的意趣。夜深人静，独自一人凭窗望月，不为役使所累，其心宁舒。在这宁静之夜，得到从弟可以减缓忧愁之苦的《秋霖》诗，从弟在外行旅艰难，可仍怀眷恋之情，对这份兄弟之情心中实在是感念不已。诗虽语言平淡，但具诚恳之情。

过始宁墅

谢灵运

永初三年，灵运因徐羡之排挤由京师外放为永嘉太守，开始时，他的心情是怨愤的。他深憾未能报谢庐陵王刘义真的赏识。到他买舟南下，途经始宁故宅时，先祖的功业激起了他的自傲自重之心，而他们肥遁以避祸的睿智，又仿佛向他昭示了抗俗明志的途径。

束发怀耿介，逐物遂推迁。违志似如昨，二纪及兹年。
缁磷谢清旷，疲苶惭贞坚。拙疾相倚薄，还得静者便。
剖竹守沧海，枉帆过旧山。山行穷登顿，水涉尽洄沿。
岩峭岭稠叠，洲萦渚连绵。白云抱幽石，绿筱媚清涟。
葺宇临回江，筑观基曾巅。挥手告乡曲，三载期旋归。
且为树枌槚，无令孤愿言。

注释

〔1〕束发：指童年。〔2〕推迁：志向的改变。〔3〕二纪：二十四年。〔4〕苶：软弱。〔5〕便：安宁。〔6〕竹：一种朝廷信物。〔7〕筱：小竹子。〔8〕葺：修。〔9〕无令：不要使。无，通"毋"。〔10〕孤：辜负。

赏析

　　这首诗是谢灵运在赴任途中所写。诗中描述了始宁秀丽的山川和纵情游览的情景，倾诉了对宦海浮沉生活的厌倦，及对还乡隐居的向往。"白云抱幽石，绿筱媚清涟"，写景状物细腻逼真，情趣高雅，为历代评论家所称许。

　　永初三年，诗人遭权臣排挤出任永嘉太守。在风云莫测的政治争斗中，诗人始终处于劣势，没有发扬其祖辈的荣耀。始宁墅是诗人祖上功成后的归居所在，是其家族的标志。如今诗人被贬途经此处不禁感慨万千，诗中抒发自己曾怀有耿介之志，只是未能遂人愿，屡遭打击，不能像祖先那样建功立业，流露出仕宦不成的幽愤。这种幽愤促使他发誓三载任满后将归隐山墅，诗中的景象描写象征着诗人孤芳自赏的性格。通篇诗的格调与陶渊明的田园诗极其相似。

七里濑

谢灵运

宋永初三年，谢灵运自京都建康赴永嘉太守任，途经富春江畔的七里濑，写下此诗。七里濑原名七里滩，在今浙江桐庐县严陵山以西。两岸高山耸立，水急驶如箭。旧时有谚云："有风七里，无风七十里。"指船行急湍中进度极难掌握。

羁心积秋晨，晨积展游眺。孤客伤逝湍，徒旅苦奔峭。

石浅水潺湲，日落山照曜。荒林纷沃若，哀禽相叫啸。

遭物悼迁斥，存期得要妙。既秉上皇心，岂屑末代诮。

目睹严子濑，想属任公钓。谁谓古今殊，异代可同调。

注释

〔1〕积：郁结。〔2〕孤客：指诗人自己。〔3〕逝湍：湍急流逝的江水。〔4〕峭：指江岸。〔5〕荒：广大。〔6〕沃若：形容树叶茂盛。〔7〕遭物：所见到的景物。〔8〕期：希望。〔9〕屑：顾。〔10〕诮：讥讽。〔11〕严子濑：即严光，汉武帝时的隐士。〔12〕殊：不同。

诗意

　　秋天的早晨，心里郁积着一种不愉快的羁旅者的心情，不如尽情去眺览沿途的景物。孤独的游子忧思于湍急流逝的江水，徒步走在陡峭的江岸自然很艰苦。江水潺缓地流动，露出江中的石头，日落时分山色明亮。杳无人迹的荒山野林，树叶柔润茂盛，鸟兽竞相呼啸着发出哀鸣。看到眼前的景物心中悲伤，希望得到一种精微玄妙的道理。然而这种悟道的境界，只有古时代的圣君贤哲才能心领神会，哪里是处于衰乱年代的人可以理解的。举目可见严子濑，联想到严光期望像任公一样给许多人带来益处。谁说古今有什么不同，虽然处于不同的年代却有着同样的志趣。

赏析

　　这首诗依然是在赴任途中，经过富春江的七里濑时所写。诗人借沿江景物寄托着一种不甘心情愿的心情。诗人清晨起来心情就不甚愉快，只好极目远望以解心烦。湍急的河流，荒凉的山林，咆啸的兽鸣，这一切对徒步者或行舟人来说都是很艰难的。诗人在这里用这些自然景观比喻政治道路上的险恶，但诗人心里一直抱有一种希望，只有上古的贤哲圣君才能领会。对当朝的统治者有着强烈的对抗心理，是没落世族与新权贵之间的矛盾，这种不合时宜的想法，导致诗人宁愿去做隐士。

晚出西射堂

谢灵运

西射堂，在永嘉西南二里。所谓射堂，是练习射箭的地方，由诗题及诗中所描述的景色推断的话，本诗应该是
写作于永初三年，谢灵运外放永嘉当年的深秋。当时诗人漫步出西门，敏感的心灵由于黄昏的降临产生了愁绪
而写下此诗。

步出西城门，遥望城西岑。连障叠巘崿，青翠杳深沉。

晓霜枫叶丹，夕曛岚气阴。节往感不浅，感来念已深。

羁雌恋旧侣，迷鸟怀故林。含情尚劳爱，如何离赏心。

抚镜华缁鬓，揽带缓促衿。安排徒空言，幽独赖鸣琴。

注释

〔1〕西岑：西山。〔2〕连障：山峦起伏状。〔3〕夕曛：落日的余光。〔4〕华：白。〔5〕缁：黑色。
〔6〕衿：同"襟"。〔7〕安排：指达到天（自然）、人合一境界的程序。

赏析

　　本诗在谢诗中是最为平实的篇章，没有过多的典故，晦涩的语词。西射堂
地处永嘉西南，谢灵运被贬至永嘉任太守，办了一天公务，傍晚诗人漫步走出
西城门，抬头远望西山，山峦叠翠，水秀山清。但这对诗人来说已经无秀色可
言，早晨曾目睹的霜染枫叶已不复存在，一切都被阴沉的暮色所笼罩，雌禽独
自落在树上，寻找着旧日的侣伴，归鸟在空中盘旋，在寻找着昔日的林巢。飞
鸟都知道情爱，人又如何忍受与亲人的离别之情。镜中人头上已有白发，以前
合体的衣衫也变得宽松了，能聊以自慰的只有幽居处的琴声了。该诗只是借景
抒情，很平实，但有滞重压抑之感。

登池上楼

谢灵运

谢灵运作为南朝门第最为华贵的士族家庭的子弟，是东晋名将谢玄之孙，爵位继承人，自幼聪明过人，长成后骄纵自负，在政治上自然抱着很大的雄心。在宋武帝刘裕去世后，形势不稳，使他卷入深深的政治旋涡。

潜虬媚幽姿，飞鸿响远音。薄霄愧云浮，栖川怍渊沉。
进德智所拙，退耕力不任。徇禄及穷海，卧疴对空林。
衾枕昧节候，褰开暂窥临。倾耳聆波澜，举目眺岖嵚。
初景革绪风，新阳改故阴。池塘生春草，园柳变鸣禽。
祁祁伤豳歌，萋萋感楚吟。索居易永久，离群难处心。
持操岂独古，无闷征在今！

注释

〔1〕潜虬：潜藏着的虬龙。〔2〕薄：通"泊"，止。〔3〕薄霄：停留在云中。指仰看飞鸿而说。〔4〕渊沉：深深的海渊。指俯视潜龙而说。〔5〕怍：惭愧。〔6〕退耕：指归隐。〔7〕徇禄：追求利禄。〔8〕昧节候：分不清季节。〔9〕褰开：打开。〔10〕岖嵚：起伏的山势。〔11〕征：找到。

赏析

　　此首诗是谢灵运山水诗中的名篇。谢灵运被贬至永嘉任太守，因心情压抑到任不久就病了，这首诗是病后初愈所作。前八句、后六句写心情，中间六句写景。前八句写自己虽有建功立业之志，终因不擅权谋而遭排挤，贬至远离京城的穷荒之地，心情忧郁导致卧病在床。中间六句写病愈后临窗远眺，不知不觉中春天已降临。初春的阳光已扫去残冬的阴冷，倾听春水的波涛声，池塘边已长出嫩绿的青草，园柳上栖息着飞来的鸣禽，生机勃勃的景色使诗人心情有所改变。最后六句引用典故写出离群索居的苦闷，想要隐居，但想到隐居生活的清苦无味又难安心。

　　本诗以登池上楼为中心，抒发了种种复杂的情绪。这里有孤芳自赏的情调，政治失意的牢骚，进退不得的苦闷，对政敌含而不露的怨愤，归隐的志趣……虽然语言颇觉隐晦，却真实地表现了其内心活动的过程。诗中写景与抒情结合得相当密切，并且成为诗中情绪变化的枢纽。对景物的描绘，也体现出诗人对自然的喜爱和敏感，这正是他能够开创山水诗派的原因所在。

游南亭

谢灵运

景平元年，春末夏初，谢灵运被贬到永嘉（今浙江温州）已近一年了。在朝时就因"既不见知，常怀愤愤"的诗人，这次受徐羡的排挤而远放。他很是难行，更何况南荒瘴疠，沉疴久缠，又怎能不感慨万千，顿生去志。

时竟夕澄霁，云归日西驰。密林含余清，远峰隐半规。
久痗昏垫苦，旅馆眺郊歧。泽兰渐被径，芙蓉始发池。
未厌青春好，已睹朱明移。戚戚感物叹，星星白发垂。
乐饵情所止，衰疾忽在斯。逝将候秋水，息景偃旧崖。
我志谁与亮，赏心惟良知。

注释

〔1〕驰：落下。〔2〕规：形状。〔3〕痗：忧病。〔4〕歧：小路。〔5〕泽：岸边、路旁。〔6〕始发：生长。〔7〕朱明：形容花艳丽。〔8〕逝：通"誓"，表决心之词。〔9〕良知：知己者。

诗意

　　春季将尽，雨过天晴，白云归隐，日落西山。密林里空气清凉，远处的山峰隐约可见半个落日。久雨而神思昏沉，在旅店眺望郊外的小径。沼泽边的兰草渐渐掩盖着道路，荷花开始在池中开放。刚刚满足于春天的美好，已看到太阳西下。睹物感怀季节的变化，两鬓已生丝丝白发。音乐与美食能使过路的客人止步，疾病和衰老忽然间向我袭来。发誓只有乘即将而来的秋水，归隐家乡。我的志向有谁明鉴，只想与知己共渡赏心乐意的时光罢了。

赏析

　　此篇是谢灵运写完《登池上楼》后所作，仍然沿袭情景交替的风格。夏初之季，傍晚时分，雨过天晴，久病之躯有所恢复，偶眺清新景色而动游兴。用雨后放晴的景象比喻想摆脱羁绊的处境，但他又与陶渊明对仕途的看法有所不同。本欲借出游散心，却又从兰草、荷花联想到与季节交替相类似的人生之旅，也会从兴旺走向衰败，只有皈依自然，隐居乡间才有可能忘却世间的烦恼。这种心态又有谁能真正理解呢？反映出诗人欲罢不能的矛盾心理。

游赤石进帆海 谢灵运

南亭之游后，谢灵运开始了他在永嘉境内的探奇搜胜。一方面山水并不能真正抚平他心中的幽情，另一方面，山水又时时给他以新的感受，使他失去平衡的心态至少获得宣泄而暂时趋于平衡。

首夏犹清和，芳草亦未歇。
水宿淹晨暮，阴霞屡兴没。
周览倦瀛壖，况乃陵穷发。
川后时安流，天吴静不发。
扬帆采石华，挂席拾海月。
溟涨无端倪，虚舟有超越。
仲连轻齐组，子牟眷魏阙。
矜名道不足，适己物可忽。
请附任公言，终然谢天伐。

注释

〔1〕首夏：初夏。〔2〕淹：留。〔3〕瀛壖：海滨。〔4〕川后：河神。〔5〕天吴：海神。〔6〕端倪：头绪、边际。〔7〕矜名：名声。〔8〕谢：却，免。

赏析

　　由于仕途不顺，谢灵运常外出郊游，以缓解不平衡的心情。初夏乘舟出海，海上景色自与陆路上不同，海阔天空，心情也随之开朗，一向暴怒的神水伯天吴，今天也似乎有意讨好诗人的到来。诗人可信手采集石华和海月，烟波浩淼如入凌虚的仙境，一扫连日的阴郁情怀。不禁追思远古的隐者，诗人推崇鲁仲连而不欣赏公子牟，对往日的自负有所醒悟，认识到韬光养晦才能远避灾祸的道理。

登江中孤屿

谢灵运

此诗当作于景平元年，谢灵运当时还在永嘉（今浙江温州）担任太守一职。题中的"江"指永嘉江。"孤屿"在温州南四十里，为永嘉江中渚，长三百丈，阔七十步，岛屿上有两座山峰。此诗寄托了诗人怀才不遇的孤愤。

江南倦历览，江北旷周旋。怀新道转迥，寻异景不延。
乱流趋孤屿，孤屿媚中川。云日相辉映，空水共澄鲜。
表灵物莫赏，蕴真谁为传。想象昆山姿，缅邈区中缘。
始信安期术，得尽养生年。

注释

〔1〕历览：游遍。〔2〕旷：久。〔3〕转迥：曲折。〔4〕趋：疾行。〔5〕中川：江中。〔6〕蕴：藏。〔7〕真：仙人。〔8〕缅邈：远。〔9〕安期：长生。

诗意

　　江南游历遍了，已无新奇之地，不免令人厌倦，而江北的奇山异水很长时间未游览了。怀着发现新奇胜景的急切心情，反觉得道路遥远，时间太短促。船从江中截流横渡，迅疾驶向江中孤屿，那孤岛耸立于江水中间，妩媚动人。白色的云朵沐浴在金色的阳光之下，交相辉映；湛蓝的天空倒映在碧绿的江水之中，水天一色，多么澄澈鲜明。此等山水显现出的灵秀奇景，世间无人欣赏，而深藏不露的仙人有谁为他传述呢。看到孤屿山，联想起昆仑山上仙人的绰约风姿，顿觉自己离世间尘缘之事是那么遥远。我开始领悟了安期生的长生不老之术，只有归隐于山野之间，才能安心养生，以终天年。

赏析

　　谢灵运因得罪官臣被贬到永嘉任太守，既然不能有所作为，便任意遨游。于是，他在很短时间内就游遍江南。新奇感渐失之时，他又将目光投向江北，这种探奇的急切心情，使他感觉时间过得太快。在渡江时，偶然发现一个江中岛屿，碧水蓝天、水天一色的美景与诗人喜悦的心情相对应，与江南风光相比，大增曲径通幽之妙趣。这种少见的灵气和秀美与诗人孤傲的性格吻合，又让诗人领悟出要远离尘世、修生养性的长生之道。

石室山

谢灵运

谢灵运的《山居赋》有句云"室、壁带溪"。自注云："石室，在小江口南岸，壁，小江北岸。"《山居赋》描写的是谢灵运家乡始宁一带的山水景物，所以本诗应是在始宁墅时所作。这首诗没有谢诗常见的"玄言尾巴"，这是它的突出之处。

清旦索幽异，放舟越坰郊。苺苺兰渚急，
藐藐苔岭高。石室冠林陬，飞泉发山椒。
虚泛径千载，峥嵘非一朝。乡村绝闻见，
樵苏限风霄。微戎无远览，总笄羡升乔。
灵域久韬隐，如与心赏交。合欢不容言，
摘芳弄寒条。

注释

〔1〕清旦：清晨。〔2〕坰 远离城市的郊野。〔3〕陬：角。〔4〕飞泉：瀑布。〔5〕发：流。〔6〕峥嵘：指山势。〔7〕总笄：束发，指刚成年。〔8〕乔：传说中的仙人王子乔。〔9〕灵域：仙境。一指眼前的石室山，一指王子乔成仙之地。

赏析

　　谢灵运的游记与陶渊明的诗不同之处在于，谢灵运不像陶渊明那样悠然赏景，而是去探秘搜奇，这首同样如此。清晨起来放舟江上，快速驶过郊野，江中沙洲渐渐远去，迷濛的青山赫然出现在眼前，耸立的山峰和飞流而下的飞瀑，已在这人迹罕见的地方存在了千载。它的形成绝非一日之功，如此清新幽雅之处不为外人所知，连山中的樵夫也因其险峻而无法进前。诗人叹息美景没能被人欣赏，同时也暗含自己怀才不遇的苦闷。因从小就羡慕王子乔得道成仙，此时身处幽境，愉悦的心情难以言表。

过瞿溪石室饭僧

谢灵运

此诗系谢灵运担任永嘉（今浙江温州）太守时所作。题目一作"登石室饭僧"，又作"过瞿溪饭僧"。瞿溪、石室山均在永嘉郡永宁县。饭僧，也被称为斋僧，施饭食与僧人。谢灵运年少年时便信仰佛教。他还写有一些佛教论文。

迎旭凌绝嶝，映泫归溆浦。钻燧断山木，掩岸堨石户。
结架非丹甍，藉田资宿莽。同游息心客，暧然若可睹。
清霄扬浮烟，空林响法鼓。忘怀狎鸥鲦，摄生驯兕虎。
望岭眷灵鹫，延心念净土。若乘四等观，永拔三界苦。

注释

〔1〕凌：跨越。〔2〕嶝：登山小径。〔3〕泫、浦：水边。〔4〕燧：火石。〔5〕堨：以泥涂塞。〔6〕丹甍：指华丽的宫殿。〔7〕藉田：耕作。〔8〕鲦：鱼名，亦称白鲦。〔9〕兕：古代的一种兽。〔10〕灵鹫：山名，佛祖所在地。〔11〕净土：佛家称道的极乐世界。〔12〕三界：佛教以为生死往来之世界分为三，即欲界、色界、无色界。

诗意

迎着旭日，跨越陡峭的山间小路；渡过潺潺的溪涧，来到水边。一路上但见山里人家截断树木，钻木取火；屋舍建在水边高崖之下，门户用泥土涂塞。结构不能与华丽的宫殿相比，赖以耕种的是长满野草的荒地。与我同游的僧人，他的居处已隐约可见。但见天空香烟缭绕，又听到空林中法鼓声声。出家人慈悲为怀，与鱼、鸟共栖，视虎为同类。遥望山岭眷顾佛境，心中向往庄严洁净的极乐世界。假如自己获得了佛家的智慧，弘扬佛性，就可以永远超脱人世间的种种苦恼。

赏析

瞿溪、石室山均在永嘉境内，此诗是谢灵运任内所作。诗人迎着朝阳，沿着山涧小溪行走在陡峭的山间小路上，山里人家生活很清苦，他们的茅屋依山崖而建，墙壁门户用泥巴垒涂，在长满荒草的贫瘠土地上耕作。诗人在这里一改往日山清水秀的写法，以写实景为主，反映了未经雕琢的自然。息心客指同行的僧侣，临近僧人所居之处，隐约看到其间香烟袅袅，从空林中传来清晰的法鼓声，这种跳出三界外，能与鸟兽和谐相处的淡泊心态，引起了诗人的共鸣。诗人由此写出向往佛境之情。

石壁精舍还湖中作

谢灵运

宋景平元年秋天,谢灵运因病辞去永嘉(今浙江温州)太守职务,回到故乡会稽始宁(今浙江上虞)的庄园里。这里曾是他的曾祖谢安高卧之地,又是他祖父谢玄最初经营的庄园,规模宏大。谢灵运辞官回家后,又在北山别营居宅。

昏旦变气候,山水含清辉。清辉能娱人,游子憺忘归。
出谷日尚早,入舟阳已微。林壑敛暝色,云霞收夕霏。
芰荷迭映蔚,蒲稗相因依。披拂趋南径,愉悦偃东扉。
虑澹物自轻,意惬理无违。寄言摄生客,试用此道推。

注释

〔1〕昏旦:早晚之际。〔2〕清晖:山光水色。〔3〕憺:安逸。〔4〕微:暗。〔5〕敛:聚集。〔6〕暝色:暮色。〔7〕芰:菱角。〔8〕披拂:拨开。〔9〕偃:休息。〔10〕澹:淡泊。〔11〕理:常理。〔12〕摄生客:崇尚养生之人。

诗意

　　黄昏和清晨,气候冷暖多变,峰峦林泉、青山绿水在耀眼的阳光映照下五彩缤纷、绚烂多姿。山光水色能愉悦人的心情,游子留恋山水,乐而忘返。走出山谷时天色尚早,登上湖中的轻舟时,日光已经渐渐暗淡了。傍晚时分,林峦山壑之中,夜幕慢慢收拢聚合;天空中的云霞也迅速向天边凝聚。湖水中,菱角与荷叶交相映衬,葳蕤生辉;香蒲和稗草交杂生长相互依傍。舍舟上岸,拨开路边的草木,向南山行进,到家后轻松愉快地仰卧在东轩。一个人只要思虑淡泊,名利得失自然就看得轻了;只要自己心惬意满,就不会违背宇宙万物间的至理常道。寄望那些讲究养生之道的人们,不妨试用这种道理去推求探索。

赏析

　　此诗是谢灵运山水诗中的名篇。诗从清晨时的景色写起,山林笼罩在雾气之中,太阳一出,使得原本美丽的山川绿水变得绚丽多姿,百变的自然美景令人流连忘返。出山谷登船之际,天色已晚,山林沟壑已隐进夜幕之中,落日的余晖使湖光山色明暗交错。湖中的荷花、菱角在船桨划开的波光中荡漾起伏。弃舟登岸,沿着树草掩映的小路回到家,愉悦的心情很难平静,也让诗人悟出荣辱名利乃身外之物,顺应自然、随遇而安才可避祸于身。

从斤竹涧越岭溪行

谢灵运

谢灵运写过一篇《游名山志》，文中提到"斤竹涧"。今绍兴东南有斤竹岭，离浦阳江大约十里，斤竹涧即在其附近。谢灵运在永嘉太守任上的时间是422至432年，而长住会稽则是从元嘉五年开始。

猿鸣诚知曙，谷幽光未显。岩下云方合，
花上露犹泫。逶迤傍隈隩，迢递陟陉岘。
过涧既厉急，登栈亦陵缅。川渚屡径复，
乘流玩回转。 蘋萍泛沉深，菰蒲冒清浅。
企石挹飞泉，攀林摘叶卷。想见山阿人，
薜萝若在眼。握兰勤徒结，折麻心莫展。
情用赏为美，事昧竟谁辨？观此遗物虑，
一悟得所遣。

注释

〔1〕曙：天明。〔2〕泫：水珠欲滴。〔3〕隈隩：山间和水的弯曲处。〔4〕陵：升。〔5〕缅：远。〔6〕蘋：一种多年生水草。〔7〕企：跷起脚后跟。〔8〕挹：舀取。

赏析

　　山水诗大体有两种：一是边走边看的沿途风光；另一种是驻足观望，静观其景色。此诗属于后一种，诗人清晨出发，沿着弯曲的山径一路前行，渡过湍急的涧流，登上山岭。作者较详细地描写登山的过程，道路曲直不定，清澈的潭水中漂浮着大大小小的浮萍，在这梦幻般的自然景色中，诗人想像着那些隐士以山泉为饮，以嫩叶为食的超凡生活，人也由美景而得到精神上的享受，从而排遣了内心的苦闷。这首诗表现了诗人非凡的想象能力。

斋中读书

谢灵运

南朝宋武帝永初三年，谢灵运由京官太子左卫率改任永嘉太守。长期以来，诗人被出仕与归隐的矛盾所困扰。由于仕途不顺利，政治理想无法实现，归隐的思想逐渐占了上风，在永嘉任职一年后，终于"称疾去职"，开始了他悠闲的隐居生活。

昔余游京华，未尝废丘壑。矧乃归山川，心迹双寂寞。
虚馆绝诤讼，空庭来鸟雀。卧疾丰暇豫，翰墨时间作。
怀抱观古今，寝食展戏谑。既笑沮溺苦，又哂子云阁。
执戟亦以疲，耕稼岂云乐。万事难并欢，达生幸可托。

注释

〔1〕游京华：在京城做官。〔2〕矧乃：况且。〔3〕归山川：被贬到永嘉做太守。〔4〕虚馆：太守衙门。〔5〕丰暇豫：空闲时间。〔6〕观古今：了解古今。〔7〕戏谑：评判谈论。〔8〕执戟：泛指为官。〔9〕疲：心灰意冷。〔10〕岂：不愿。

诗意

昔日我在京城为官，也没有削减游赏山水的雅兴。何况被贬永嘉，心志和行迹一样冷落。太守衙门之中冷冷清清，没有争辩与诉讼的声音。宽阔的庭院里寂无人声，飞来了觅食的鸟雀。在斋中一有空闲时间就写诗作文。怀抱古今著作，在茶余饭后对书中内容进行调侃性的评论。既讥笑长沮和桀溺的隐居躬耕之苦，又哂笑扬雄的钻营爵禄之举。做官的我已经身心疲惫，躬耕隐居的生活难道可以称为快乐吗？世上万事难以和谐，以"达生"处世，所幸可以求得精神上的解脱。

赏析

诗人从出仕为官以来，一直没有断了游山玩水的雅兴。被贬后时常为解烦闷而出游，闲暇中常以读书打发空闲时间，从读书中了解历史，在茶余饭后之余对所读之书加以评论。全诗以读书为中心，说到过去，谈及未来，表达出自己的态度和生活情趣，体现出老庄的思想。不为物欲所困，摆脱世俗间的羁绊，以求得自己精神上的安慰。把矛盾的心理用读书论书的形式坦率剖析，读后有沉重之感。

白石岩下经行田

谢灵运

白石岩，一名白石山，在浙江乐清县西三十里。《温州志》云："山下有白厂径，为灵运行田之所。"行田，巡视农田。这首诗写于谢灵运担任永嘉太守期间，其时旱灾严重，民不聊生。诗人虽好寻幽探胜，但仍有关心百姓，注重农业的一面。

小邑居易贫，灾年民无生。知浅惧不周，爱深忧在民。
莓蓄横海外，芜秽积颓龄。饥馑不可久，甘心务经营。
千顷带远堤，万里泻长汀；州流涓浍合，连统塍埒并。
虽非楚宫化，荒阙亦黎萌。虽非郑白渠，每岁望东京。
天鉴倘不孤，来兹验微诚。

注释

〔1〕小邑：小郡县。〔2〕知：智谋。〔3〕惧：唯恐。〔4〕横：到处。〔5〕海外：遍地。〔6〕积：加剧。〔7〕颓：灾情。〔8〕务：措施。〔9〕经营：积极筹划。〔10〕汀：水际平地。〔11〕涓浍：小水流。〔12〕塍埒：小堤。〔13〕荒阙：指灾年。〔14〕黎萌：指黎民。〔15〕不孤：不负。

诗意

　　小郡县的人们本来就贫寒，又逢灾年，人们更加无法存活了。惟恐自己智谋短浅对百姓体恤不周，对灾民的爱和对其生活的忧，交织于心中。永嘉郡到处杂草丛生，田地荒芜，呈现出一幅衰败的景象。这种灾荒不可以持续长久，我决心积极筹划战胜灾害的措施。修筑千顷堤坝，引万里之水灌溉农田；只见村村落落沟渠纵横、堤坝满目。效仿卫文公完国的事迹，即使灾年也要让黎民百姓生活下去。效仿郑白渠造福于民的史实，期望兴修水利能让百姓年年丰收，如西汉时那样富强。倘若苍天不负"经营"之劳愿，明年的丰收是可以验证的。

赏析

　　这首诗是谢灵运在任期间，对辖区内民众生活的描写。与其山水诗不同的是，此诗侧重于民生的疾苦，作为太守到乡间巡视，其时正逢旱灾，因地处偏僻，平时百姓生活很艰苦，遇上灾情，更是雪上加霜。作为地方官，诗人还是将众生的疾苦挂在心上。诗人积极筹划，兴修水渠，修筑堤坝，灌溉农田，让各个村落都能在灾年不受困扰。

种 桑

谢灵运

这首诗是谢灵运到达永嘉不久时写的，表现了他对治理这个地方的责任心、对农桑的关心。古代地方长官每到春季都有行春劝农的例行公事，此诗的写作与此有关。在当时，谢灵运作为一个地方长官，是想有些作为的。

诗人陈条柯，亦有美攘剔。前修为谁故，后事资纺绩。
常佩知方诚，愧微富教益。浮阳骛嘉月，艺桑迫间隙。
疏栏发近郊，长行达广场。旷流始毖泉，涵途犹跬迹。
俾此将长成，慰我海外役。

注释

〔1〕攘剔：修剪枝条。〔2〕前修：前人。〔3〕后事：从事者。〔4〕佩：记住。〔5〕知方：礼法。〔6〕浮阳：太阳。〔7〕骛：快速。〔8〕嘉月：春天。〔9〕郊：外城。〔10〕场：田野。〔11〕毖泉：小溪流。〔12〕涵：远。〔13〕跬：半步。〔14〕海外役：远离京城的官差。

诗意

栽种桑树历史悠久，《诗经》上就有关于修剪桑枝的描述和赞美。前人为何将种桑写进诗篇，是叫后来从事者因此知道纺纱织麻的重要。我常常记住这些教诲，惭愧的是没有做出多大成绩。春天到了，种植桑树正好趁着农事空闲的时候。一排排、一行行的桑树从城边伸向广阔的田野。大河起始于细流，远途是由一小步一小步走完的。让这些桑树将来长成了，对于我在此为官就是最大的安慰了。

赏析

谢灵运在永嘉做太守，春天课督桑农种桑有感所作。诗人从栽种桑树开始，叙述种桑历史悠久，强调修剪桑枝的作用，前人种树，为后来者的纺绩创造条件。诗人牢记古人的教诲，使百姓懂得礼法，过富足的生活，受良好教育。春天到来，趁农活不忙种植桑树，在广阔的田野上使之成行成林，由种桑联想到治理一方的责任感。大河也是由小溪汇集起来的，旅途也是一步步走出来的。种桑是开始，治理好郡县如同种好桑树，使之成长起来繁荣昌盛是最大的安慰。全诗写出诗人的希望和迫不及待的心情。

初去郡

谢灵运

这首诗写作于宋景平元年秋天，上一年的七月，谢灵运出任永嘉太守，至此称病离职，刚满一年。当时的诗人怀着获得解脱的愉悦心情。谢灵运的辞职是坚定的。当时他的堂弟谢晦等人都写信劝他不要离职，他仍旧坚持退隐。

彭薛裁知耻，贡公未遗荣。或可优贪竞，岂足称达生？
伊余秉微尚，拙讷谢浮名。庐园当栖岩，卑位代躬耕。
顾己虽自许，心迹犹未并。无庸方周任，有疾象长卿。
毕娶类尚子，薄游似邴生。恭承古人意，促装返柴荆。
牵丝及元兴，解龟在景平。负心二十载，于今废将迎。
理棹遄还期，遵渚骛修坰。溯溪终水涉，登岭始山行。
野旷沙岸净，天高秋月明。憩石挹飞泉，攀林搴落英。
战胜臞者肥，鉴止流归停。即是羲唐化，获我击壤情。

注释

〔1〕裁：同"才"。〔2〕遗：放弃。〔3〕秉：持有，拿着。〔4〕未并：不一致。〔5〕方：比。〔6〕长卿：司马相如。〔7〕牵丝：出仕。〔8〕解龟：解去官印。〔9〕元兴、景平：年号。〔10〕将：送。〔11〕理棹：整理船只。棹，摇船的桨，这里指船只。〔12〕遵渚：沿着水中小洲。〔13〕修：辽阔。〔14〕坰：绵长而遥远的郊野。〔15〕挹：汲取。〔16〕搴：抬取。

赏析

诗人在这首诗里表现出辞官后一种摆脱束缚的愉快心情。起始评价几位古人：彭宣、薛广德、贡禹，都曾身居高职，也都曾上书辞官，但都未能放弃富贵荣华，以此来衬托自己不贪图名利的志向。诗人追求的是庄子的"达生"理念，修身养性，不为俗事所牵累，以隐居的田园生活作为处世的选择。以司马相如、尚子、邴生来类比自己对仕途的淡泊。二十年的仕途生活使诗人心情郁闷，一旦得以解脱，回归故里，诗人的心情豁然开朗，山形水色也似乎与诗人愉悦的心情相呼应。

于南山往北山经湖中瞻眺

谢灵运

谢灵运的诗歌往往扼要地概括他登山临水的路线和行程，具有很强的真实性。谢灵运《山居赋》注曰："大小亚湖，中隔一山。然往北山，经亚湖中过。"当时诗人没有真正的知己与他同游，由此使这首诗蒙上了一层淡淡的阴影。

朝旦发阳崖，景落憩阴峰。舍舟眺迥渚，停策倚茂松。
侧径既窈窕，环洲亦玲珑。俯视乔木杪，仰聆大壑灇。
石横水分流，林密蹊绝踪。解作竟何感？升长皆丰容。
初篁苞绿箨，新蒲含紫茸。海鸥戏春岸，天鸡弄和风。
抚化心无厌，览物眷弥重。不惜去人远，但恨莫与同。
孤游非情叹，赏废理谁通？

注释

〔1〕朝旦：清晨。〔2〕景落：日暮。〔3〕渚：水中陆地。〔4〕窈窕：路径曲折。〔5〕绝：失去。〔6〕升长、丰容：指草木茂盛。〔7〕篁：丛竹。〔8〕恨：遗憾。〔9〕理：心情。

赏析

这首诗集中体现了谢灵运山水诗的风格特色。先行、继景、后情是谢灵运山水诗的模式，此诗也不例外。清晨从南山出发，傍晚时分抵达北山，诗中将旅程中的所见描写得很具体、传神。登上山丘远眺，山间狭长的山路，俯身向下可见枝叶茂盛的乔木，仰身可聆听从远处传来的水声。目力所及之处，水天一色，山石、溪流、密林之中蕴藏着自然的奥秘。春竹绽放的紫花生机盎然，海鸥、天鸡在春风中自在逍遥。陶醉其中的诗人似与自然同一，只可惜没有知己与自己分享。一种曲高和寡的情绪悠然而升，给后人一种忧伤的情感。

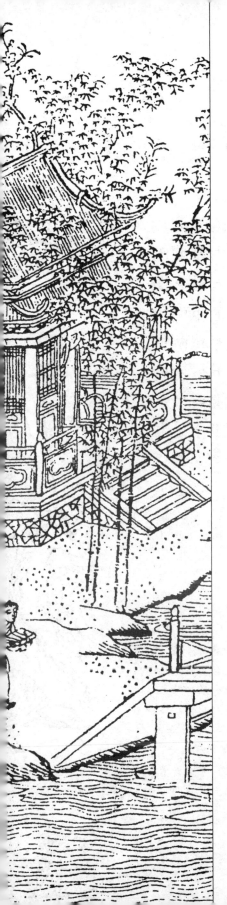

入彭蠡湖口 谢灵运

此诗作于元嘉八年晚春，由京城建康赴临川（今江西南昌）内史任途中。其间，会稽太守孟觊诬陷谢灵运在浙江聚众图谋不轨，灵运赴京自诉，总算文帝"见谅"，留他在京。一年后外放江西，其实有驱虎离山，断其根本之意。

客游倦水宿，风潮难具论。
洲岛骤迴合，圻岸屡崩奔。
乘月听哀狖，浥露馥芳荪。
春晚绿野秀，岩高白云屯。
千念集日夜，万感盈朝昏。
攀崖照石镜，牵叶入松门。
三江事多往，九派理空存。
灵物吝珍怪，异人秘精魂。
金膏灭明光，水碧辍流温。
徒作千里曲，弦绝念弥敦。

注释

〔1〕水宿：夜宿船上。〔2〕圻岸：江岸。〔3〕狖：猿猴。〔4〕浥：沾湿。〔5〕屯：聚集。〔6〕千念：形容沿途的感触千头万绪，纷至沓来。〔7〕石镜、松门：山名。〔8〕异人：神仙。〔9〕金膏：仙药。

赏析

此诗是谢灵运晚年赴任临江内史，途经彭蠡湖口时所作。多年的宦海沉浮，变幻莫测的仕途已使诗人厌倦，阴郁的心情如同崩散的水浪难于平静。月夜中的猿啼，浓郁的芳草花香，满目绿野春色，也不能让诗人沉浸其中。一生纵情山水，探寻生存的真谛，但始终未能悟透人生的价值，只能消极地叹息。

捣 衣

谢惠连

捣衣，即捶展布帛、缝制衣服。一般写这个题目内容多是秋冬季节妇女为远行的丈夫缝制衣服。诗人作这首诗时，天气凉了，制作衣服的时节到了。此诗的描写中含有深情厚意，表达了劳动妇女的心灵美。

衡纪无淹度，晷运倏如催。白露滋园菊，
秋风落庭槐。肃肃莎鸡羽，烈烈寒螀啼。
夕阴结空幕，宵月皓中闺。美人戒裳服，
端饰相招携。簪玉出北房，鸣金步南阶。
椒高砧响发，楹长杵声哀。微芳起两袖，
轻汗染双题。纨素既已成，君子行未归。
裁用笥中刀，缝为万里衣。盈箧自余手，
幽缄俟君开。腰带准畴昔，不知今是非。

注释

〔1〕衡纪：北斗星。〔2〕晷：日影。〔3〕寒螀：蝉。〔4〕戒：告诫，提醒。
〔5〕招携：招呼同行。〔6〕鸣金：所佩金饰相撞发出的声响。〔7〕砧：捶衣
石。〔8〕杵：捶衣棒。〔9〕哀：此处当感人。〔10〕题：额。〔11〕箧：箱子。
〔12〕幽缄：封闭。〔13〕准：尺寸。〔14〕畴昔：往昔。

赏析

　　思念亲人是传统的题材，这首捣衣诗以细腻的手法，生动地刻画了妇人思念丈夫的心理。诗以斗转星移，时光流逝铺叙出白露降、秋风起的景象。夜幕里蟋蟀鸣，寒蝉啼，皓月照闺房，妇人们打扮整齐相约去捣衣。砧杵相碰发出悠扬的声响，抬手擦去额头上渗出的汗水，舞动的衣袖带出芳香。通过动作的描写，准确表现出捣衣人的神态。布帛已备好，而丈夫仍未归，刀裁手缝，做好的衣裳装满箱筐，等丈夫来打开衣箱，腰带是按过去的尺寸，不知是否合适。最后两句是画龙点睛之笔，思念之情细腻而含蓄。

赠范晔

陆 凯

据《荆州记》记载，"陆凯与范晔交善，自江南寄梅华一枝，诣长安与晔，兼赠"此诗。按范晔曾从檀道济北征，道济兵入长安，此诗当作于此时。檀道济攻取三秦是在岁暮年初，此时北方花信尚早，而江南梅花已开放了。

折花逢驿使，寄与陇头人。
江南无所有，聊赠一枝春。

注释

〔1〕花：梅花。〔2〕驿使：古代传递消息的使者。
〔3〕陇：指陇山，陇头人指范晔。

诗意

我采折了一枝梅花，恰好遇见了送信的人，托他捎给远在关中的范晔君。江南此时正值春天，就让这一枝梅花将春意捎给你，礼物虽轻，却代表了我和你之间的深情厚谊。

赏析

陆凯与范晔是多年好友，此诗是陆凯所赠，并附有一枝梅花。折花寄远早在《楚辞·湘夫人》中就曾出现，本来以花相赠多是在情侣之间，但陆凯将其包含的象征意义扩大。折花是指梅花，江南的梅花早于北方开放，陆凯将南方的春意传递给身处关中的范晔。它带着寄赠人的良好祝愿，也凝聚着二人之间真挚的友情。"江南无所有，聊赠一枝春"，看似不经意的小诗，其情谊抵得上千言万语。

271

怨诗行

汤惠休

这是一首乐府诗，晋代乐府利用曹植《七哀》诗创作《怨诗行》曲调，此诗就是汤惠休在曹作感发下写成的。《怨诗行》是曹植创意在前，自然可贵，汤惠休嗣其音响而有变化、更新，也是十分难得的。

明月照高楼，含君千里光。巷中情思满，断绝孤妾肠。
悲风荡帷帐，瑶翠坐自伤。妾心依天末，思与浮云长。
啸歌视秋草，幽叶岂再扬？暮兰不待岁，离华能几芳？
愿作《张女引》，流悲绕君堂。君堂严且秘，绝调徒飞扬。

注释

〔1〕巷中情思：含君情的月光。〔2〕孤妾：指主人公。 〔3〕荡：吹动。〔4〕瑶翠：指好的姿容。〔5〕天末：天的尽头。〔6〕幽叶：黯淡的叶子。〔7〕暮：岁暮。〔8〕离：落。〔9〕《张女引》：曲调名，声情很是悲哀。

诗意

照着高楼的明月，是千里外含满丈夫情谊的光波。这含情的月光盈满我住的街巷，怎能不让孤独的妻子痛断心肠。秋风吹拂帷帐，容颜姣好的妻子暗自悲伤。心思穿过广阔空间，和浮云一起飘荡。边唱歌边注视秋草，黯淡的叶子哪里还能高扬？岁暮的兰花不到过年便凋残了，落花怎能再度吐露芬芳？愿弹一曲《张女引》，让悲情绕于郎君住的地方。郎君的房屋太严太隐秘，音响传不进去，只能徒自飞扬。

赏析

这是一首闺怨诗，前四句用明月含光写出独守闺房女子的悲戚之情，将月光比作夫君，这含情的月光在女子看来既能照到自己也能照到远在异乡的夫君。悲风吹动着曾与之相守的帷帐，芳年在寂寞的等待中流逝，更使她感到悲哀。她思念之心像天上的浮云，飘寻着穿过天空，孤独之中对着枯萎秋叶吟唱。凋谢的兰草、残落的花朵，让人触景伤情。结尾处用《张女引》的典故直抒情怀，满腔悲切之情化作悲音缭绕他的房屋，无奈房屋严密，悲歌无法传递进去，这种委婉的手法与直怨其人的写法意蕴大不相同。

代东门行

鲍　照

鲍照一生沉沦下僚，很不得志，但他的诗文，在生前就颇负盛名，对后来的作家产生过重大影响。他的文学成就是多方面的。诗、赋、骈文都不乏名篇，而成就最高的则是诗歌，其中乐府诗在他现存的作品中所占的比重很大，而且多有名篇传世。

伤禽恶弦惊，倦客恶离声。离声断客情，宾御皆涕零。
涕零心断绝，将去复还诀。一息不相知，何况异乡别。
遥遥征驾远，杳杳白日晚。居人掩闺卧，行子夜中饭。
野风吹草木，行子心肠断。食梅常苦酸，衣葛常苦寒。
丝竹徒满坐，忧人不解颜。长歌欲自慰，弥起长恨端。

注释

〔1〕恶弦惊：怕听到弓弦的响声。〔2〕御：驾车。〔3〕涕：泪。〔4〕闺：这里指房门。〔5〕葛：布衣。〔6〕丝竹：指乐曲。〔7〕颜：愉快。〔8〕弥：更。

赏析

　　此诗是摹仿古乐府《东门行》之作，诗人久倦客游，又将远行，故赋诗以寄写离情。以"伤禽"的典故起笔，前四句写宾客依依惜别之情，两个"恶"字和两个"离"字，加强了凄凉悱恻的离别气氛，将欲去还别的犹豫情态表现得淋漓尽致。更何况是在异乡的长久分别，征途漫漫，又见日落，居家的人早已掩门而息，而行旅之人只能在荒野之中食宿，草木在风中摇曳，四周一片寂静，不由得肝肠寸断。梅子酸苦，布衣难以御寒，也只能由行旅之人自己忍受，本欲长歌自慰，却引来更多悠长的愁绪。

　　诗人总是力图透过离愁表象的描述，以回折顿挫的笔法，将诗思引向更深刻的情理之中。诗中的比喻用得灵活生动、自然贴切，有的能引领通篇，有的则能承接上下，在情理表达、叙事逻辑、章法结构等方面，都起到了不可忽视的作用。这些都需读者细细咀嚼，方可领略。

代放歌行

鲍 照

刘宋王朝政治腐败，买卖官爵，贿赂公行。高门世族把持朝政，一班无耻之徒蝇营狗苟，以求富贵利达。此诗针砭时弊，深刻地揭露和讽刺了官场钻营奔竞的腐败风气，同时也表达了诗人不甘同流合污的高风亮节。

蓼虫避葵堇，习苦不言非。小人自龌龊，安知旷士怀？
鸡鸣洛城里，禁门平旦开。冠盖纵横至，车骑四方来。
素带曳长飚，华缨结远埃。日中安能止，钟鸣犹未归。
夷世不可逢，贤君信爱才。明虑自天断，不受外嫌猜。
一言分珪爵，片善辞草莱。岂伊白璧赐，将起黄金台。
今君有何疾，临路独迟回？

注释

〔1〕蓼：植物名。〔2〕葵堇：一种野菜，又名堇葵，味甘甜。〔3〕龌龊：肮脏、不干净。〔4〕洛城：指京都。〔5〕冠盖：指仕宦之徒。〔6〕素带：衣带。〔7〕华缨：用彩色绒线做的帽缨。〔8〕夷世：盛世。〔9〕珪：古代为官的符信。〔10〕黄金台：地名。

赏析

　　这首诗模拟古乐府《放歌行》而作，"代"是模仿的意思。在诗中鲍照痛斥当时官僚的腐败，投机者的丑态，用小人的龌龊与志士的高风亮节相对照，表达诗人不甘堕落的情怀。诗人用很简炼的词语，如"冠盖""素带""华缨"把那些为求富贵而到处钻营者的行为举止描绘得极其准确。"夷世"本指太平盛世，在这里是讽刺势利小人夸大其谈，为进入仕途不择手段，极尽阿谀奉承，自吹自擂之能。更妙之处在于以小人尴尬的问话搁笔，让读者自己去品味无耻之徒与贤士之间的区别。鲍照的乐府诗蕴有强烈的批判现实精神。善用比兴，是这首诗的一大特色。

代东武吟

鲍　照

《东武吟》原是流传在齐鲁一带的歌曲名，后被文人用作乐府诗题目，本篇就是一篇拟作。这首诗民歌风味颇浓，头两句即是民间说唱常用语。鲍照还有一首《代堂上歌行》，头两句是："四座且莫喧，听我堂上歌。"

主人且勿喧，贱子歌一言。仆本寒乡士，出身蒙汉恩。
始随张校尉，召募到河源。后逐李轻车，追虏穷塞垣。
密涂亘万里，宁岁犹七奔。肌力尽鞍甲，心思历凉温。
将军既下世，部曲亦罕存。时事一朝异，孤绩谁复论？
少壮辞家去，穷老还入门。腰镰刈葵藿，倚杖牧鸡豚。
昔如鞲上鹰，今似槛中猿。徒结千载恨，空负百年怨。
弃席思君幄，疲马恋君轩。愿垂晋主惠，不愧田子魂。

注释

〔1〕寒：卑微。〔2〕张校尉：指张骞。〔3〕河源：黄河源头。〔4〕李轻车：李蔡，汉代的轻车将军。〔5〕塞垣：指边城。〔6〕涂：通"途"。〔7〕宁岁：安宁的岁月。〔8〕肌力：体力。〔9〕部曲：一同参战之人。〔10〕孤绩：无人知晓的功绩。〔11〕鞲：臂套，架鹰之用。

赏析

　　这首诗通篇皆为主人公自述，从往昔叙起，以时间为序，显得很平顺。由于作者选择了几个典型情事，还运用了典故和对比，因此诗的内蕴并不贫弱。诗中所写的这个功成无赏的老军人，也是有典型性的，汉代的"李广难封"就是突出一例。晋宋之交刘裕父子曾进行过多次北征，刘裕还曾收复两京、河洛，这就是此诗创作的背景。

　　这首向当朝君主进行讽谏的边塞诗，是鲍照边塞诗中的力作，对后世边塞诗创作产生了积极影响。唐朝王维的《老将行》，杜甫的前后《出塞》都有《代东武吟》主人公的影子。

代出自蓟北门行

鲍照

南朝刘宋王朝时期，民族矛盾十分尖锐。北方鲜卑族建立的北魏政权，虎视眈眈。宋文帝元嘉二十七年冬十二月，北魏太武帝拓跋焘亲统兵马大举攻宋，当时刘宋将帅是刘浚，鲍照三十七岁时北魏兵退，他随同刘浚至江北。

羽檄起边亭，烽火入咸阳。征骑屯广武，
分兵救朔方。严秋筋竿劲，虏阵精且强。
天子按剑怒，使者遥相望。雁行缘石径，
鱼贯度飞梁。萧鼓流汉思，旌甲披胡霜。
疾风冲塞起，沙砾自飘扬。马毛缩如猬，
角弓不可张。时危见臣节，世乱识忠良。
投躯报明主，身死为国殇。

注释

〔1〕羽檄：带羽毛的书信，表示紧急。〔2〕边亭：边境的亭堠。〔3〕屯：驻扎。〔4〕朔方：地名。〔5〕筋竿：弓箭。〔6〕虏阵：敌阵。〔7〕雁行：军队像雁阵一样行进。〔8〕缘：沿着。〔9〕飞梁：高架的桥梁。〔10〕披：覆盖。〔11〕张：拉开。〔12〕时：时局。〔13〕国殇：为国牺牲。

赏析

这是一首边塞诗，描写边塞战争的场面。边关告急，朝廷调兵去救援朔方。敌方训练有素，且阵容强大，来势凶猛。天子大怒，派使者前往阵前督战。"雁行、鱼贯"形容汉军行军阵容整齐有序，有条不紊。塞外天气恶劣，军旗和铠甲已蒙上边塞的白霜。疾风吹起，沙土满天，战马像刺猬一样蜷缩着身子，被冻僵的手拉不开弓箭，极力刻画了征战的艰苦。但将士们都有着杀敌报国、建功立业、为国尽忠的决心。诗句表现出将士们铿锵有力、气壮山河的无畏气概，也表露出诗人因备受压抑报国无门而喷发出的炽热情感。

拟行路难（一）

鲍　照

在鲍照最为擅长的乐府诗体中，《拟行路难十八首》称得上是"皇冠上的珍宝"。这一组内容丰富而又形式瑰奇的诗篇，从各个侧面集中展现了鲍照诗歌艺术的多姿多态，确实像一块精光四射的钻石。

奉君金卮之美酒，玳瑁玉匣之雕琴，七彩芙蓉之羽帐，九华蒲萄之锦衾。红颜零落岁将暮，寒光宛转时欲沉。愿君裁悲且减思，听我抵节行路吟。不见柏梁铜雀上，宁闻古时清吹音？

注释

〔1〕卮：古代盛酒的器皿。〔2〕七彩芙蓉：彩色的芙蓉图案。〔3〕九华蒲萄：各种花卉和葡萄的图案。〔4〕零落：指衰老。〔5〕寒光：寒冷的气候。〔6〕抵节：打拍子。〔7〕清吹：悠扬的管乐。

诗意

　　给您献上用金卮盛的美酒，用贝壳、玉石装饰的雕琴，用七彩斑斓的芙蓉图案点缀、翠鸟羽毛制成的帐子，用各色花卉和葡萄图案绣成的锦缎面的被子。青春的容颜随着岁月迟暮而凋落，时光将无情地慢慢流逝。愿您暂且收起伤悲的情思，用心聆听我击节而歌的这首《行路难》。柏梁台和铜雀台上的歌舞升平，早已无影无踪，哪里还有清音绕梁呢？

赏析

　　拟行路难是一组诗，共十八首，大多反映当时社会中的各色人物或哀思，对后世的诗词产生过一定影响。在开始部分，诗人将美好的物品呈现在众人眼前。"美酒、雕琴、羽帐、锦衾"，以此华贵之物要人们忘却烦恼，但接下来的悲伤语句却表达了红颜难久，岁月将暮。外表华丽、富贵，并不能彻底抹去内心深处的恐惧，这种恐惧岂是精美器物所能抵消。要排遣痛苦就用倾诉的方法，以使内心达到某种平衡，从而减轻心理压力。柏梁台、铜雀台当年曾盛况一时，如今哪还有余音缭绕？诗人要说的是人世的艰难，其中更有身后的悲哀。

拟行路难（二）

鲍照

"拟行路难"当为乐府古题"行路难"的仿作。后者本属汉代民歌，久已失传，据《乐府解题》记载，其大旨是"备言世路艰难及离别悲伤之意"。东晋人袁山松曾对他的曲调和文句进行加工调整，但已经失传。

洛阳名工铸为金博山，千斫复万镂，
上刻秦女携手仙。承君清夜之欢娱，
列置帏里明烛前。外发龙鳞之丹彩，
内含麝芬之紫烟。如今群心一朝异，
对此长叹终百年。

注释

〔1〕金博山：铜制香炉。〔2〕斫：砍，削。〔3〕镂：雕刻。〔4〕仙：升天成仙。〔5〕列：放。〔6〕彩：绚丽光彩。〔7〕异：变心。

赏析

　　博山，一种香炉，因其形状似山而得名，多以铜材制造，因光亮故称为"金"。起首咏香炉，其工艺别致，上面刻有秦女升天的图案，这精美的香炉出自洛阳有名的工匠之手。它曾摆放在与君共度良宵的床帏前，清夜里，华烛照耀之下，龙鳞状的镂空饰纹中升起了缕缕沁人芳香的紫烟。它曾见证了夫妻的恩爱，如今，还是那只香炉，与它相对的是已被遗弃的怨妇，只能对着香炉发出悲叹。诗人着重强调香炉，通过它来演绎命运的起伏。一个小物件，系连着主人公一生悲欢离合的命运波折，蕴含着她内心无限的辛酸和苦涩。借此为绾接点，从侧面烘托出一个爱情悲剧。

拟行路难（三）

鲍照

鲍照的创作思想和艺术风格，曾影响过众多的诗人。永明体的代表人物谢朓、沈约，梁代的江淹、吴均，唐代的杜甫、韩愈、白居易莫不从中吸取营养。

璇闺玉墀上椒阁，文窗绣户垂绮幕。
中有一人字金兰，被服纤罗采芳藿。
春燕差池风散梅，开帏对景弄禽爵。
含歌揽涕恒抱愁，人生几时得为乐？
宁作野中之双凫，不愿云间之别鹤。

注释

〔1〕璇：美玉。〔2〕墀：台阶。〔3〕文窗绣户：镂空雕花的窗户。
〔4〕绮：丝织物。〔5〕被服：穿着。〔6〕藿：草木植物。〔7〕凫：
野鸭。〔8〕别：孤独。

诗意

　　沿着漂亮的宅门，白玉的台阶，登上用香椒涂壁的楼阁，只见雕花的窗子，精绣的门户，垂挂着丝绸织成的帘幕。屋中有一位名为金兰的女子，身穿绫罗绸缎，手里把玩着几株香草。窗外春燕翻飞，风吹落了梅花，金兰情不自禁掀开帏幔，在春色中逗弄起窗槛、枝头上的鸟雀。噙住泪水，歌声留在心中，长久地沉浸在愁思中，人生什么时候才有欢乐？宁愿安贫做水中成双结对的野鸭，也不愿做空中形单影只的白鹤。

赏析

　　这首诗抒写了富贵人家之女渴求爱情却得不到满足的苦闷。开始两句将女主人公所居之处描绘得很清楚。白玉石阶，香椒涂壁的楼阁，窗前垂挂着丝织的窗帘，居中之人身着绫罗，手持芳草，窗外春燕飞舞的姿态和满园春色，让女子情不自禁地撩开轻纱帏幔去逗引树上的鸟雀。身处深闺之人，尽管华衣美食却难体会人生的乐趣。其内心的真正向往是宁愿做双栖野鸭，也不愿做孤鹤。

拟行路难（四）

鲍 照

鲍照是刘宋时期一位极有才能也极有抱负的诗人，但因为出身寒微，受到豪门士族的压抑，只能是有志难伸，有才难展。临川王刘义庆因鲍照有诗才而赏识他，升他做了国侍郎，文帝时升迁为中书舍人。临海王坐镇荆州之时，他任前军参军，故世称"鲍参军"。

泻水置平地，各自东西南北流。
人生亦有命，安能行叹复坐愁？
酌酒以自宽，举杯断绝歌路难。
心非木石岂无感！吞声踯躅不敢言。

注释

〔1〕泻：倾倒。〔2〕断绝：停止。〔3〕吞声：欲言又止。

诗意

　　人生如同平地的流水一样，东西南北各不相同。既然人的贵贱穷达是命中注定的，那又何必烦愁苦怨、长吁短叹？不如斟满美酒，举起杯盏痛快淋漓地畅饮，聊以自慰。对酒当歌之际，暂且忘却了烦恼和忧愁，连《行路难》的歌咏也中断了。可鲜活的心不同于无知的树木、石块，怎么可能没有感慨不平！唉，时运如此，只有忍气吞声认命吧。

赏析

　　诗人以流出去的水比喻人的一生各有不同遭遇。诗以泻水流于平地开始，流水不受约束四散开来，就像人的出路各不相同，用水来比喻既生动自然，又富于哲理，其独特的比喻耐人寻味。人的命运上天注定，又何必长吁短叹呢。表面上是写对命运的无奈，实质是一种抗争，很多认命的人以酒解愁，而心里的苦楚酒是无法真正带走的。诗的最后两句突然变换口气，表现出一种激昂的情绪。

拟行路难（五）

鲍 照

鲍照的文学成就是多方面的，而成就最高的则是诗歌。他的诗、赋、骈文都不乏名篇，其中乐府诗在他现存的作品中所占的比重很大。最有名的是《拟行路难》十八首。他还擅长写七言歌行，能吸收民歌的精华。

对案不能食，拔剑击柱长叹息。丈夫生世会几时？安能蹀躞垂羽翼！弃置罢官去，还家自休息。朝出与亲辞，暮还在亲侧。弄儿床前戏，看妇机中织。自古圣贤尽贫贱，何况我辈孤且直！

注释

〔1〕案：放食具的小几。〔2〕蹀躞（diéxiè 叠谢）：小步走。〔3〕垂羽翼：指垂头丧气。〔4〕还：回家。〔5〕孤：出身寒门。〔6〕直：正直。

诗意

　　面对摆满食物的桌子，难以进食，拔出剑来敲击房柱，陷入长久的叹息之中。大丈夫活在世上能有多久？怎么能垂头丧气地走路呢！舍弃名利罢官而去，回到家中休养生息。早晨起来与亲人辞别，黄昏之时亲人依然在身旁。与小儿在床前嬉戏，看妇人在机前织布。自古以来圣贤之士都是出自低微贫寒，何况我辈不但族寒势孤，而且性情耿直！

赏析

　　诗中反映出诗人对官场的不满，有退隐之意，又不想轻易辞官。官场失意的愤怒，让诗人食不甘味，拔剑、击柱、叹息一连串动作和神态，表现了内心的不平。自己的才智得不到发挥，足以令诗人垂头丧气。既然不得意，干脆辞官回家，与家人共叙欢乐。从"朝出"到"机中织"，描写家中生活情景，看似平静，但这并不是诗人所追求的，诗人的本意依然是无法抑制的功名之心，诗的最后两句直叙出作者真正的内心感慨。

拟行路难（六）

鲍照

鲍照是南朝诗坛最亮的一颗诗星，和当时的谢灵运、颜延之一起被誉为"元嘉三大家"，又被后人誉为"七言诗之祖"。且鲍照的乐府歌行，直接影响了李白的乐府歌行，为李白尊崇之"先师"。

愁思忽而至，跨马出北门。举头四顾望，但见松柏园，荆棘郁蹲蹲。中有一鸟名杜鹃，言是古时蜀帝魂。声音哀苦鸣不息，羽毛憔翠似人髡。飞走树间啄虫蚁，岂忆往日天子尊？念此死生变化非常理，中心怆恻不能言。

注释

〔1〕松柏园：坟墓之地。〔2〕蹲蹲：丛生的样子。〔3〕言：传说。〔4〕髡：古代剃去头发的刑罚。〔5〕岂：哪。〔6〕尊：显赫地位。〔7〕怆恻：难言之隐。

诗意

　　莫名的愁绪忽然涌上心头，骑上马从北门出来。四顾瞻望，眼目所及之处，但见一片荆棘丛生的坟地。其中有一只名为杜鹃的鸟，传说是古代蜀国国王杜宇的化身。它声音哀苦，啼鸣不息，毛羽颓脱，身形憔悴，恰似因牢中的犯人遭受了髡刑一般。如今只能飞走于林木之间，靠啄食昆虫、蚂蚁为生，哪里还能顾及往日尊显的地位，享受那荣华富贵的生活？想到这样的生死变化有悖常理，其中的难言之隐自然不便明说。

赏析

　　此诗看似作者因愁思而放马出游，实为后来之笔设伏。骑马出北门，举目环顾，看到的是一处荆棘丛生的坟墓之地。久已无人打理变成一片废墟，园中有一只杜鹃，据说是古代蜀国王的冤魂变成的。它外表憔悴，哀鸣不止，整日穿飞于林木之间，靠啄食虫蚁为生，怎可与昔日的辉煌相比。结尾处的"怆恻"点出开头的愁思所在，用生死变化暗喻政治生活的变幻莫测。诗人所处正是政权更迭频繁时期，权力上的倾刻之变是常见的，社会地位的沉沦也非常理所能解释。

拟行路难（七）

鲍照

当时的颜延之，贵为金紫光禄大夫，其文名与官位，都要远远超过鲍照。但就在自己与谢灵运孰优孰劣的关键性问题上，他却乐于倾听在年纪上要比他小三十来岁的后生小子鲍照的意见，当时的鲍照，在文学创作上已经颇有名望了。

君不见柏梁台，今日丘墟生草莱；
君不见阿房宫，寒云泽雉栖其中。
歌妓舞女今谁在？高坟垒垒满山隅。
长袖纷纷徒竞世，非我昔时千金躯。
随酒逐乐任意去，莫令含叹下黄垆。

注释

〔1〕草莱：杂草。〔2〕雉：野鸡。〔3〕隅：角落。〔4〕徒：徒劳。
〔5〕黄垆：地下。

诗意

　　你没有看见昔日的柏梁台，如今已是一片废墟，杂草丛生；你没有看见昔日的阿房宫，如今却是冷云和野鸡停留之处。轻歌曼舞的歌妓舞女今天有谁还在？到处是丛列的坟墓，遍布山的角落。舞女们媚态百出，徒劳地争宠取怜，到头来形销魂散，哪里还有过去的荣华富贵。还不如把酒问盏、及时行乐，不要等到黄泉之下再嗟然叹息。

赏析

　　柏梁台，古台名，汉武帝所建；阿房宫，秦代著名建筑。这两座昔日辉煌雄伟的建筑，而今却满目荒凉，杂草丛生，野鸡栖息其间，不见了群歌曼舞的歌妓，山野里垒满坟墓；纸醉金迷的奢华生活，终也逃不脱形销魄散的结局。与其争名夺利还不如随酒逐乐，不要等到将死之时再叹息。这里诗人并不是表现及时行乐的悲观情绪，而是以此来警醒世人，追逐奢华与名利等身外之物是没有意义的。

梅花落

鲍 照

在东晋末至刘宋时期的诗人群中，鲍照可算得上是佼佼者。鲍照的诗多有讽谕慷慨之辞，在一定程度上揭露了现实社会中的黑暗和不平。这可能是和他出身家世贫寒、仕途遭遇坎坷有关。这首诗托物言志，写的是梅花，说的却是人。

中庭多杂树，偏为梅咨嗟。问君何独然？念其霜中能作花，露中能作实。摇荡春风媚春日。念尔零落逐寒风，徒有霜华无霜质！

注释

〔1〕咨嗟：赞赏。〔2〕君：指诗人。〔3〕作花：开花。〔4〕作实：结果。〔5〕尔：指杂树。〔6〕霜质：耐寒品质。

诗意

　　庭院之中杂树众多，而我却偏偏赞叹梅花。问我为何惟独赞美梅花？那是因为它不畏严寒，能在霜雪之中开花，能在冷露之中结果。而你们（杂树）只能招摇于春风，斗艳于春日，即使有的偶尔能在霜中开花，却又随寒风凋零，终究没有耐寒的品质！

赏析

　　诗人以庭院中的杂树与梅树作比衬，杂树是指那些向权贵谄媚取宠的小人，而以梅树自比。杂树虽多，但只偏爱梅，体现作者的铮铮傲骨和高洁的志向。为何只对它情有独钟，只因其不畏严寒，能在风雪中绽放，丧失气节的人虽能春风得意，也能争奇斗艳，终究没有御寒的品质。读者可以从诗的语气中体味出诗人内心的压抑和激愤，诗人才高气盛，孤傲不屈的品格正与"偏为梅咨嗟"一语所寓之义相吻合。

代春日行

鲍 照

《春日行》属于古乐府《杂曲歌辞》。"代"即拟之意。这首诗通篇三言句法，最早源于民间歌谣。然自魏晋以来，文人诗中三言者殊为罕见，因而此诗显得独具一格，足见鲍照善于学习民歌形式并能加以提高。

献岁发，吾将行。春山茂，春日明。园中鸟，多嘉声。梅始发，柳始青。泛舟舻，齐棹惊。奏《采菱》，歌《鹿鸣》。风微起，波微生。弦亦发，酒亦倾。入莲池，折桂枝。芳袖动，芬叶披。两相思，两不知。

注释

〔1〕献岁：岁首。〔2〕嘉：动听。〔3〕始发：率先。〔4〕棹：桨叶。〔5〕《鹿鸣》：古曲名。〔6〕倾：畅饮。〔7〕披：倒伏。

诗意

新春伊始，结伴出游。青山已被春的气息染上了绿色，花草树木郁郁葱葱，枝繁叶茂，春日里阳光明媚。鸟儿在园林中莺语鸣脆。梅花率先怒放，转青的柳枝发出了春的信息。泛舟水上，游客整齐地划起浆，快速的行船惊飞水鸟。心喜之余唱起歌，奏上动人的采菱曲。微风吹皱一池春水，众人在欢声笑语中举杯畅饮。年轻的女子或去荷池，或去折桂枝。风摆荷叶的衣袖带出芳香。双方都钟情于对方，又都不知对方也沉浸在相思之中。

赏析

这是一首郊游诗，通篇以明快的词语，描绘了春光明媚之时男女青年郊游嬉戏的欢乐情景。此诗通篇三言句法，具有句短拍促、节奏明快的特点；与春游行进的步伐，轻舟荡桨的节奏，男女快娱的气氛，以及整篇欢乐明快的诗情，恰好十分和谐，达到了声情与词情的完美统一。意境优美，脉络错综，也是此诗的一个显著特点。前八句写陆游春景，移步换形，重在声色渲染，突出明媚的良辰美景，是景中含情；游人虽在活动，然而景物则处于静态。"泛舟"以下十二句写水游之乐，一句一个动作，摇曳多姿，重在突出弦歌樽酒的赏心乐事，是情中有景；船动，人动，景动，则全然动态描写。至结尾二句，重下两个"两"字，则将男女、水陆总挽作结，余意绵绵。全诗洋溢着浓郁的诗情画意，彰显出俊逸的风格。

日落望江赠荀丞

鲍 照

宋文帝元嘉年间，鲍照曾客居广陵（今江苏扬州）、瓜步（今江苏六合）等地，处境困难，作此诗以赠其友尚书左丞荀赤松，书写去亲为客的孤独忧愁和对家乡旧友的思念，并表示希望得到旧友的帮助。这是诗人生活中期的作品。

旅人乏愉乐，薄暮增思深。日落岭云归，延颈望江阴。
乱流灙大壑，长雾匝高林。林际无穷极，云边不可寻。
惟见独飞鸟，千里一扬音。推其感物情，则知游子心。
君居帝京内，高会日挥金。岂念慕群客，咨嗟恋景沉。

注释

〔1〕薄暮：傍晚。〔2〕延：伸长。〔3〕灙：水会合。〔4〕匝：绕。〔5〕穷极：边。〔6〕其：飞鸟。〔7〕君：指荀赤松。〔8〕咨嗟：叹息。

诗意

　　飘泊他乡的游子本少愉悦，今又值黄昏，感物伤怀更添愁思。日落西山，云彩也急急地回归山岭，游子不由得翘首眺望江南故乡。无数条水流正杂乱地向巨大的长江汇合聚拢，夜雾弥漫开来，笼罩着两岸高大的林木。无边无际的森林向天边延伸不见影踪。只见空中一只孤鸟飞过，鸟鸣传向远方。此情此景，不禁让人想到游子此刻的心情。你居住在京城，每日挥金盛宴。怎么能想到客居他乡的我，正在面对夕阳长吁短叹呢。

赏析

　　客居他乡的诗人，作此诗赠其友尚书左丞荀赤松，诗中流露出思乡之情。日暮时分，让本就不快乐的异乡客又增添一份思乡情，连云彩也好似急急归隐山岭，更引得漂泊之人翘首引颈望故乡。江面上多条水流汇聚，迷蒙的雾气萦绕远处寂寞的山林，天空中一只孤鸟扇动翅膀一路哀鸣着飞向远方。看到孤鸟就可想象出游子此时此刻的心情。君住在帝王之都，夜夜歌舞，又怎能体会得到客居他乡之人只能独对西沉落日的情怀呢！诗人意在请荀赤松援手，但又不好明言说出。

赠傅都曹别

鲍 照

鲍照是南朝刘宋时代卓有成就的诗人，与谢灵运齐名。但在当时，鲍照的诗名远不及谢灵运。因为谢灵运是当时世家望族，鲍照出身寒门，终身屈居下僚。诗坛名气大小，每视其人出身而异，这种风气自古已然，而六朝尤烈。

轻鸿戏江潭，孤雁集洲沚。邂逅两相亲，缘念共无已。
风雨好东西，一隔顿万里。追忆栖宿时，声容满心耳。
落日川渚寒，愁云绕天起。短翮不能翔，徘徊烟雾里。

注释

〔1〕鸿：指傅都曹。〔2〕雁：自喻。〔3〕江潭、洲沚：指二人所处的地位不同。〔4〕缘：缘分。〔5〕顿：立即。〔6〕渚：水中陆地。〔7〕翮：翅膀。

诗意

　　轻捷的鸿鹄在水边嬉戏，孤独的大雁在小洲栖居。不期而会两相亲密，情意与共没有止境。风雨一会东，一会西，方向不一，分别一下子就要相隔万里之遥。回忆当初同在一起居留时，音容笑貌充斥在心间，回荡在耳边。日落时分小洲之上更加寒冷，忧愁似云彩绕天而起。短小的翅膀不能高高飞翔，而今只有徘徊在烟雾迷茫之中。

赏析

　　这首诗是鲍照赠诗中的代表作。每四句一节，共三节，前四句写两人偶然相遇。诗人用鸿雁做比喻，表明两者身份的高低，鸿者清高，雁者微贱，但这种悬殊并不影响两人的交往，两人因志趣相投而结善缘。中间四句是写两人突然分开各奔东西，追忆相聚时同在一处"栖宿"，对方的音容犹在眼前，表露出二人情谊笃厚。最后四句感叹日后独居难再相聚，别后的愁苦难以解脱，而诗人窘迫的处境又如同在迷雾中徘徊。

行京口至竹里

鲍 照

此诗的写作年代，钱仲联先生的增补《鲍参军集注》认为当在宋文帝元嘉十七年初冬，时临川王刘义庆由江州移镇南兖州，鲍照作为刘义庆的国侍郎，与之同行。京口，今江苏镇江市，是从都城建康去广陵的必经之地。

高柯危且竦，锋石横复仄。复涧隐松声，重崖伏云色。
冰闭寒方壮，风动鸟倾翼。斯志逢凋严，孤游值曛逼。
兼途无憩鞍，半菽不遑食。君子树令名，细人效命力。
不见长河水，清浊俱不息。

注释

〔1〕柯：树枝。〔2〕竦：直立向上。〔3〕仄：倾斜。〔4〕斯志：志向。〔5〕曛：暮色。〔6〕憩：休息。〔7〕菽：指豆类。〔8〕细人：小人，这里泛指地位低微的人。

诗意

　　干枯的树枝高耸入云，直刺苍穹；尖锐的山石相倚相积，划破天空。远处山涧中，隐隐传来松涛的声音，重叠着的山崖上，积聚着许多阴云。河水已经结冰，寒风劲吹，鸟儿也被烈风吹得双翼倾斜。我的志向遇到了如此恶劣的环境，独自出游又值天色昏暗。日夜兼程，少有下鞍休息的机会，连用掺入一半豆、一半蔬菜混合的杂食也无暇食用。君子为树立好名声而操劳，地位低微的人受人役使而奔波。就像大河里的水一样，清也好，浊也罢，永远奔腾不息。

赏析

　　鲍照在宋文帝元嘉十七年随临川王刘义庆去竹里，京口是必经之地。时值初冬，旅途艰难，官职不高的他又要到处奔波，为发泄人生不得志的郁闷他写下了这首诗。诗人一生从不讳言追求功名富贵，但因出身低微，受门阀制度的压制，难以出人头地，想凭自己的才智有所作为，却得不到赏识。诗中多次出现，激烈的言词。诗中的"危且竦""峰石"等尖硬之物的用法与旁人不同，表现出一种冲突，用"隐""伏"表示随时警惕来自外在的压力。这种敏感也反映出强烈的反抗意识，结尾处的清浊之词是现实与理想的碰撞，有怀才不遇的愤慨。

拟 古（一）

鲍 照

本诗是作者戎行诗的代表作之一，通过对幽并少年高强武艺、英雄豪迈气概的夸饰和对其报国立功壮志的歌颂，寄托了作者收复北方失地及以身许国、立功边陲的爱国情怀，是一曲时代的慷慨之歌。

幽并重骑射，少年好驰逐。毡带佩双鞬，象弧插雕服。
兽肥春草短，飞鞚越平陆。朝游雁门上，暮还楼烦宿。
石梁有余劲，惊雀无全目。汉虏方未和，边城屡翻覆。
留我一白羽，将以分虎竹。

注释

〔1〕鞬：弓袋。〔2〕象弧：象牙装饰的弓。〔3〕雕服：箭袋。〔4〕鞚：带嚼子的马笼头，这里指马。〔5〕虏：外寇。〔6〕白羽：箭名。〔7〕虎竹：汉代发兵的凭信。

诗意

　　幽州和并州重视骑马射箭，少年喜好纵横驰骋。毡制的腰带上，系着两只雕着花纹的箭袋，象牙装饰的弓斜插在彩纹的箭囊之中。正是兽肥春草短的大好时机，跃马扬鞭飞奔在边塞要地之上。早晨还奔驰在雁门之上，黄昏就到达了楼烦宿营。少年有景公般强劲的臂力和坚硬锐利的弓箭，少年有后羿般精妙的射技。与虏寇的关系尚未和解，边城时战时和，几经反复。留下一只白羽箭给我，以便将来分符守土，立功沙场。

赏析

　　诗人咏颂幽州、并州一带的少年英侠所表现出的豪迈气质。写少年的争强好胜，写少年身披戎装的英姿，腰带上佩雕有花纹的箭袋和用象牙装饰的弓，显示出少年武艺高强。跃马扬鞭在雁门外猎兽，是赞扬少年精湛的骑术和不凡的气势。有强劲的臂力、准确的箭法，拥有这一切是志在报效国家、杀敌建功的好男儿应具备的条件。"留我一白羽，将以分虎竹"是少年也是作者为收复失地，奋战疆场所立下的誓言，将武少年升华为理想中安邦定国的英豪。

拟 古（二）

鲍 照

鲍照出身微贱，仕途偃蹇，空有满腔才志，无奈贫穷潦倒。生活使他心情抑郁，比较能够接近和体验社会下层生活，有真挚深切地反映社会残暴黑暗的思想基础。鲍照大半生宦游在外，阅历广，感受深，有着丰厚的生活基础。

束薪幽篁里，刈黍寒涧阴。朔风伤我肌，号鸟惊思心。
岁暮井赋讫，程课相追寻。田租送函谷，兽藁输上林。
河渭冰未开，关陇雪正深。笞击官有罚，呵辱吏见侵。
不谓乘轩意，伏枥还至今。

注释

〔1〕薪：柴草。〔2〕篁：竹子。〔3〕刈：割。〔4〕黍：指庄稼。〔5〕朔风：北风。〔6〕井赋：田赋地租。〔7〕程课：捐税。〔8〕兽藁：喂牲畜的刍草。〔9〕河渭：黄河、渭水。〔10〕笞击：鞭打。〔11〕呵辱：呵斥辱骂。〔12〕轩：轩车，古时大夫以上官员乘坐的轻车。

诗意

　　在幽暗的竹林中打柴，在背山的寒冷涧谷中收割庄稼。呼啸的北风吹在我的身上，悲啼的鸟鸣声惊醒我的忧虑之心。一年的田租才交清，各种名目的苛捐杂税又纷至沓来。搜刮来的租米送到函谷，喂牲畜的刍草运到山林。黄河、渭水已坚冰封冻，函谷关、陇山下大雪正深。如狼似虎的官吏动辄皮鞭抽打，挑夫们遭受着呵斥辱骂的欺凌。我难以实现当大官的意愿，如今仍未被重用，才能难得施展。

赏析

　　此诗是作者宦游时，对所见民间疾苦的写照。亲眼见乡民在寒冷的山涧中收割庄稼，拾草打柴，在贫瘠的土地上痛苦挣扎，还要担负沉重的苛捐杂税。辛苦劳累所得的粮米和饲草由人工运往函谷关和上林苑内。在严冬里，顶风冒雪跋涉于封冻的黄河、渭水上，如狼似虎的差役令人胆寒。诗人以真实的笔触揭露了统治者横征暴敛的丑恶嘴脸，给身受重压下的贫苦百姓以极大的同情。虽有救民众于水深火热之中的美好愿望，但心有余而力不足，"伏枥"正是力不从心的叹息。

学刘公干体 鲍 照

自建安以来，诗坛出现了一种摹拟前人诗体的风气，这种风气盖始于作家摹仿乐府旧题，后来便扩展为摹仿前代作家的创作。

胡风吹朔雪，千里度龙山。
集君瑶台上，飞舞两楹前。
兹辰自为美，当避艳阳天。
艳阳桃李节，皎洁不成妍。

注释

〔1〕胡风：北方的风。〔2〕度：超越，吹过。〔3〕龙山：古代传说中北方的一座冰山。〔4〕瑶台：指帝王的宫殿。〔5〕楹前：朝堂。〔6〕桃李：指那些追逐名利之人。

诗意

胡地寒风裹挟着北方的瑞雪吹越龙山，落到帝都。皑皑的白雪静静地落积在高台之上，风吹过后，雪花在殿前空中飘动飞舞。然而洁白的雪啊，在春天的阳光下也无处躲避。春天本是桃李争妍斗艳之时，哪有冰清玉洁的白雪的容身之处呢！

赏析

诗人开门见山，以冬雪自比，龙山指帝都所在，飞舞的白雪落在帝王的瑶台上，是诗人希望寒微出身的他能跻身朝廷，这也体现出他追逐功名的意图，然而洁白的雪在艳阳下无容身之可能，艳阳春日是桃李争奇斗妍的舞台，诗人将艳阳高照、桃李争妍说成是争名逐利的象征，让人匪夷所思。

代葛沙门妻郭小玉作

鲍令晖

治国颇有气象的齐武帝萧赜，在谈及当世的两位才女时，曾以骄傲的口吻夸赞说："借使二媛生于上叶（世），则玉阶之赋，纨素之辞，未讵多也。"这两位才女，一位即以献《中兴赋》得到刘骏赏识的韩兰英，另一位就是鲍照之妹——鲍令晖。

明月何皎皎，垂幌照罗茵。若共相思夜，知同忧怨晨。芳华岂矜貌，霜露不怜人。君非青云逝，飘迹事咸秦。妾持一生泪，经秋复度春。

注释

〔1〕幌：帷幔。〔2〕茵：坐缛。〔3〕若：假设。〔4〕芳华：年青。〔5〕矜：自夸。〔6〕君：丈夫，指葛沙门。〔7〕事：服役。〔8〕咸秦：指朝廷。〔9〕妾：女主人，即郭小玉。

诗意

　　皎洁的月光洒满窗边的帐帷，女主人独坐在罗茵上心绪难平。相隔千里的丈夫，若是也在月夜下徘徊、踟蹰，像我一样长夜难眠，直到天明时分。遥想当年与丈夫分离时，自身正当青春年华，而今时光流逝，我的青春也如霜露一般渐渐消逝。夫君啊，您为了自己的青云之志，长期在外为朝廷效力，我只有独自终日以泪洗面，从秋天到春天，年复一年，直至耗尽我的青春年华。

赏析

　　这是一首写闺中思妇牵念远行丈夫的诗作。鲍令晖是我国古代屈指可数的女诗人，善写离情闺怨这类题材。月光洒落在帷幔上，女主人在罗床上坐卧不安，想象着在千里之外的丈夫也与自己一样，在这月夜中相思、徘徊，因不得归的忧怨而难以入眠直到天明时分。让女主人更心焦的是岁月不留情、相思催人老，青春年华白白在等待中度过，令人哀伤。既然没有青云高志，就别再行役，否则我仍将年复一年以泪洗面，度过漫长的一生。虽然是代他人所写，如果没有对这种离别意境的理解，是很难产生震憾力的。

古意赠今人

鲍令晖

鲍照对宋孝武帝这样说过："臣妹才自亚于左芬，臣才不及左思。"左思曾以他的《三都赋》而使"洛阳纸贵"。左芬是左思的妹妹，晋武帝的贵嫔，写有《离思赋》等。鲍照在这里是自谦，然而却把鲍令晖与左芬相提并论，并为有似左芬一样才华的妹妹而自豪。

寒乡无异服，毡褐代文练。日月望君归，
年年不解绽。荆扬春早知，幽冀犹霜霰。
北寒妾已知，南心君不见。谁为道辛苦？
寄情双飞燕。形迫杼煎丝，颜落风催电。
容华一朝尽，惟余心不变。

注释

〔1〕褐：粗毛织品。〔2〕文练：取暖的衣服。〔3〕绽 缓解。〔4〕荆扬：荆州、扬州，指南方。〔5〕幽冀：幽州、冀州，指北方。〔6〕杼：织机的梭子。〔7〕颜：容貌。〔8〕落：衰。

诗意

　　荒寒的北方没有合适的衣服，用粗毛毡代衣取暖。每日每月盼君归来，每一年相思之情都不得缓解。南方知道春来早，北方仍然有霜雪。北方寒冷我知道，我在南方的心君看不见。向谁叙述辛苦？把深情托付给双燕。日子窘迫如同织梭奔忙不已，容颜衰落像风催电那么迅急。青春美貌转瞬消失，只是我的心从来没有改变。

赏析

　　此似闺人寄远诗，先以寒冷之地说起，身处寒乡没有暖衣，只能用粗毛毡御寒，年复一年盼君归来，惦念之心时刻没有得到缓解。这里已是春暖花开之季，君所在之处依然冰天雪地。时时为君着想，却始终得不到你的消息，这凄苦之心谁能了解，又可向谁去倾诉？惟只有托燕传情，叙说相思之苦。在家中忙前忙后像织机的梭子一样，岁月悠悠，往日的容华虽尽，但忠贞之心丝毫没有改变。全诗没有大起大落，其中充满了思妇浓郁的思情。

飞来双白鹄

吴迈远把有四言掺杂的乐府古辞改为纯粹五言的乐府诗，文字显得很流畅，结构也显得紧凑，做到了"人物形象"和故事情节的整一性。以禽鸟为主人公的寓言诗民间作品里有一些，文人创作不多，本诗和后来杜甫的《义鹘行》算是较好的作品。

可怜双白鹄，双双绝尘氛。连翩弄光景，
交颈游青云。逢罗复逢缴，雌雄一旦分。
哀声流海曲，孤叫出江渍。"岂不慕前侣？
为尔不及群。步步一零泪，千里犹待君。
乐哉新相知，悲来生别离。持此百年命，
共逐寸阴移。譬如空山草，零落心自知。"

注释

〔1〕怜：羡慕之意。〔2〕鹄：天鹅。〔3〕绝：高飞。〔4〕逢：遭遇。〔5〕罗：网。〔6〕缴：箭。〔7〕江渍：江边。〔8〕尔：你。〔9〕及：跟。〔10〕百年：一生。〔11〕逐：度过。〔12〕寸阴：时光。

诗意

多让人羡慕的一对白鹄，远离尘埃，双双高飞。翅靠翅抚弄光影，颈挨颈遨游青云。遇到罗网又遭箭射，一死一生，雌雄被活活分离。哀声传到海滨，孤叫出现在江边。"怎不羡慕飞到前面的同伴？为了寻找你才没有跟上队。步步皆流泪，千里仍等着你。快乐啊，初恋的时刻，悲哀呀，生离死别。原指望白头偕老，共度美好时光。如今竟如空山草一样，零落的滋味我自己知道。"

赏析

这是一首寓言诗，以白鹄相眷恋象征人世的温情。一双白鹄在天空中飞翔，追光逐影交颈遨游，自由惬意令人羡慕。一旦遭遇罗网或弓箭的伤害，雌雄被分离，失去伴侣的痛苦哀鸣传遍四面八方。都为了你而没能紧随雁群，这种悲痛将伴随我这千里的路程，相识乐，离时悲，本欲长相厮守，共度时光，没想到落得形单影只，像空山草。诗人借助白鹄的心语，传达出对美好情谊的留恋和失去伴侣的悲哀。

齐诗

齐是南朝第二个王朝，由低级士族出身的萧道成创建。新体诗『永明体』开始在当时的诗坛上涌现出来。这种新体诗是我国格律诗产生的开端。沈约等永明新体诗作家的诗歌，思想内容平庸乏味，只有号称『永明之雄』的谢朓是这个时代比较优秀的诗人。谢朓是『竟陵八友』最重要的成员。他继承了谢灵运山水诗细致清新的特点，通过对山水景物的描写来抒发情感意趣，从而形成了一种清新流丽的风格。同时，谢朓对山水诗的发展和新诗体的探索也作出了重要的贡献。

同沈右率诸公赋鼓吹曲《巫山高》

王 融

《巫山高》，乐府《鼓吹曲辞·汉铙歌》曲名，《乐府解题》曰："古辞言江淮水深，无梁可渡，临水远望，思归而已。若齐王融'想象巫山高'，梁范云'巫山高不极'，杂以阳台神女之事，无远望归思之意也。"

想象巫山高，薄暮阳台曲。烟霞乍舒卷，蘅芳时断续。
彼美如可期，寤言纷在瞩。怅然坐相思，秋风下庭绿。

注释

〔1〕暮：傍晚。〔2〕阳台：传说神女出没之处。〔3〕乍：快。〔4〕蘅：植物名，开紫花。〔5〕期：相遇。〔6〕寤：睡醒。

诗意

　　想像中的巫山高耸入云，暮色中的阳台，笼罩在一片朦胧迷离的气氛之中。那卷舒变幻的云霞，像神女的彩裳在飘动，那时断时续的蘅芷芬芳，像神女身上散发的幽香。如果神女真正可以遇见，那就不仅是相逢于梦中，而是醒来时也纷然在目。在怅然失意中独坐相思，但见秋风飘然而至，吹动庭院中的绿枝。

赏析

　　此诗是对巫山美景的赞美，然而并不是诗人实地亲眼所见，而是通过想象中的景色展开思绪。神秘巫山在想象中很高，暮色中的阳台更充满了诱惑力。它有着许多美丽动人的传说，使这块美景之地更增神秘。想象阳台的美景：云霞似练时卷时舒，变幻无穷，蘅芷艳丽的花朵释放出隐约的芬芳。这种美景如果真能遇到，那该是多么的惬意，美景消失只能独坐相思，看到的是被秋风摇动的绿枝。

游太平山 孔稚珪

孔稚珪文享盛名，曾和江淹同在萧道成幕中"对掌辞笔"。豫章王萧嶷死后，他的儿子请沈约和孔稚珪写作碑文，可见他在上层社会中的地位。史称他"不乐世务，居宅盛营山水"。但他对皇帝所不喜欢的人也从不稍假宽容，其弹章劾表，著称一时。

石险天貌分，林交日容缺。
阴涧落春荣，寒岩留夏雪。

注释

〔1〕石：山势。〔2〕天貌：天空。〔3〕容：阳光。
〔4〕落：迟开。〔5〕荣：花朵。〔6〕留：积，保持。

诗意

　　峻峭的山石直刺天空，仿佛将一块完整的天割裂开来。山上林木郁郁葱葱，阳光难以透射进来。山涧阴冷之处，竟然还开有鲜艳的花朵，而背阴的岩石上，居然还残留着如雪的霜花。

赏析

　　这首诗是游太平山的观感，赞叹太平山的险势和奇观异景。抬头向上望去，嶙峋的山石直指天空，似乎将天空分成两半，描绘出太平山的险峻，山上的林木交错，郁郁成阴，阳光都很难照射进来。开始两句是仰视所见到的景色，后两句则是俯视，虽然已是初夏，在山涧幽冷之处，仍开有迟谢的春花，在高险的岩石上皑皑白雪堆积依旧。

别 诗

 张 融

张融出生在南朝齐国，是当时有名的文学家。他出身世族。刘宋时任封溪令、仪曹郎等。入齐后官至司徒右长史。言行诡怪狂放，见者惊异。其文也如其人"诡激"而"独与众异"（《南齐书·张融传》）。

白云山上尽，清风松下歇。
欲识离人悲，孤台见明月。

注释

〔1〕尽：飘逝。〔2〕歇：止，停留。〔3〕识：见。〔4〕孤台：山中平地。

诗意

与故人执手相送，依依不舍，难以言别。不经意间山上白云已散尽，林间的风儿也停止了它的呜咽。究竟友人间分手为何这样难，步出林间在平地间眺望，惟有明月知道我的苦衷！

赏析

别诗，顾名思义，乃别离时所作。诗人与之别离的应是隐居人，大多隐居之处都人迹罕见，清风白云处好安家，表明所拜访之人的居住环境清新而高雅。分别时最令人心碎，不知不觉之中已到傍晚时分，分别在即依然难舍，可见其情谊深厚。高台之上洒满月光，清风明月映衬出山冈的寂静和空旷。

临高台

谢 朓

谢朓是南齐永明体诗的代表作家。他和沈约、王融等人根据汉语的四声研究诗歌中的声、韵、调配合问题，提出了"八病"之说，开创了永明体，对近体诗的发展作出了贡献。他在诗歌上的主要成就是发展了山水诗。谢朓的山水诗与谢灵运齐名，世称二谢。

千里常思归，登台临绮翼。才见孤鸟还，
未辨连山极。四面动清风，朝夜起寒色。
谁知倦游者，嗟此故乡忆。

注释

〔1〕千里：离家的路程。〔2〕常：长久。〔3〕登台：窗前。〔4〕极：尽头。
〔5〕动：吹来。〔6〕倦：厌倦。

诗意

　　长久思念远在千里之外的故乡，站在窗前，飘浮的窗纱更勾起了游子的乡情。窗外，一只孤鸟飞回了它的巢穴，山峦连绵，望断关山，无法看到家乡在何处。不知不觉间夜晚的风透出了些凉意，有谁知道长期在外谋生的人有家不能回的感受？

赏析

　　这是一首用乐府题写的去国怀乡之作，写于荆州。诗人的家在京城建康。"常思归"的"常"指离家已经很长时间了，距家千里之遥，思归心切而登台远眺，倚窗望去却见孤鸟归巢，即使看鸟也联想到自己就像一只孤鸟一样，可悲的是鸟可还巢，我却不知何时才能回归故里。极目所至是连绵的群山，但分辨不出那是不是故乡的山峦。清风带起的寒气让诗人回过神来，不知站了多久，夜幕已经降临。常年累月在外游历以求进身之阶，现如今已感到厌倦，难言之隐又能向谁诉说。

玉阶怨

谢 朓

南齐永明年间，著名诗人沈约根据四声和双声、叠韵的道理来研究诗歌中音律的配合，指出有八种声病必须避免。在他的倡导下，谢朓、王融、范云等人创造了一种新的诗体永明体，又叫新诗体，这是我国格律诗产生的开端。

夕殿下珠帘，流萤飞复息。
长夜缝罗衣，思君此何极？

注释

〔1〕夕：傍晚。〔2〕下：放下。〔3〕息：停，消失。
〔4〕何极：无穷。

诗意

　　落日余晖倾泻在幽静的冷宫偏殿，珠帘已悄然放下，皇上今晚将不会光临。这又将是一个多么惆怅的不眠之夜，连萤火虫也停止了飞舞。漫漫长夜，只有将思念和希冀缝进这件罗衣，在无穷无尽的等待中，期盼君王能来安抚孤寂的我。

赏析

　　这是一首宫怨诗，前面介绍过的《怨歌行》和《婕妤怨》也是宫怨诗，都是写身临帝宫中的宫嫔的凄苦之情。"夕殿下珠帘"点出了时间地点，夕阳下的宫殿冷冷清清，珠帘放下意味君王今晚不会光临，又将度过一个孤独之夜。流萤飞舞暗示夜色已深，也比喻少有人声的环境，萤火虫聚在无人之处，长夜难眠，流萤都已失去踪影，只好以缝制罗衣消磨寂寞的时光。尽管有着满腔的衰怨，但仍然渴望有朝一日君王能够驾临。

游东田

谢　朓

南齐王公贵族、文人雅士，多在东田修筑池园，建立别墅，用以陶冶心性，愉情快慰。齐武帝的文惠太子率先在此设立楼馆，"东田"之名由是鹊起。大文豪沈约也"立宅东田，瞩望郊墟"。谢朓在东田也有庄园，这首诗就是他游后所写。

戚戚苦无悰，携手共行乐。
寻云陟累榭，随山望菌阁。
远树暖阡阡，生烟纷漠漠。
鱼戏新荷动，鸟散余花落。
不对芳春酒，还望青山郭。

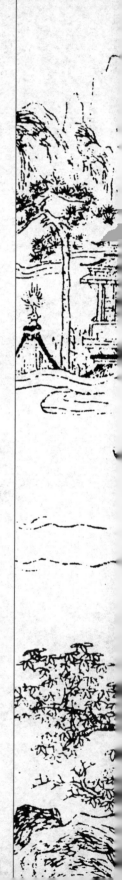

注释

〔1〕悰：快乐。〔2〕行乐：出游。〔3〕陟：攀登。〔4〕累榭：层层台阶。〔5〕菌阁：如芝菌状的亭阁。〔6〕暖：昏暗。〔7〕阡阡：同"芊芊"，茂盛。〔8〕烟：弥漫的云雾。

诗意

　　愁闷忧烦没有快乐，邀朋友同去东田游玩。跟随着云彩沿着台阶一步步登上楼榭，随着山势眺望华美的楼阁。远处的树郁郁葱葱，云水弥漫，轻烟纷纭缭绕。鱼在新荷边嬉戏，飞走的鸟儿抖落一地花瓣。不去品尝芳香的春酒，它怎能比得上自然山水更让人留恋。

赏析

　　东田，在今南京市郊，是当时著名的风景胜地。诗人因心绪不佳，想散散心排解烦闷，便与人相约去东田游玩，自然风光让诗人心情豁然开朗。天边淡淡的白云，引得诗人沿着台阶一步步向上攀登，登上山顶放眼望去，远有蜿蜒起伏的山峦，近有形如芝菌的华美亭阁，远处葱郁茂盛的林木被云雾所笼罩。转眼近看，鱼儿嬉戏于荷塘间，水波摇动着新荷，鸟儿飞过花飘落，淡雅、静谧的意境犹如一幅水墨山水画。诗人不禁发出了美酒的口舌之美怎比得上这如诗如画的自然之美的感叹。

暂使下都夜发新林至京邑赠西府同僚

谢 朓

永明十一年秋,谢朓从荆州随王被召回下都建业时,写了这首诗。诗歌写沿途所见之景和内心感受,表达了对西府同僚和随王的留恋之情,同时透露出对奉召回京的疑惧和对前途的深重忧心。

大江流日夜,客心悲未央。徒念关山近,终知返路长。
秋河曙耿耿,寒渚夜苍苍。引领见京室,宫雉正相望。
金波丽鳷鹊,玉绳低建章。驱车鼎门外,思见昭丘阳。
驰晖不可接,何况隔两乡。风云有鸟路,江汉限无梁。
常恐鹰隼击,时菊委严霜。寄言蔚罗者,寥廓已高翔。

注释

〔1〕室:城阙。〔2〕金波:月光。〔3〕玉绳:星宿名。〔4〕昭丘:昭王墓。〔5〕驰晖:飞转的太阳。〔6〕委:通"萎",枯萎。〔7〕蔚罗者:张网捕鸟的人。

赏析

这首诗是谢朓"还都"途中所作。诗中反映了作者悲愤不平的心理,以日夜奔腾不息的大江之水比照自己情感上的经历。身处随王萧子隆门下,被其赏识,但也受小人陷害,这种悲愤的心绪也未因临近京城而有所减弱。关山是建康近郊的山,但随着都城的巨大身影渐近眼前,却身不由己地引颈相望,夜空中已微现曙光,巍峨的城阙,连绵的宫墙,在夜幕中隐约可见。驱车进城门之际,悲情又起,在京供职,更需小心谨慎,官场险恶,不留意就可能丧身其中。他开始羡慕空中自由飞翔的小鸟,自己则像受困于江中,要时刻提防小人的暗算,寄希望于有一天能摆脱奸佞小人的包围,自由自在地生活。

郡内高斋闲坐答吕法曹

谢　朓

谢朓此诗写于宣城太守任内。"郡"就是宣城郡。诗人高斋闲坐，极目旷望，思想邈深，写下了这首答友人的诗。谢朓身陷仕途，心往山林，欲随心适意又放不下身外之物，而欲全身守禄又不甘违心背志，他的很大一部分作品都反映了这一心态。

结构何迢递，旷望极高深。窗中列远岫，庭际俯乔林。
日出众鸟散，山暝孤猿吟。已有池上酌，复此风中琴。
非君美无度，孰为劳寸心。惠而能好我，问以瑶华音。
若遗金门步，见就玉山岑。

注释

〔1〕迢递：高远貌。〔2〕旷：辽阔。〔3〕岫：山。〔4〕暝：日落。〔5〕金门：金马门，汉代征士待诏处。〔6〕玉山：传说中西王母所居。

诗意

　　高斋的结构多么高远，放眼望去极为高深。窗中排列着远山，俯看庭院中植满树林。日出时能见众鸟飞散，山暗时可听孤猿低吟。刚刚在池边饮酒，此刻又听风中鸣琴。要不是朋友的无限美意，怎能劳动其真心陪我。能如此惠顾善待我，只有天上才有这样的知音。假如止步金马门以待诏，不如去王母娘娘居住的玉山。

赏析

　　诗人在宦海几经沉浮，逐渐明白过来，以平和的心态对待仕途的穷达。在宣城太守任上，常寄情于山水间以求得澄心澈虑，闲坐正表现诗人的心境。诗人闲坐在高斋，开阔的视野可极目远望，远可见山峦叠秀，近可俯视庭际乔木，既可见飞鸟，又能听猿鸣。诗人身心融入到这率真自然的景色之中，复聆风中琴，与朋友举怀畅饮，何其快哉。此种快意在宦海之中无论如何是享受不到的。这也透露出诗人欲弃官而去超尘出世的想法。

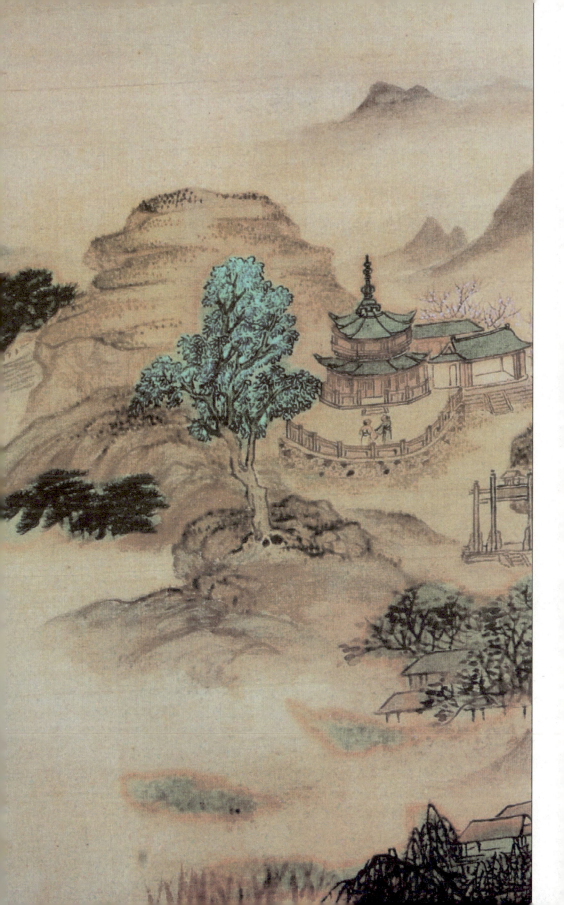

新亭渚别范零陵云

谢 朓

新亭是东吴时建筑的旧亭，在建康（今南京）郊外江边。诗人在这里送别他的好友范云。谢朓和范云都是竟陵王萧子良的"竟陵八友"之一，他们友情很深，过从甚密。好友离别，已属难甚，而这次分别又非同一般。

洞庭张乐地，潇湘帝子游。云去苍梧野，水还江汉流。
停骖我怅望，辍棹子夷犹。广平听方籍，茂陵将见求。
心事俱已矣，江上徒离忧。

注释

〔1〕洞庭：山石。〔2〕潇湘：水名，潇水、湘水合称。〔3〕苍梧：指九嶷山。〔4〕骖：古代三驾马车。〔5〕辍棹：停浆。〔6〕夷犹：犹豫。〔7〕广平：指郑袤，曾任广平太守。〔8〕茂陵：地名，指司马相如。〔9〕俱：全部。〔10〕离：遭受。

诗意

　　洞庭湖是黄帝奏乐之地，黄帝曾在潇湘之间游历。云彩（你）去了九嶷山荒僻之地，水（我）还得顺江汉回到南京。我驻马怅然目送你，你也停浆依依不舍。希望你像郑袤那样政绩日隆，愿我也像司马相如那样受到赏识。志向抱负已不复存在，江上一别只剩下无尽的忧愁。

赏析

　　这是送别好友范云时所作。诗的开头点明好友要去的地方——湖南。相传古时黄帝曾在洞庭奏乐，潇湘曾使帝尧二女丧生，表示出对朋友所去之地的担忧。用"云去"和"水还"，将两人所处之地连接起来，思绪像飞云一样去了苍梧，又顺着江水回到此时的江边。诗人从联想中惊醒，停下马车目送已经登舟在江上的友人，友人也停浆回望，写出两人依依惜别、怅怅不乐的神态。希望范云此去能像晋人郑袤那样有所作为，自己对前途已失去信心，离别和失意的惆怅久久缠绕于诗人心中。

怀故人

谢　朓

自从皇室内讧，竟陵王萧子良去世，当初的诗友一时星散，谢朓对他们的怀念每每形之于篇咏。方东树评此诗"一往清绮"，大概是说它情景写得好，表达又显得流利自然。此诗前半部分多次化用《楚辞》及别的描写恋情的句子。

芳洲有杜若，可以赠佳期。望望忽超远，
何由见所思？我行未千里，山川已间之。
离居方岁月，故人不在兹。清风动帘夜，
孤月照窗时。安得同携手，酌酒赋新诗。

注释

〔1〕杜若：一种香草。〔2〕佳期：指会面之时。〔3〕忽：渺茫的样子。
〔4〕未：没有。〔5〕间：相隔。〔6〕岁月：指正月。〔7〕安：怎么。

诗意

　　芳洲上长着杜若，可在会面时采之相赠。看到的是渺茫遥远，哪里看得见我思念的友人？我外出并不很远，山川已阻隔了我们。我离家到此正是正月，而故人却不在这里。夜里清风拂动窗帘，孤单的月亮照着窗户。怎么才能和你携手欢聚，重享边饮酒边吟新诗的时光。

赏析

　　此诗写期望与故人相见，故人是谁并没有明确指出。诗人在芳洲上采得杜若，可以用此相赠而引发思念之情，盼望相见，但不知要等到何时，表示出迫切的心情。出行虽然不是很远，但毕竟有山川相隔。我离家时正是春来之际，遗憾的是故人并不在此。此时清风习习，吹动幕帘，诗人临窗望月，面对诗情画意的美景，不能与人分享，难免会产生怨情。待到将来携手共处，饮酒作诗，方可了却自己的心愿。

之宣城出新林浦向板桥

谢 朓

永明帝二年春天，谢朓出任宣城太守，从金陵出发，逆大江西行，新林浦是第一站。宣城之行留下不少名篇，除这首以外，著名的《晚登三山还望京邑》即作于下一站三山时。当时作者虽留恋京城，但也庆幸自己能离开政治斗争的旋涡。

江路西南永，归流东北鹜。天际识归舟，云中辨江树。
旅思倦摇摇，孤游昔已屡。既欢怀禄情，复协沧洲趣。
嚣尘自兹隔，赏心于此遇。虽无玄豹姿，终隐南山雾。

注释

〔1〕永、鹜：形容逆、顺两种水流。〔2〕归流：归海的江水。〔3〕摇摇：即说船摇，又指心情不定。〔4〕屡：经常。〔5〕怀禄：做官。〔6〕沧洲：水边僻远的地方。〔7〕嚣尘：喧嚣的尘世。

诗意

　　船走水路与江水背向而行，而流水却知入海而归。浩淼水天之际能够认出返归之船，云雾之中尚能分辨江岸的树。船在摇荡，困倦惆怅之心也在摇荡，这种孤独的远行已非一次。虽然为得朝廷赏识而高兴，但又怎能比得上遁迹僻远之地的情趣。世间喧嚣从此远隔，庆幸得到这种机会。虽然没有玄豹深藏远害的姿质，但也终于能够隐于南山的雾中。

赏析

　　这首诗是谢朓出任宣城太守，途中经出新林浦时所作。诗人是写景的高手，以景开篇，江舟逆流而上，有一丝背井离乡之感。"天际"两句反映了主人公对故地南京的难舍之情，成为后代诵颂的佳句。"旅思"两句是接上句，泛舟江上随江波摇来晃去，孤身出仕已不是第一次了，以前也有同样的经历。"既欢"两句道出主人公的矛盾心态，既能做官，又可远离朝廷，尽品山水情的生活雅趣。远离权力之争的旋涡，也就等于减少灾祸，虽无大志，却可以淡泊心态处理政务，阐明诗人半隐半仕的处世哲学。

京路祭夜发　谢朓

永明十一年秋天,谢朓在荆州随王府遭谗还都,在京城建康(今江苏南京)写下了《暂使下都夜发新林至京邑西府同僚》、《酬王晋安》等诗。不久即为出为新安王中军记室。这首诗就是离开京都赴中军记室任上时所作。

扰扰整夜装,肃肃戒徂两。

晓星正寥落,晨光复泱漭。

犹沾余露团,稍见朝霞上。

故乡邈已复,山川修且广。

文奏方盈前,怀人去心赏。

敕躬每蹋踏,瞻恩唯震荡。

行矣倦路长,无由税归鞅。

注释

〔1〕扰扰:零乱。〔2〕戒:准备。〔3〕徂两:行车。〔4〕泱漭:不明貌。〔5〕露:晨露。〔6〕复:远。〔7〕修:长。〔8〕文奏:公务。〔9〕蹋踏:拘束不敢放纵。〔10〕税:脱离释解。〔11〕鞅:马颈或马腹上的皮带。

诗意

　　夜晚仓促收拾行装,急急忙忙准备车马。晨星已经稀疏,曙色还朦朦胧胧。踏着秋夜的露水,看着太阳冉冉升起。故乡已离得很远,前路还很漫长。刚刚还埋头文牍公务,转眼产生了怀念亲朋的离愁。效命皇上时不敢怠慢,想到官场险恶不免心有余悸。前路茫茫顿生倦意,何时才能摆脱羁绊啊。

赏析

    此诗是诗人离京赴中军记室任上所作。前两句写匆忙整理行装，急急上路的情景，表明了一种零乱的心态。下面写离京路上的夜景，在迷蒙的夜色中，东方已微现曙色，可以想象出黎明前浓浓的晨露里行旅之人心情的复杂。在夜色中匆忙离开家乡，那该是多么令人伤感。故乡渐渐远去，此去山高路远，不知何时能再见故乡。最后六句是写对自己前程的担忧，自己是遭谗而被贬出京的，诗人深感宦海的变幻莫测，衰叹何时何处是自己的最终归宿。

晚登三山还望京邑

谢 朓

这首诗应作于齐明帝建武二年，谢朓出为宣城太守时。在这次出守途中，他还做了一首题为《之宣城出新林浦向板桥》的古诗，据《水经注》记载，江水经三山，从板桥浦流出，可见三山当时是谢朓从京城建康到宣城的必经之地。

灞涘望长安，河阳视京县。白日丽飞甍，参差皆可见。
余霞散成绮，澄江静如练。喧鸟覆春洲，杂英满芳甸。
去矣方滞淫，怀哉罢欢宴。佳期怅何许，泪下如流霰。
有情知望乡，谁能鬒不变？

注释

〔1〕灞：灞水。〔2〕涘（sì 四）：岸边。〔3〕京县：指洛阳。〔4〕飞甍：飞耸的屋脊。〔5〕参差：高低不齐。〔6〕绮：丝织品。〔7〕澄：清澈。〔8〕练：丝绢。〔9〕杂英：野花。〔10〕滞淫：逗留。〔11〕霰：小雪雹。〔12〕鬒（zhěn 诊）：发黑而密。

诗意

在灞水岸边回望长安，从河阳远眺洛阳。落日让高耸的屋脊更为明丽，能看到高低错落的景致。余霞像散落的五彩绸缎，清澈的江水如铺展的丝绢。鸟鸣覆盖了春洲，野花开遍芳甸。离开京都在外滞留，怀念往事而不参加欢宴。惆怅何时才是归期，不由泪流满面。有情的人都会怀恋故乡，这种离愁，谁能不黑发变白呢？

赏析

此诗作于诗人出任宣城太守，途经三山登高回望京都的情景。前面介绍的《之宣城出新林浦向板桥》也是此次途中所作。站在灞水岸上回望京城，繁华的都城错落有致，在落日的映照下更显得富丽堂皇。晚霞如锦似缎，清澈的江水象一条白色的丝绢。诗人用柔软之物比喻暮色中的宁静气氛。归鸟在江中小洲上鸣叫，满地是盛开的野花。"去矣"两句写诗人在半途中去罢欲还而不能的犹豫情状，这种依依不舍的伤感使诗人泪洒胸前，长久怀乡，谁能黑发不变白呢？

直中书省

谢 朓

这首诗作于建武二年。这年春天,谢朓转任中书郎。中书省是魏晋以来设置的官署,专掌帝王发布行政命令等事宜。从诗中可知,这首诗是诗人在中书省值班的时候写的。诗中表示了浓郁的厌弃官场、向往山林的意识。

紫殿肃阴阴,彤庭赫弘敞。风动万年枝,日华承露掌。
玲珑结绮钱,深沉映朱网。红药当阶翻,苍苔依砌上。
兹言翔凤池,鸣珮多清响。信美非吾室,中园思偃仰。
朋情以郁陶,春物方骀荡。安得凌风翰,聊恣山泉赏。

注释

〔1〕肃:肃穆、威严。〔2〕万年枝:冬青树。〔3〕绮钱:指窗户两面。〔4〕朱网:窗帘。〔5〕阶:台阶。〔6〕依:沿着。〔7〕翔凤池:指中书省。〔8〕骀荡:使人舒畅。〔9〕聊恣:清闲自在貌。

诗意

紫殿肃穆威严,彤庭气势弘敞。风吹冬青树,日照承露盘。两面窗子玲珑剔透,窗上附着华美的珠帘。红的芍药在阶下招展,青苔沿石级而长。此乃达官贵人所聚之地,他们佩的饰物叮叮作响。虽然美好却不是我向往之所,还是清雅的中园可任人俯仰。友朋相聚其乐融融,此时春天景物才让人舒畅。如果能插翅飞走,那么就会去欣赏山光水色。

赏析

这首诗是建武二年诗人任中书郎时所作。诗人刻意描写中书省所在地的肃穆,庭深院阔的威仪气象。微风吹动千年之树,承露盘在阳光下洋溢出璀璨夺目的生机,精巧、别致的门窗,华贵的窗幔,阶前红花青苔相映成辉,更增添了它的富丽堂皇,写出环境的幽雅宁静。但诗人心里向往的却并非这达官显贵出入的场所,而是动人的山水田园的自然风光,那种随心所欲、情景交融的情感,在这厚重之地是不能体会得到的。

观朝雨

谢　朓

谢朓一生，常有怀才不遇的感喟。但是，每当他沉湎于清丽明净的山水时，那种功名事业之心便不显得那么强烈、那么急切了，代之而起的是一种归隐的意绪。于是，隐退与出仕，便成了谢朓心中一个突出的矛盾。

朔风吹飞雨，萧条江上来。既洒百常观，复集九成台。
空濛如薄雾，散漫似轻埃。平明振衣坐，重门犹未开。
耳目暂无扰，怀古信悠哉。戢翼希骧首，乘流畏曝鳃。
动息无兼遂，歧路多徘徊。方同战胜者，去翦北山莱。

注释

〔1〕朔：北。〔2〕百常观、九成台：古代名观名。〔3〕空濛：形容迷茫。〔4〕平明：清晨。〔5〕戢：收敛翅膀。〔6〕流：指仕途。〔7〕动息：做官和归隐。〔8〕战胜：隐退思想占上风。〔9〕莱：草。

诗意

北风吹着斜雨，萧索之意从江上升起。雨洒百常观，又落到九成台。迷茫如同薄雾，飞散又像微尘。清晨整好衣裳而坐，深宫重门仍未开启。暂时没有烦心事滋扰，不觉产生悠悠思古之情。既想收拢翅膀，又想如骏马奔腾，更怕落个鱼跃龙门不成倒被曝鳃枯身的结局。动（求仕）静（隐退）不能兼顾，退进实在让人举棋不定。当隐退思想战胜出仕之念，便决定去北山割草耕田。

赏析

谢朓的一生始终在出仕与归隐之间徘徊，他的诗也反映出这一特点。前六句写眼前所见，飞雨随北风从江面上呼啸而来，洒落在百常观和九成台上，雨滴激起的轻尘弥漫阴雾笼罩的空中。深宫之门尚未开启，诗人振衣而坐，享受这片刻的宁静，暂时的无忧又使诗人的思绪飞向远古。最后六句写此时的心态，既希望自己能跃马扬鞭有所建树，又担心仕途险恶会招来曝鳃之祸，仕隐难以兼得，让诗人犹豫不定，但最后还是北山除草的归隐之念占了上风。

和江丞北戍琅琊城

谢 朓

"江丞"，即江孝嗣，他是谢朓的同僚，当时带兵驻守在北方的琅琊城，因苦于驻地生活，思念故乡亲人，写了一首《北戍琅琊城》诗赠谢朓。江诗语意悲苦，故谢朓写了这首诗以勉励江孝嗣。

春城丽白日，阿阁跨层楼。苍江忽渺渺，驱马复悠悠。
京洛多尘雾，淮济未安流。岂不思抚剑？惜哉无轻舟。
夫君良自勉，岁暮勿淹留。

注释

〔1〕丞：官名。〔2〕琅琊城：地名，在今山东。〔3〕苍江：长江。〔4〕忽：急流。〔5〕尘雾：指朝廷中的争斗。〔6〕淮济：指淮水、济水，实指边境。〔7〕未安：边境战事。〔8〕轻舟：途径。〔9〕岁暮：时光。〔10〕淹留：停留。

诗意

　　春城丽日绚烂，亭阁挨着高楼。乍见长江浩荡苍茫，复又在马上忧思起伏。京都多争权夺势的险恶，边境又战事不断。怎么不想挥剑驰骋疆场？可惜又没有这样的途径。君当会知道戍边重任，不会延误报效国家的大好时机。

赏析

　　这首诗是谢朓为勉励同僚江孝嗣所写。春城、白日，点出郊游时的艳丽春色，楼台亭阁在艳阳照射下，似乎也显出争胜斗奇的动感。苍江之水浩渺湍急，与马上之人的无限忧思相连。所忧的是朝堂之争吉凶未卜，边关又战争不断。当务之急是国难当头，应仗剑杀敌，只可惜我没有报国立功的途径，望君能振作起来，莫错过大好时机。本篇之旨意在勉励，目的是想让满怀忧愁的江孝嗣尽早解脱出来，不枉朝廷所赋予的职责。

和王中丞闻琴 谢 朓

沈约有《应王中丞思远咏月》一诗，王中丞可能指王思远，曾为御史中丞。这首闻琴诗，重点不在具体细致地描摹琴音，而是着意渲染"闻琴"的环境气氛，和诗人的主观感受。

凉风吹月露，圆景动清阴。
蕙风入怀抱，闻君此夜琴。
萧瑟满林听，轻鸣响涧音。
无为澹容与，蹉跎江海心。

注释

〔1〕王中丞：指王思远。〔2〕中丞：官名。〔3〕圆：月亮。〔4〕蕙：一种香草。〔5〕萧瑟：树木被风吹动发出的声响。〔6〕听：环绕。〔7〕蹉跎：消磨。

诗意

秋夜中凉风吹拂，枝头暗凝的露水滴沥有声，一轮圆月高悬中天，投下皎洁的清光。带着花香的风儿多情地投入怀抱，在这如此幽静、美好的夜晚，聆听君抚琴之音。琴音如秋风之萧瑟，满林传遍其飒飒秋声；又如涧水轻鸣，流淌着淙淙作响的清韵。这样一种远离尘嚣、清静无为的境界，千万不要耽误和消磨了隐逸的意兴。

赏析

这首闻琴诗，重点不在听琴，而在意境。月下清风，秋露已上，蕙草的芬芳弥漫在夜空当中，这份浓浓的令人愉悦的氛围，与听琴人的雅兴相吻合。琴声随秋风飘来，萦回林间，似涧水轻鸣，发出剔透的清韵，意境之美妙如身临其境。

玉阶怨

虞 炎

这首诗的风格清新,是一首齐永明间产生的"新体诗"。它很注重情景的配合,也很注重修辞和调声,在诗形上很像唐代的近体绝句。谢朓写过不少这样的诗,被认为是开风气之先的诗人。虞炎与谢朓是诗友,此诗之作可能受到友人的感发。

紫藤拂花树,黄鸟度青枝。
思君一叹息,苦泪应言垂。

注释

〔1〕拂:风轻吹的样子。〔2〕度:飞过。〔3〕君:指帝王。〔4〕一:一种时间性,指长时间。〔5〕应:应和。

诗意

春天来了,万物复苏,藤条在微风的吹拂下,轻吻着开满花瓣的绿树,小鸟欢快地在树梢间上下翻飞。在宫中面对这种景象,不由得发出一声长长的叹息,苦涩的泪滴情不自禁地顺着脸颊落下来。

赏析

标题点明是写宫中之女的哀怨。前两句写景,创造出一份欢快、怡人、动感的画面,通过颜色的搭配,紫藤、花、黄鸟、绿树枝,使人眼前的景色鲜活起来。这种描写的用意在于将和后面要写的主题相比衬。"思君一叹息,苦泪应言垂。"面对美好的景致,却不能使宫女心情愉悦,大好年华只能在宫中虚度,没有自由,只有等待。这种等待就在孤独和寂寞中过去,愁苦和哀怨之情也只能以泪水排出。

有所思

刘 绘

《有所思》是汉乐府的古题，犹如汉人的"室思"，唐人的"闺怨"。其中的主人公都是女性，内容"但言离别而已"。本诗是一首拟作，观点、情调并无新奇之处，其可观之处在于表现技巧。全诗八句，每句都寓有他意。

别离安可再，而我更重之。
佳人不相见，明月空在帷。
共衔满堂酌，独敛向隅眉。
中心乱如雪，宁知有所思。

注释

〔1〕佳人：怨妇思念之人。〔2〕空：徒然。〔3〕衔：饮酒。〔4〕敛：收束。〔5〕隅：角落。〔6〕雪：愁绪。

诗意

分别、各居一方的凄怆怎么可以重复，而我却饱受这种离别的折磨。与思念之人不能相见，即使明月照在帷帐上也是枉然。大家共聚一堂畅饮，而我却独自面对角落，暗自蹙眉、流泪。心乱如麻，理不出头绪，却又不知该想些什么？

赏析

与"室思""闺怨"所写内容一致，都是闺妇别离后的伤情。开篇头两句中的"再""重"，说明女主人公的命运坎坷难忍，意在加重语气。明月当空，值此良辰，惟有佳人不在，令思妇独守空房。诗人接下来写出一幅满堂欢饮的场面，意在用欢乐的气氛与思妇面壁而泣的悲伤形成巨大的反差。此诗的题材、情调、观点并无新意，看点在写作技巧上，每句似都含有未尽之意。

梁诗

梁代诗人多是生活在上层社会的侍臣，他们的诗歌也大多是表现这种狭隘生活的作品，再加上梁简文帝萧纲提倡写色情的诗，从而使诗歌变得越来越空虚堕落，大量低俗的宫体诗充斥了当时的诗坛。魏晋以来形成的优良传统受到了一班宫廷文人的嘲笑和排斥。但是，仍然有少数文人，诸如江淹、沈约、何逊、吴均等人坚持创作内容健康的作品。他们的诗大多富有意境，充满了清拔之气，并延续了魏晋以来的风格和情调，抵抗着当时充满了低级趣味的诗坛。

赠张徐州稷

范 云

张稷，字公乔，齐明帝末年为北徐州刺史，又进都督北徐等五州诸军事。范云于永元元年任广州刺史，获罪下狱，后免官闲居于京郊，正与张稷徐州任期相合，诗当作于此时。此诗与一般赠诗的写法相比是新鲜别致的。

田家樵采去，薄暮方来归。还闻稚子说："有客款柴扉。
偬从皆珠玳，裘马悉轻肥。轩盖照墟落，传瑞生光辉。"
疑是徐方牧，既是复疑非。思旧昔言有，此道今已微。
物情弃疵贱，何独顾衡闱？恨不具鸡黍，得与故人挥。
怀情徒草草，泪下空霏霏。寄书云间雁，为我西北飞。

注释

〔1〕田家：范云的自称。〔2〕樵采：打柴。〔3〕款：叩。〔4〕偬：仆、随从。〔5〕轩盖：带蓬的车。〔6〕墟落：村庄。〔7〕传瑞：官员的符信。〔8〕旧：旧情、交情。〔9〕疵贱：卑贱。〔10〕衡闱：衡门。〔11〕挥：喝酒。〔12〕霏霏：落泪。〔13〕西北：指张稷任职所在。

诗意

　　我去打柴，傍晚才回。儿子说："有客叩柴门。随从全穿珠戴玉，乘骑都很肥壮。车辆光照村落，官符闪耀着光辉。"怀疑是张稷，马上又怀疑不是。怀旧是过去的人之常情，现在早已淡薄了。世情鄙薄贫贱之人，为何偏来叩我的柴扉？恨不得杀鸡做饭，和故人一醉方休。怀情空伤感，不由泪如雨下。请天上雁为我捎封信吧，带给在西北方的张稷。

赏析

　　范云与张稷同朝为官，后范云获罪被免官，此诗是闲居家中逢张稷来访时所作。作者以田家自喻，某天日暮归来时，听孩子说有客来访并叙述来者的排场和衣着，不写主客而从随从的穿戴上下笔，鲜衣裘马，穿珠戴玉，仆从都如此，可想主人是何等气派。他猜想可能是张稷，随后又产生疑虑，念旧情曾听说过，如今很难见到，世态炎凉，何况一个丢官之人。作者实是从反意来赞颂二人之间的情意深厚，遗憾没能与友人畅谈饮酒，自己对友人的思念，请云间的飞雁捎带去。

之零陵郡次新亭

范 云

这首诗是诗人赴零陵（治所在今湖南零陵）内史任，在新亭止宿时所写的。这首诗以写景为主，但其中也隐隐透露出诗人对仕官前程的担忧。

江干远树浮，天末孤烟起。
江天自如合，烟树还相似。
沧流未可源，高飖去何已。

注释

〔1〕干：江边。〔2〕天末：天边。〔3〕沧流：江流。
〔4〕源：溯源。〔5〕何已：止于何处。〔6〕飖：同"帆"。

诗意

　　江面开阔，一眼望不到对岸，远远望去，树木仿佛浮在江水之旁，一股云烟在天边飘然而起。江天一色，浑然一片，分不清哪儿是天边，哪儿是水际；云烟和远树混为一体，自有几分相似。江水滔滔不绝，难以穷尽其源，我这孤帆将要飘向何方？

赏析

　　这首诗是范云赴任零陵途中宿新亭时所写。新亭临江边，由江景写起。江水辽阔，看不到对岸，对岸岸边的树似浮在江水之上，水天一色，分不出天水的边际。一柱孤烟袅袅升起，分不清是烟还是云雾，天边的树影模糊不清。滚滚江水奔流不息，难以穷尽其源，我这孤帆还要漂到什么时候，又会漂到哪里去呢？流露出诗人对前途的担忧。

330

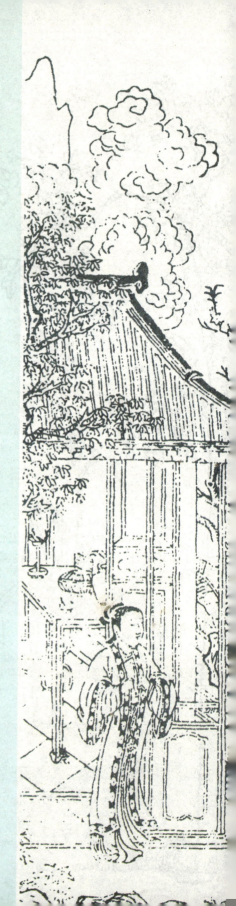

送 别

范 云

中国古典诗歌里塑造了无数真挚动人的女性形象，他们的缠绵多情多因别离而带有凄切哀婉的色彩，然而各人表达情爱的方式、各人的心理却是不一样的。本诗塑造的是一个缠绵多情但却头脑清醒的女性形象，她的心理清晰深沉，所以诗的语言表达也如此。

东风柳线长，送郎上河梁。
未尽樽前酒，妾泪已千行。
不愁书难寄，但恐鬓将霜。
望怀白首约，江上早归航。

注释

〔1〕东风：春风。〔2〕柳线：柳枝。〔3〕樽：酒杯。〔4〕霜：白发。〔5〕怀：记住。〔6〕白首约：婚约。

诗意

　　春风拂动长长柳丝，送郎来到河岸上。还未饮完告别酒，妻子已泪水长流。不为书信难传发愁，怕只怕头发早早变白。希望牢记白头到老的誓约，乘船早日归来。

赏析

　　写亲人即将分离时的情景，多是以女子相送为题，也许是女子更为多愁善感的缘故，此诗也不例外。"东风柳线长"，东风和柳线写出此时是春天，古代有折柳相送之说。在春日里与情郎相随走到桥旁，分别在即，欲言又止，敬上水酒一杯，酒还未饮尽，不堪别离之情的女子已泪流成行。后四句是写女子设想离别后的日子，思念之情可用书信传递，虽然困难，但与容颜逝去，华发染鬓无法相提并论，望君能恪守白头偕老之约，早日归来与自己团聚，塑造出一个缠绵凄婉、情深意重的女性形象。明白晓畅是此诗的一大特色。

古离别

江 淹

这是《杂体诗》的第一首。《杂体诗》一共三十首，逐次模拟汉魏至晋宋以来诸家的五言诗。这是模拟《古诗》中的离别之作。"雁门关"在今山西代县。雁代在汉魏时已是北方边境地区了，去雁代，自然是被征发从军。

远与君别者，乃至雁门关。黄云蔽千里，
游子何时还？送君如昨日，檐前露已团。
不惜蕙草晚，所悲道里寒。君在天一涯，
妾身长别离。愿一见颜色，不异琼树枝。
菟丝及水萍，所寄终不移。

注释

〔1〕雁门关：长城关口。〔2〕露已团：秋天。〔3〕蕙草：一种香草。〔4〕晚：凋谢。〔5〕悲：担忧。〔6〕天一涯：指相距遥远。〔7〕异：差别。〔8〕琼树：仙树。〔9〕菟丝：一种草木植物。

诗意

　　远送丈夫出征，直送到雁门关。风沙遮蔽千里，君去后何时回还？送别的情景如在昨日，檐前露已成珠。不为蕙草凋谢惋惜，只担忧征人寒冷。丈夫远在天涯，妻子常为离别而痛苦。只要能见上一面，就如仙药治愈了我的忧思。我们夫妻之间的情感真挚深沉、不可分离，这种忠贞终生不变。

赏析

　　这是江淹杂体诗三十首中的第一篇，是模拟五言诗。丈夫将要出征雁门关外，那里黄土漫天，气候恶劣，不知征夫何日才能归来。房檐上已有露水，转眼秋天到了，送别夫君仿佛是昨天的事，秋风来了，花草也该凋谢了，也同时暗示自己的青春也随时光流走，但心里仍惦念身处寒冷之地的征夫的冷暖。因两人相距甚远，思念之情使思妇更加痛苦难耐，渴望与君相见，这种焦虑的思情不是灵丹妙药可治愈的，唯愿与君终生相伴直到永远。

魏文帝游宴

江 淹

江淹写诗善于模拟,这是梁代以来评论家的一致看法,而在他拟古诗中数量最多,影响最大的即是这组《杂诗体》。在这三十首诗中,他模仿了从《古别离》到刘宋汤惠休为止的三十位名家的诗。本诗是其中拟魏文帝曹丕的一首。

置酒坐飞阁,逍遥临华池。神飙自远至,
左右芙蓉披。绿竹夹清水,秋兰被幽崖。
月出照园中,冠珮相追随。客从南楚来,
为我吹参差。渊鱼犹伏浦,听者未云疲。
高文一何绮,小儒安足为!肃肃广殿阴,
雀声愁北林。众宾还城邑,何以慰我心。

注释

〔1〕置:摆放。〔2〕飞阁:高楼。〔3〕飙:疾风。〔4〕芙蓉:荷花。〔5〕披:摇摆。〔6〕冠珮:服饰。〔7〕参差:古乐曲。〔8〕渊:深。〔9〕高文:高妙的文辞。〔10〕阴:寂寞、凄凉景。

诗意

设宴坐于高楼之上,快乐自在地面对华池。爽风从远方吹来,吹拂着荷花左右摇摆。清水两边长满翠竹,幽静的崖畔覆盖着兰花。月亮出来照到园中,文人雅士欢聚一堂。乐队从楚地而来,为我吹奏古曲。鱼儿也伏在水中倾听,所有宾客忘记了疲劳。高妙的文辞华美壮丽,又哪是迂腐儒生可以相比!宴罢,大殿一片冷清,北林鸟声也显得悲凉。宾客已各自回到城里,用什么来安慰我的寂寞之心。

赏析

此诗是模拟曹丕的游宴诗所作。置身在气派非凡的飞阁之上,喜悦之情溢于言表。风儿自远方吹来,令宾客神清气爽,池中芙蓉也随之左右摇摆;清翠的绿竹环绕池边,岸上覆盖着悠悠兰草,洁白的月光洒落在园中,文臣雅士身陷其中乐而不返;有南楚的乐曲为欢宴弹奏助兴,美妙的乐曲令鱼儿静伏池底,使宾主忘却了疲劳。然而曲终人散,又使人倍感惆怅。

张司空华离情

江淹

张华是西晋著名诗人,代表作有《情诗》五首,是以男女相思为题材的。江淹拟张华的诗题为《离情》,从题材、内容和表现形式看,显然是以张华的《情诗》为主要模仿对象的。张华诗被钟嵘称为"华艳""儿女情多,风云气少",江淹这首拟作也很符合这一特点。

秋月映帘栊,悬光入丹墀。佳人抚鸣琴,清夜守空帷。兰径少行迹,玉台生网丝。庭树发红彩,闺草含碧滋。延伫整绫绮,万里赠所思。愿垂湛露惠,信我皎日期。

注释

〔1〕悬光:月光。〔2〕丹墀:台阶。〔3〕空帷:闺房。〔4〕玉台:梳妆台。〔5〕碧滋:指美貌。〔6〕延伫:久立等候。〔7〕绫绮:衣服。〔8〕湛露:浓重的露水,指情意深厚。〔9〕期:誓约。

诗意

　　秋月透过窗纱,月光洒上台阶。美人抚琴轻弹,寂夜独守闺房。常走的小径很少光顾,梳妆台也结了蛛网。庭树开着红花,门前草仍碧绿可爱。久久等待之后整理衣裳,赠给万里外思念的人。愿丈夫能与我早日重逢,请相信我当年指日所发的誓言。

赏析

　　作者模仿西晋诗人张华的情诗题材所作,依然写秋夜中思妇的思念之情。秋高气爽,明月高悬,月色散落在庭前的台阶上,透过帘拢,一位妇人独坐空闺之中,思夫心焦而难以入眠,起身坐于琴旁,抚琴一曲聊慰思念的心绪。思情使妇人绝少出门,门前小径难见其踪影,倦于梳妆致使梳妆台上结有蛛网。如花似锦的青春年华随时光悄悄溜走,盼君归望眼欲穿,打算托人捎去御寒衣,也将思念之情带给远在万里的夫君。此诗写出了思妇的情深意重。

陶征君潜田居

江　淹

这首诗是摹拟陶渊明的田园诗。"征君"，不受朝廷官职的人。"田居"，陶渊明有《归园田居》，此作田园题材的泛称。这首诗不仅在题材、风格上模拟陶渊明的诗，而且用的也是陶渊明的口吻，因而极为逼真。

种苗在东皋，苗生满阡陌。虽有荷锄倦，
浊酒聊自适。日暮巾柴车，路暗光已夕。
归人望烟火，稚子候檐隙。问君亦何为？
百年会有役。但愿桑麻成，蚕月得纺绩。
素心正如此，开径望三益。

注释

[1] 东皋：东边的高地。[2] 阡陌：田地。[3] 浊酒：自酿的酒。[4] 巾：车帷。[5] 烟火：炊烟。[6] 檐：门。[7] 为：做。[8] 百年：一生。[9] 役：劳作。[10] 素心：本心。[11] 三益：指友人。

诗意

　　播种在东边高地，秧苗长满田间。虽然也有锄地的疲倦，一杯劣酒足以安适自得。日落拉着柴车回，路暗夜色渐浓。归人望着炊烟，幼儿等候在檐下。问君为了什么啊？一生总是辛劳不已。只希望桑麻有收成，蚕茧得以纺成线。我的本意就是这样，也希望见到与我志趣相投的友人。

赏析

　　这是临摹陶渊明的田园诗，用词风格极似陶渊明的手法。以愉悦的心情描写在东皋播种，苗生田间的情景。虽然田间耕种辛苦，回到家中自备的家酿可解去一天的疲劳。日落驾车而归，望着升起的炊烟，孩子已在家门等候，写出了安怡自然的平淡生活。"问君"两句是发问，你为何一生总是如此劳作，是为了桑麻丰收、衣食无忧吧。这两句与陶渊明的"耕织称其用，过此奚所须"，有异曲同工之妙。这就是诗人的素心本意，而他交往之人也都志同道合。

悼室人

江 淹

江淹有《悼室人十首》，是为悼念亡妻而作的。江淹妻子于何时去世已难以确知，因而这组诗的写作年代也无法断定。江淹集中有一首《伤内弟刘常侍》诗，可知其夫人姓刘。从这组诗看，江淹对妻子的感情是很深的。

秋至捣罗纨，泪满未能开。风光肃入户，
月华为谁来？结眉向蛛网，沥思视青苔。
鬓局将成葆，带减不须摧。我心若涵烟，
蒀蒀满中怀。

注释

〔1〕罗纨：制衣用的丝织品。〔2〕肃：急。〔3〕月华：月光。〔4〕局：屈曲。〔5〕葆：丛生的草。〔6〕蒀蒀（fēnyūn 分晕）：烟气弥漫。

诗意

　　秋天来了，又到捣罗纨的时节，望着家中的罗纨，流着泪不忍打开。秋风急急闯入户内，月光也照进来，女主人不在了，你们为谁而来？皱眉看向四处悬挂的蛛网，一点点滴出的哀思如同山石上长满的青苔。头发凌乱得如同野草，不要催促，衣带也一天天变宽。我心中像包涵了一团烟气，弥漫冲撞，布满胸怀。

赏析

　　这首诗是江淹为悼念亡妻而作的十首诗中的第五首，抒发诗人对亡妻深切的怀念。听见他人的捣衣声，诗人触景生悲不禁潸然泪下，也不忍去打开衣箱。已经人亡屋空，但萧瑟的秋风，洒进屋中的月光为谁而来。结眉愁对着屋中的蛛网，墙上的青苔，尽显凄凉衰败的景象。鬓发蓬乱如草，体态渐显消瘦，昭示诗人思念的愁苦。一腔难言悲情似烟雾笼罩弥漫整个胸膛。全诗将对亡妻的悼念之情写得缠绵悱恻，荡气回肠。

出郡传舍哭范仆射

任 昉

这是一首悼亡友诗，诗共三首，此选其三。范仆射即范云，他卒官尚书左仆射，故称范仆射。"传舍"即客舍。任昉与范云是交情深厚的老朋友，两人都是"竟陵八友"的成员。天监二年，任昉出任吴兴太守，与范云告别赴任，在途数日就听到范云逝世的噩耗。

与子别几辰，经涂不盈旬。弗睹朱颜改，徒想平生人。
宁知安歌日，非君撤瑟晨。已矣余何叹，辍春哀国均。

注释

〔1〕范仆射：即作者好友范云。〔2〕几辰：数日。〔3〕涂：通"途"。〔4〕盈：满。〔5〕睹：看见。〔6〕徒想：回忆。〔7〕撤瑟：指死亡。

诗意

　　和您分手不过数日，在途中不到一旬，不曾想竟成了你我的诀别。您的音容笑貌仿佛呈现在我的眼前，而这些徒劳地成了我一生难忘的回忆。哪里知道我沉浸在歌舞升平之中，正是您撒手归天之时呢？这不仅仅是我个人的伤痛，举国上下都为失去您这样的栋梁之才而悲恸！

赏析

　　任昉出任吴兴太守途中，在传舍中听到好友范云逝世，此诗为悼念亡友而作。赴任前才与之话别，路上的行程还不满一旬，即惊闻友人长逝，让人难以置信。回忆起前不久分别时，友人还未见衰老，也看不出病魔缠身的样子。分别才几日，怎么可能就突然死去了呢？诗人始终不解，不然也不会在友人辞世的日子里还在路上安然而歌。诗的最后写出友人亡故，不仅自己深感悲痛，而且国家也为失去栋梁之材而举国哀悼。

见江边竹

虞 羲

虞羲作品今存不多，但其诗作在南齐时就以其独特的"清拔"风格受到永明代表诗人谢朓的嗟赏称颂。这是一首咏物诗。诗人咏物，多有兴寄。从《诗经》以来，竹就因其高节虚心之性，四时常青之质，备受文人墨客的青睐。

挺此贞坚性，来树朝夕池。秋波漱下趾，
冬雪封上枝。葳蕤防晓露，葱蒨集羁雌。
含风自飒飒，负雪亦猗猗。金明无异状，
玉洞良在斯。但恨非嶰谷，伶伦未见知。

注释

〔1〕朝夕：即潮汐。〔2〕漱：冲涮。〔3〕趾：根。〔4〕葳蕤：茂盛的样子。
〔5〕葱蒨：青翠。〔6〕飒：形容风声。〔7〕金明：指竹色若金。〔8〕玉洞：指竹子制作的乐管。〔9〕嶰谷：地名。〔10〕伶伦：古时黄帝的臣子。

诗意

　　傲挺着贞坚的本性，生长在朝夕池边。秋天涨水冲刷其根，冬雪又压它的枝条。枝叶茂盛以防晓露侵入，青翠碧绿可供羁绊在外的鸟儿栖息。竹林含风飒飒而吟，竹子负雪仍清峻洒脱。竹竿色如黄金灿然，制成乐管非它莫属。但恨此处并非嶰谷，也没有知律的伶伦。

赏析

　　竹以其高节虚心、四季常青的挺拔姿质，倍受人们青睐，以竹喻人品之作不绝于世。诗的开始写出竹的坚贞挺拔的自然之态，竹水相伴则衬出境清之趣。水涨落冲刷其根，冬天的霜雪覆盖其枝叶，这里用雪的封盖和水的冲击，咏颂竹的傲然和根固难移的品质。经酷暑寒冬，竹依然常翠不谢，枝繁叶茂，"含风""负雪"即赞其外秀内刚的风骨之质。竹的美丽色泽，精纯质地，是乐管之材的上选。诗人借伶伦取嶰谷竹定律的典故，含蓄表达出知音难觅的悲哀。

江南曲

柳恽

"江南曲"属于乐府《相和曲歌辞》,有《江南》古词云:"江南可采莲,莲叶何田田"。这里的《江南曲》是作者以乐府旧题创作的一首闺怨诗,作品细致地描绘了一位丈夫远在异地的江南妇女思念地亲人的怅惘心情。

汀洲采白蘋,日暖江南春。洞庭有归客,潇湘逢故人。故人何不返?春花复应晚。不道新知乐,只言行路远。

注释

〔1〕汀洲:水中陆地。〔2〕蘋:一种水中植物。〔3〕洞庭、潇湘:山名,水名,此处泛指行旅之人的住所之地。〔4〕晚:指花即将凋落。〔5〕新知:新欢。〔6〕言:说。

诗意

　　春暖花开之时,妇人去汀洲采撷白蘋。路上偶然遇见从洞庭回来的乡亲,欣喜地得知他曾与自己的丈夫在潇湘见过面。春日迟暮,又到了百花凋零的时节,他为什么还不回来呢?不会是外面结识了新欢,倒花言巧语,推说路途遥远回来不便。

赏析

　　乐府诗中的《江南曲》多描述江南风景,而这首诗却细致地描绘了一位丈夫远在异地的江南妇女思念亲人的怅惘之情。妇人正在春暖花开的春天里去汀洲上采蘋,巧遇从洞庭回归故里的同乡人,知道归客曾与其丈夫在外见过面,但没有解释丈夫为什么不回来。得知丈夫的消息,自然欣喜,但随之又产生疑虑,春天都快过去了,为何还不归来与自己团聚?语气中略带责备之意。归客隐去地丈夫另有新欢的实情,只推说是因路途遥远。一方在苦苦等待,而另一方却乐不思蜀,刻画出女主人公细微的心理变化,令人同情。

夜夜曲

沈 约

《夜夜曲》，乐府杂曲歌辞的一种，它的创始人便是沈约。《乐府解题》云："《夜夜曲》，伤独处也。"沈作有二首，写同样的主题，此为第一首，写空房独处的凄凉况味尤为具体而细致。此诗共八句，可分为前后两段。

河汉纵且横，北斗横复直。星汉空如此，
宁知心有忆？孤灯暧不明，寒机晓犹织。
零泪向谁道，鸡鸣徒叹息。

注释

〔1〕河汉：银河。〔2〕北斗：北斗星。〔3〕宁：哪。〔4〕忆：思念。〔5〕暧：光线昏暗。〔6〕明：亮。〔7〕晓：天明。〔8〕道：诉说。〔9〕徒：无奈。

诗意

　　银河啊，你空自流转；北斗星啊，你徒然横斜，如此斗转星移，哪里知道我心中思念着一个人？夜深了，房内的灯光忽明忽暗，我孤独地坐在织机前织布一直到天明。泪水不由得淌落下来，向谁倾述我的苦闷和忧伤呢？唉，只有伴随着鸡的鸣叫声哀哀自怜，独自叹息！

赏析

　　乐府杂曲的一种，为沈约首创。此诗写思妇怨情，诗中虽未点出是思妇独处，但语词中所流露出的就是独处时的感受。天上的银河由纵位到横位，北斗星由横向到直状，通过星河的变化，显示时间的推移。星河已是如此，可知道我心中在想什么吗？此处没有完全说明，答案在后四句揭示。房内孤灯忽明忽暗，透露出一种凄凉悲伤的气氛，无聊之际，只好坐在织机前织布直到天光放明。

别范安成

沈 约

范安成,名范岫,字懋宾。他在萧齐时曾为安成内史,故称范安成。沈约与范岫有相当深厚的情谊。他们两人都是幼年丧父,身世相同,心性相通。刘宋时,他们共同受到刘兴宗的礼遇。入齐后,又同游于竟陵王萧子良门下,同在文惠太子的东宫以文才闻名。

生平少年日,分手易前期。及尔同衰暮,非复别离时。
勿言一樽酒,明日难重持。梦中不识路,何以慰相思。

注释

〔1〕少年日:年轻时。〔2〕前期:约定再会的日子。〔3〕及尔:你我。〔4〕非复:不再。〔5〕重:再。〔6〕识:寻找。

诗意

我们少年时代就相知相识,本以为天长日久,相聚的日子多得很。你我今日把手相逢,已是垂暮之年,已不再是昔日分别时的景象。亲爱的朋友,请不要以为这一杯饯别之酒微不足道,今日你我分别,恐怕今生今世再难有把酒重逢的机会!即使在梦中也难以相会,那么用什么来聊慰我的一腔相思之情呢?

赏析

范岫,曾任安成内史,所以称范安成。沈约与范安成有着类似的身世背景,相互成为知己,晚年两人重逢,该诗是回忆过去。青春年少之时,认为分离只是暂时的,日子还长着呢。相聚的日子会很多,随着光阴的流逝,人生如过眼烟云,几十年后再相见时已须鬓斑白,已非昔日离别之时了。此次离别不知能否再相见,因此,请不要嫌酒薄,以后恐难再有举杯共饮的机会了。今昔在梦中也难寻觅,用什么安慰彼此的相思之情呢?写出了老友之间那种真挚难舍的情感。

新安江至清浅深见底贻京邑同好

沈 约

据《梁书·沈约传》记载，隆昌元年(494)，沈约除吏部郎，出为东阳太守。新安江源出安徽黟县，流经浙江，是自建康赴东阳的必由之路。这首诗就是此行途中所作。京官外发，一般都具有贬的意味。当时他的心情还是比较低沉的。

眷言访舟客，兹川信可珍。洞澈随清浅，皎镜无冬春。
千仞写乔树，万丈见游鳞。沧浪有时浊，清济涸无津。
岂若乘斯去，俯映石磷磷。纷吾隔嚣滓，宁假濯衣巾？
愿以潺湲水，沾君缨上尘。

注释

〔1〕兹：此。〔2〕川：指新安江。〔3〕可珍：可爱。〔4〕洞澈：清澈。〔5〕皎镜：清如明镜。〔6〕写：倒映。〔7〕乔：高。〔8〕游鳞：鱼。〔9〕沧浪：水名。〔10〕斯：指江水。〔11〕磷磷：水石明净。〔12〕嚣滓：喧嚣的尘世。〔13〕濯：洗。〔14〕缨：帽缨。

诗意

　　关心地询问船上的客人，这条江确实可爱无比。能看清水的深浅，如一块明镜没有冬春之分。倒映着千仞山上的乔木，能看见深水中的游鱼。沧浪之水有时混浊，清济之水也有干涸的时候。假若能乘此水而去，俯映棱角分明的水中石。让我与喧嚣尘世隔绝，又何必借沧浪之水清洗衣巾呢？我愿以此清莹净澈之水，洗涤诸君帽子上的灰尘。

赏析

　　作者任东阳太守，新安江是从建康赴东阳的必经之路，此诗是途中所作。诗人乘船而行，发现江中景色异常优美，无论江水深浅皆可一望到底，无论是冬春，江面都明澈洁净如同一面镜子。江岸上千丈松乔的身影清晰地倒映在水面上，百丈深的水中，可清楚地看到悠然的游鱼。"沧浪"句开始叙情怀，沧浪之水有清也有浊的时候，清济之水也会干涸。自己此次离京师，便是远离尘嚣，不再用此水洗濯衣巾，大有冲出樊笼之感。最后劝戒朋友能与他一样不同流合污，保持节操。

伤谢朓

沈 约

这首《伤谢朓》诗是《怀旧诗》九首中的一首。比较而言，此诗最为著名，历来广为各种选本所青睐。它正确评价了谢朓的艺术成就及其地位。

吏部信才杰，文峰振奇响。
调与金石谐，思逐风云上。
岂言陵霜质，忽随人事往。
尺璧尔何冤，一旦同丘壤。

注释

〔1〕吏部：指谢朓。〔2〕信：诚然。〔3〕文峰：指文坛。〔4〕调：音律。〔5〕陵霜质：不畏严霜的品质。〔6〕往：死。〔7〕尺璧：尺长的璧玉，这里喻人才稀有难得。〔8〕丘壤：坟土。

诗意

谢朓为吏部的俊才，他的文采在文坛上出类拔萃。诗的节奏优雅动听，令人赏心悦目；才思追风逐云，灵秀而飘逸。他有着不畏严霜、桀骜不驯的品质，这么好的人怎么突然就逝去了呢？如此难得的人才与丘同污，埋没于地下，实在可叹可惜。

赏析

此诗为悼念含冤而死的诗人谢朓而作。开篇赞扬谢朓卓越的才能，非常人所能攀比，在当时的文坛中独树一帜。诗的音节铿锵且和谐，才思飘逸超凡。作为谢朓的知己好友，诗人对其推崇备至。前四句是称赞谢朓的才学，后四句则是对他的含冤而死极表痛惜悲悯。同时也表示出激烈的愤慨。

赠诸游旧

何　逊

天监十六年六月，何逊在建安王萧伟幕府掌记室事。天监九年六月，萧伟出为江州刺史，逊从镇江州，仍然担任书记。后被人举荐给梁武帝萧衍，与吴均俱得宠幸。后稍失意，武帝遽云："吴均不均，何逊不逊。"从此便疏远了他。何逊因此情绪低落。

弱操不能植，薄伎竟无依。浅智终已矣，令名安可希。
扰扰从役倦，屑屑身事微。少壮轻年月，迟暮惜光辉。
一涂今未是，万绪昨如非。新知虽已乐，旧爱尽暌违。
望乡空引领，极目泪沾衣。旅客长憔悴，春物自芳菲。
岸花临水发，江燕绕樯飞。无由下征帆，独与暮潮归。

注释

〔1〕弱操：品性弱。〔2〕令名：美名。〔3〕希：求得。〔4〕迟暮：年老。〔5〕涂：通"途"，为官。〔6〕暌违：远隔。

诗意

　　懦弱不堪扶植，缺少技能无所依傍。既然才疏智浅，又怎能希求美名远扬？纷纷扰扰的宦游生活已让人厌倦，纠缠不清的都是些琐屑之事。年轻时轻抛岁月，到老来才珍惜光阴。仕途至今没有走通，千头万绪也今是昨非。新朋虽然带来快乐，旧爱却已远隔久违。只能空自举目望乡，不觉热泪沾衣。旅途上的人永远憔悴，春天万物自然芳菲。岸边的花临水而开，江上燕绕着船桅飞。何不登上征帆顺流而下，独与晚潮返回故乡。

赏析

　　诗意分两层：前十句为第一层，叹自己宦游失意，自嘲才疏智浅，前程渺茫。因"薄技"，在宦海中苦苦挣扎，终因技不如人，而被排挤出去。既然浅智，何以名垂千史、立身后人，只好终日忙碌于琐碎事务中，无所作为。官场中同僚间相互倾轧使他厌倦，年少不珍惜岁月，迟暮之年才叹光阴的宝贵。第二层抒怀乡思归之情。因身在官场身不由己，只能引颈远望，思归心切不禁泪洒衣襟。岸边临水盛开的花朵，绕船飞翔的江燕，反衬客愁之深，他的心似已随落潮归去。诗的余味很耐咀嚼。

与苏九德别

何 逊

这是一首抒写别友之情的诗作，苏九德为作者友人。此时友人即将离开，分别后又难以相见，作者之思念、怀恋和怅惘的心情，表现在全诗的字里行间。何逊的诗风格清新，陈情宛转，尤其擅长写离情别绪，抒发依恋、抑郁、怀念的感情。

宿昔梦颜色，咫尺思言偃。何况杳来期，
各在天一面？踟蹰暂举酒，倏忽不相见。
春草似青袍，秋月如团扇。三五出重云，
当知我忆君。萋萋若被径，怀抱不相闻。

注释

〔1〕宿：睡眠。〔2〕咫尺：近距离。〔3〕杳：无影无声。〔4〕暂：快，短暂。〔5〕三五：月逢十五。〔6〕萋：草长得茂盛。〔7〕被：覆盖。

诗意

昨晚还梦见君的容貌，离得虽近但仍常思念。何况相逢杳无定期，自此天各一方？依依不舍勉强举杯，转眼间人已去远。春草似君穿的青袍，秋月如君执的团扇。十五的月亮从云中出来时，你会知道我正想念你。当茂盛春草覆盖小径，思念之情却无法传递。

赏析

苏九德是作者的友人，此诗抒写了与友人分别时的感情。友人温和的容貌出现在昨夜的梦中，就是近在咫尺，也断不了思念之情，更何况马上就要天各一方，还不知何时才能再相聚。"踟蹰"两句，写离别前为朋友饯行，举杯祝福，在短暂的时间里似乎有许多话要说。今后彼此之间只能在思念之中度过，遥想分别以后，每当春草生、秋月明时，就会想起朋友身披青袍、手持团扇的身影。每逢十五当知我在思念远方的友人，曾经走过的覆盖着青草的小路，那里留下了更多的回忆。

与胡兴安夜别

何 逊

这首诗到底是作者送别胡兴安，还是自己出行，留赠前来送别的胡兴安？各人说法不同。我们认为这是一首留别诗，因为何逊的作品中留别诗较多，有的诗题目就和这首诗标题格式相近，共同之处是略去主语，直接用连词引出告别的对象，而后再用"别"字点出诗意。

居人行转轵，客子暂维舟。念此一筵笑，
分为两地愁。露湿寒塘草，月映清淮流。
方抱新离恨，独守故园秋。

注释

〔1〕居人：送行者。〔2〕轵：指车。〔3〕维：系。〔4〕此：刚才。〔5〕筵：酒宴。〔6〕方：刚刚。

诗意

"居人"将"客子"送到江边，系留的船马上就要起航；"客子"站在船头眼见"居人"的车子调头离去。刚才席间的欢声笑语，即将化为两地间思念的忧愁。夜晚塘边的青草上沾满了晶莹的露珠，江水在明月的映照下一泻东流。刚刚与友人分手时的离恨别愁，只有自己独守空园感怀忧伤。

赏析

这首诗没有说明谁送别谁，只有两人——作者和胡兴安，离别是赴任、服役还是归乡也没点明。起始两句描写居人将客子送至江岸边，客子登船，送行的车子掉头准备返回。"行转轵""维舟"，通过物的状态表明是在送行，刚才筵席上的欢快和现在离别时的沉寂形成对比。忧愁是眼前和今后两人心中的感受，"露湿""月映"表明题目的夜别，江边系一小舟，湿寒的空气更令人惆怅，此番将客子送走，故园之中只剩下独守的居人，仍在续写离恨别愁。

慈姥矶

何 逊

这是一首写思乡之情的诗。慈姥矶在慈姥山麓。慈姥山，又名慈姆山，在今江苏省江宁县西南、安徽省当涂县北。作者辞家出门，有友人送至矶下，时值傍晚，夕阳的余晖洒在平静的江水上，波光粼粼，充满诗情画意。

暮烟起遥岸，斜日照安流。一同心赏夕，暂解去乡忧。
野岸平沙合，连山远雾浮。客悲不自己，江上望归舟。

注释

〔1〕暮：傍晚。〔2〕烟：亦云亦烟。〔3〕安流：平静的江水。〔4〕一同：指与同行的人。〔5〕浮：恍惚状。

诗意

夕阳的余晖洒在平静的江水上，波光艳艳，沿江远远望去，只见两岸炊烟袅袅，充满诗情画意。与友人一同欣赏这令人陶醉的山水画图，似乎暂时忘却了离乡的忧愁。望着滔滔江水，漫漫沙滩，和那峻峭的崖壁连接成一片，两岸的层峦叠嶂，笼罩在沉沉暮霭之中。触景生情，一阵伤悲悄然袭上心头，呆呆地望着友人远去的归舟，陷入了深深的离愁之中。

赏析

写作者游慈姥矶的感想，及由此引发的思乡之情。傍晚，诗人来到江边，落日的余晖映照着波光鳞鳞的江水，遥看江岸边上，炊烟袅袅，给暮色中安和景色带来一丝动感的气息，令作者和同行的友人陶醉其中，暂时忘却了思乡的忧愁。归途中，望着沿岸的沙洲，笼罩在迷朦雾气中的山峦，还有江面归舟的帆影，又勾起了作者思乡的悲愁。作者把短时间内心理的变化描写得很细腻。

临行与故游夜别

何 逊

建安王萧伟礼贤下士，天监六年，何逊迁建安王水曹行参军，兼任记室，深得萧伟信任，日与游宴。今从镇江州，将与故友别离，自然无限惆怅。当时萧伟任扬州刺史，何逊亦在刺史幕中。诗人不禁睹物起兴，写下此诗。

历稔共追随，一旦辞群匹。复如东注水，未有西归日。
夜雨滴空阶，晓灯暗离室。相悲各罢酒，何时同促膝？

注释

〔1〕历稔：多年。〔2〕辞：分别。〔3〕群匹：同僚。〔4〕注：流。〔5〕晓：天明。

诗意

多年来，我们一起共事，情好谊笃，如今即将与你们分别，让人怎能不感伤。我这一去犹如东流的江水，不知何时才能回归。夜晚湿冷的雨滴，淅沥落在空旷的台阶上，室内三杯两盏淡酒，促膝话别，彻夜不眠，不知不觉间曙色已跃上窗头。只好放下各自手中的杯盏，何时还能像现在这样把酒尽欢？

赏析

描写与故人在雨夜中惜别的情景。多年来一直相互伴随，已经结下友谊，一朝分别，定会依依不舍。此次一去如同东流的江水，不知何时才能归还。江水可以将人带走，但诗人念友之心却难随江水而去。连绵的雨滴飘落在台阶之上，室内灯光朦胧，饮酒话别，不知不觉屋外已现曙光，等到何时才能像现在这样促膝交谈。诗人内心中离别的伤感，与雨夜中的冷寞气氛相互映衬，使情与景的融合更加紧密。

相 送

何 逊

题为"相送",但并非诗人送朋友,而是留赠为诗人送行的朋友。《何逊集》中另有五首题为《相送联句》,是何逊与友人韦黯、王江乘二人分别各联四句而成的。其中何逊的三首也都是辞别友人的语气。以此类推,这一首也可能是与友人告别时的联句。

客心已百念,孤游重千里。
江暗雨欲来,浪白风初起。

注释

〔1〕客心:异乡客之心。〔2〕百念:百感交集。
〔3〕重:又。〔4〕初:刚刚。

诗意

与友分别,身在他乡不禁百感交集;独自一人,又将孤身飘游四方。江水昏暗,一场暴雨即将来临;白浪滔滔,狂风乍起让我心绪难平。

赏析

此诗为送别诗,但并非诗人去送朋友,而是诗人离别之际将此诗作为留赠,与故旧友人在江边依依惜别。此时长期客居异乡的诗人心中百感交集,孤身他乡的凄凉,仕途中的坎坷,人世间的情与怨,这一切都是孤客的亲身感受。而此刻又要孤身前往千里之外的陌生之地,面对友人相送,临别祝语相赠,怎能不令人感慨万千。天空中阴云笼罩,狂风带起白浪涛涛,大有山雨欲来之势,象征着诗人此番旅程中遇到的艰险。融情入景,词意婉转,语意俱深。

答柳恽

吴 均

柳恽，字文畅，河东解(今山西省西南部)人，工诗，善尺牍，梁天监初除长史，和沈约共定新律，曾两次为吴兴太守，为政清静，吴均曾应邀而往，然颇不得意，曾一度离去，旋又返回吴兴，柳恽却对他依然如故。这首诗是答柳恽的赠诗而作。

清晨发陇西，日暮飞狐谷。秋月照层岭，
寒风扫高木。雾露夜侵衣，关山晓催轴。
君去欲何之？参差间原陆。一见终无缘，
怀悲空满目。

注释

〔1〕陇西：地名。〔2〕飞狐谷：古代要塞。〔3〕层岭：山岭。〔4〕高木：高大的树木。〔5〕催轴：催车上路。〔6〕参差：高低的丘陵。〔7〕原陆：平原。〔8〕缘：机会。

诗意

　　清晨从陇西出发，日落时到达飞狐谷。秋月照着层层叠叠的山岭，寒风扫着高高的树木。雾露晚上打湿衣裳，关山清晨催促赶路。君到何方去？前往高低起伏的高原和平原之间。恐怕没有机会见面了，只有满目满怀的悲伤。

赏析

　　柳恽将要离任远行，曾写诗留赠给吴均，此诗是吴均答谢柳恽的赠诗之作。想象与柳恽分离后旅途中的情景，在晨光中匆忙从陇西出发，日落时分到达飞狐谷。日行夜宿，以具体的地名印证自己的设想。接下来的景象仍然是想象，秋月映照着山岭，寒风吹动高树，露水浸湿了衣衫，关山在天明时显示出的巨大山影，似乎在催促行客加快脚步，描述了日夜兼程的辛劳。"月""风""露"用来形容行程的艰苦，体现出对朋友的关怀。虽然君所去之地路途遥远，今后很难相见，但往日的旧情依然历历在目。诗中把惜别之情淋漓尽致地表现出来。

春 咏

吴 均

吴均出生在贫寒家庭,性格耿直,仕途上很不得意。他勤奋好学,很有才艺。梁武帝天监初,柳恽任吴兴郡太守时,召他为郡方簿,主管文书簿籍,常一起赋诗、酬唱。萧伟为建安郡王驻扬州(今南京)时,任命吴均为王府记室,负责文翰书札。

春从何处来,拂水复惊梅。云障青琐闼,风吹承露台。
美人隔千里,罗帏闭不开。无由得共语,空对相思杯。

注释

〔1〕拂:吹动。〔2〕青琐闼:官门。〔3〕承露台:这里泛指宫廷建筑。〔4〕无由:没法。

诗意

　　春风吹拂着水面,泛起了阵阵微波,春风惊醒了梅花,使之萌发出花蕾。如今春风虽已舞旋于承露台上,而青琐闼前依然云遮雾障,幽深寂静。那罗帏深闭的美人居所,虽目能所及,而相隔犹如千里之遥。值此良辰美景,春色盎然之际,无法与心中思念的人花前畅谈,只好独自举杯,用酒来排遣我的相思之情。

赏析

　　以春的行迹写心中的怨情。春从何处来的发问,所表示的不是欢喜,而是一种疑虑。春的征兆满眼能见,和煦的春风吹动水面,泛起阵阵涟漪,梅花已现绽放之势,承露台也沐浴在春景中,而青琐闼前却依然云雾遮蔽,不能与身处重重宫帏之中的美人共享花红绿染的春色,更无法与伊人在花前共语,只能独自举杯借酒浇愁。诗人把相思的苦涩放在春意之中,令人回味无穷。

北朝诗

北朝文人诗大都模拟齐梁，没有形成自己的风格，所以成就不高。但是，北朝民歌却大放异彩，产生了许多优秀的作品。北朝民歌与南歌的纤回婉转不同，它不仅内容丰富，在艺术上也有自己的独创性。北朝民歌用质朴无华的语言来表达自己心中的感情，因而大多爽朗干脆，淋漓酣畅，并逐渐形成了一种豪放刚健的风格。悲壮激越的北朝民歌与一唱三叹的南朝民歌形成鲜明的对比，是两种截然不同的风格。北朝民歌以五言四句为主，同时还创造了七言四句的七绝体，并发展了七言古体和杂言体。

怨歌行

庾 信

庾信早年曾任梁湘东国常侍等职，陪同太子萧纲等写作一些绮艳的诗歌。梁武帝末，侯景叛乱，庾信率兵御敌，战败。建康失陷，他被迫逃亡江陵，投奔梁元帝萧绎。元帝承圣三年他奉命出使西魏，抵达长安不久，西魏攻克江陵，杀萧绎。他被强迫留在长安。

家住金陵县前，嫁得长安少年。回头望乡泪落，
不知何处天边。胡尘几日应尽？汉月何时更圆？
为君能歌此曲，不觉心随断弦。

注释

〔1〕金陵：今南京。〔2〕长安：今西安。〔3〕胡尘：泛指中原与少数民族间的战事。
〔4〕尽：结束。〔5〕此曲：怨歌曲。

诗意

　　女子家住在金陵，远嫁给长安的少年将士。遥望远方不禁黯然泪下，无从寻觅天边的家乡。与少数民族的战事何时结束？汉地的明月几时能圆？为心上人吟咏这首怨歌，不经意间已弦断心碎。

赏析

　　以女性口吻诉说背井离乡的哀怨。主人公家在金陵，却远嫁到长安，两地相隔遥远，意味着远离家乡，而更可悲的是所嫁的少年长年镇守边关，聚少离多，空守闺房。遥望故乡以慰乡情，无奈置身西北高原之上，四周群山环绕，望不到家乡，不由得泪如雨下。年轻将士出征保家卫国，但怨女关心的是战事何时结束，战事结束也预示着怨女不再独守空闺。怨情和悲伤向君倾诉，直歌得弦断心碎。

舞媚娘

庾 信

大体说来，庾信的文学创作，以他四十二岁时出使西魏为界，可以分为两个时期。庾信在梁时所作大多毁于战乱，留存很少，且基本上都是唱和之作，多写景之句，观察、描绘都很细致，与萧纲的诗十分相近。具有宫体气息的六言诗《舞媚娘》大概也作于南朝。

朝来户前照镜，含笑盈盈自看。
眉心浓黛直点，额角轻黄细安。
祗疑落花谩去，复道春风不还。
少年唯有欢乐，饮酒那得留残。

注释

〔1〕朝来：早晨。〔2〕自看：自我欣赏。〔3〕直点：化妆。
〔4〕轻黄：花黄，是当时流行的妆饰。〔5〕祗：仅。〔6〕谩：缓慢。

诗意

清晨临门照镜，满含笑意自我欣赏。眉心浓浓点上黛色，额角仔细贴上轻黄。心疑落花缓慢离去，又说春风不再复返。趁青春年华及时行乐，像饮酒一样一口而尽。

赏析

这是一首六言诗。写一位女子早晨醒来到窗前照镜，镜中人含笑盈盈，俏目流芳。眉心点上浓浓的黛色，额角抹上淡淡的轻黄，将少女精心梳妆打扮的举动描绘得细致而生动。少女脸上洋溢出的笑容，表现出少女开朗的心情。从神情上看不是妖艳的舞女，而是一个情窦初开的青春少女。但少女的心中也存有容颜易逝的恐惧，落花谩去写出少女内心的悲哀，疑惑春风将不再来，唯有抓住青春时光及时行乐，才能缓解心中的凄凉。

拟咏怀（一）

庾　信

庾信被强留于长安，永别江南，内心很是痛苦，再加上流离颠沛的生活，使他在出使西魏以前和以后的思想、创作上发生了深刻的变化。庾信出使西魏以前的作品一般没有摆脱"宫体诗"的影响，这今被传诵的诗赋，大抵是到北方后所作。

榆关断音信，汉使绝经过。胡笳落泪曲，羌笛断肠歌。
纤腰减束素，别泪损横波。恨心终不歇，红颜无复多。
枯木期填海，青山望断河。

注释

〔1〕榆关：汉关名，指南北朝之间的边地。〔2〕汉使：南朝使者。〔3〕胡笳、羌笛：北方少数民族乐器。〔4〕纤腰：指女子，这里是诗人自喻。〔5〕束素：素绢。〔6〕横波：眼睛。〔7〕歇：消。〔8〕红颜：青春。〔9〕枯木期填海：取自精卫填海的典故。

诗意

　　榆关横亘断了音信，再没有汉使经过。胡笳弹奏的是落泪曲，羌笛吹出的是断肠歌。纤腰已消减得如一束素绢，离别的泪水损伤了眼睛。怨恨之心终不能消，红颜也一天天衰退。回归之心就像枯木盼望填平大海、被河割断的两山重合为一一样不可能。

赏析

　　此诗表现了诗人对故国的思念，早年奉命出使西魏被扣，后因故一直未能返故里。起首写因战事南北阻隔，此时梁朝已亡，音信断绝，得不到一点故国的消息，能体会出诗人焦急的心情。北方的音乐，不但未能使人愉悦，反而使人伤心落泪。接下来诗人以女子自喻，因思念故国，饮食不继，身体日渐消瘦，泪流使眼睛失去往日的风采，脸上的红润已失，人也变得衰老。结尾处诗人用精卫填海的典故，表示出强烈南归的愿望。虽然很难实现，却足以证明其对故国的眷恋终生不泯。

赏析

　　这是以咏史来寄托对故国的哀思。荆轲刺秦王，在易水边咏唱悲壮之歌。李陵抗击匈奴未果，滞留在北方，但报国之心始终未变。自己远离家乡，故人亲友的身影早已消失，交通断绝已无音信往来，孤独之中就去遥看塞北的云，想象关山皑皑白雪，身处绝地，寻找不到归乡的路。诗人心中的痛是不能像苏武那样保节而归。诗人借荆轲、李陵的典故来表示自己对故国仍保有眷恋之情，只因身陷异邦而无法尽自己的责任。

拟咏怀（二） 庾 信

庾信诗作的风格，与他出使西魏后迥然不同。前期在梁，作品多为宫体性质，轻艳流荡，富于辞采之美。羁留北朝后，诗赋大量抒发了自己怀念故国乡土的情绪，以及对身世的感伤，风格也转变为苍劲、悲凉。所以杜甫说："庾信文章老更成，凌云健笔意纵横。"

悲歌渡燕水，弭节出阳关。
李陵从此去，荆卿不复还。
故人形影灭，音书两俱绝。
遥看塞北云，悬想关山雪。
游子河梁上，应将苏武别。

注释

〔1〕悲歌：指荆轲在易水边唱的歌。〔2〕弭节：沉重的心情。〔3〕阳关：古关名。〔4〕故人：指故乡的亲友。〔5〕悬：凭空。

诗意

唱罢悲歌渡燕水，迟缓行进出阳关。李陵从此留在匈奴，荆轲也永远不能复还。故人形影变得模糊，来往书信均已断绝。遥看塞北游云，想象通往故园山上的雪。游子李陵站在河梁上，应该和保住名节的苏武作别。

陈诗

南朝君主贵族的生活非常奢华放荡，诗歌辞赋成为了满足他们荒淫享乐的工具。南唐后主陈叔宝就是这样的一个昏淫之君。他经常把中书令江总，以及陈暄、孔范、王瑗等一班文学大臣召进宫中，饮酒赋诗，征歌逐色。他们的诗完全承袭了齐梁以来的轻靡之风，而且更趋华艳。

在这种情况下，陈朝诗歌进一步腐化堕落已经成为必然了。虽然变态心理和低级趣味左右着诗坛，但是陈朝的诗人们也偶尔会有佳作问世。

另外，阴铿善写新体诗，在斟酌音韵词句上用过苦功，对后世的诗人影响很大。

江津送别刘光禄不及

阴 铿

刘光禄，指刘孺，曾为梁湘东王长史，后为王府记室、散骑侍郎兼光禄卿，故称刘光禄。阴铿曾为梁湘东王法曹行参军，两人共过事，并结下深厚的友谊。刘孺乘船远行，诗人闻讯赶到江边为他送行，却来晚了，所以写下了这首诗表达自己的怅惘心情。

依然临送渚，长望倚河津。鼓声随听绝，帆势与云邻。
泊处空余鸟，离亭已散人。林寒正下叶，钓晚欲收纶。
如何相背远，江汉与城闉。

注释

〔1〕依然：不舍貌。〔2〕渚：江边小洲。〔3〕津：渡口。〔4〕鼓声：开船打鼓声。〔5〕离亭：饯行的亭子。〔6〕纶：鱼线。〔7〕江汉：长江。〔8〕城闉（yīn 因）：城门。

诗意

　　难舍地来到送客的洲头，靠着渡口久久远望。开船鼓声已经停歇，船已至水云相接处。码头只剩下鸟儿，送别的亭内空无一人。秋风吹动树林簌簌落叶，晚钓的渔夫也准备收线。说远离就远离了，惟有思念横在长江与城门间。

赏析

　　欲为同僚好友刘孺送行，作者到渡口时，船已离开了，不及晤别，写此诗表达自己怅惘的心情。诗人赶往江边小洲为刘孺送行，哪知为时已晚，无奈地向友人船去的方向眺望，开船的鼓声还在耳边回响，但随着船的远去，鼓声也渐渐消失了，帆影已接近天际。泊船处只剩下几只水鸟，离亭中空无一人，树叶在寒风中飘落，渔人也在暮色中收起钓丝回家，留下一片空旷，诗人怀着怅然若失的心情，迈着蹒跚的脚步向回走去。

春 日

徐 陵

与简文帝萧纲一样，徐陵也是南朝的著名"宫体"诗人。"宫体"诗人最大的遗憾主要是生活方面的狭小和格调的低俗。至于在诗歌的表现艺术上，他们倒是作过很多方面的尝试，并在日常生活情态方面，创造出一种很美的境界。

岸烟起暮色，岸水带斜晖。径狭横枝度，帘摇惊燕飞。落花承步履，流涧写行衣。何殊九枝盖，薄暮洞庭归。

注释

〔1〕带：铺满之意。〔2〕狭：窄小。〔3〕度：行步。〔4〕帘：轿帘。〔5〕承：踩。〔6〕写：画。〔7〕殊：不同。〔8〕九枝：花灯，车盖。

诗意

村落里袅袅炊烟掩映在暮色之中，斑斓的落日余晖铺满江水之上。狭窄的小径上不时有嫩枝挡道，偶然掀起的轿帘惊起了低飞的春燕。下轿行走在花瓣飘落的山径，路旁的山涧里时常照出我的身影。宛如湘水神灵打着花灯车盖，在霭霭的暮色中从洞庭湖畔回来。

赏析

春天，万物复苏，新花满树，使人心情舒畅。而人们大多是歌咏春光明媚的白日，这里诗人却将目光移向傍晚，视角独特。落日的余晖斜照在江岸之上，渐渐升起的暮色使清流和村庄沉浸在恬静、怡然的气氛之中。岸上的轻烟，小溪边嫩枝绿叶遮蔽的小径，被轿帘惊起的小燕，诗人被眼前的美景引动，下轿步行，走过落花铺出的小路，踏上清溪流过的涧石，水中闪过诗人的身形，景美意更美，花灯、车盖怎比得上这如仙境般的妙景奇观。

369

留赠山中隐士

周弘让

这首诗最早载于《艺文类聚》，题作《无名诗》，《艺苑英华》始作今题，两本文字小有不同。这是一首赠别诗，作于周弘让隐居茅山时。因为作者与隐士萍水相逢，无旧情可叙，所以诗中只写了此次入山的经历。

行行访名岳，处处必留连。遂至一岩里，灌木上参天。
忽见茅茨屋，暧暧有人烟。一士开门出，一士呼我前。
相看不道姓，焉知隐与仙。

注释

〔1〕遂：顺，沿。〔2〕参天：高入云霄。〔3〕暧暧：昏暗貌。〔4〕焉：怎么。

诗意

走啊走啊去访名山，每个地方都依依难舍。忽然来到一座山前，茂密的树木蔽日遮天。陡见茅草搭的房屋，昏暗中似有人烟。这边一人开门出来，那边一人呼唤着来到身前。注视着我但都不通报姓名，真不知道他们是隐士还是神仙。

赏析

周弘让曾在茅山隐居，此诗是写这次经历。与隐士只是一般交往，并无深情可言，留赠也算这次经历的留恋。寻访名岳是喜欢大自然的人的追求目标，置身其中，那山清水绿、清新自然的美景，可以净化心灵。深山峭岩、古树参天，在这山高林密之中，忽见一座茅草屋，虽还未见人影，但炊烟能说明一切。隐士大多居于常人不易到达之处，以避免外界的干扰。一位隐士推门而出，另一位隐士招呼我进前，反映出两位隐士对访客的真性流露。略去礼节上的俗举，也还是隐士的风范，相见互不问姓名，不知是隐还是仙。

长安听百舌

韦 鼎

此诗的题目一作《陈聘使韦鼎在长安听百舌》。韦鼎，历
仕梁、陈、隋三朝。在陈朝，拜黄门郎，曾作聘使出使北
周。此诗即作于出使时。百舌鸟的啼叫富于变化，立春后
开始啼叫，夏至后即无声。

万里风烟异，一鸟忽相惊。
那能对远客，还作故乡声！

注释

〔1〕万里：这里指江南与长安之间的距离。〔2〕风烟：
风土人情。〔3〕异：不同。〔4〕忽：突然。〔5〕远客：
作者。

诗意

　　远离江南，长安的风土人情明显不
同，忽然一阵熟悉的鸟鸣让人惊异。鸟
啊，你难道不知道游子之心，偏偏还要
发出这种故乡才听到的啼鸣！

赏析

　　此诗是作者在异地他乡的感受。他
家居江南，出使到长安，因此有"万里"
两字的形容。"风烟异"是说作者初到
长安城，深深感受到西北地方的风土人
情与江南的差异，既惊异也有一丝孤独
感。但就在这陌生的环境中，突然听到
自己非常熟悉的鸟鸣，这无疑是江南之
鸟的叫声。这听来倍感亲切的声音勾起
了异乡客的乡情。"那能对远客，还作
故乡声！"这两句看似有责备之意，但
其内心因一声鸟鸣激荡起的思乡之情，
更加浓郁且不可抑制。

空闺怨

江 总

江总是陈朝诗人，历仕梁、陈、隋三朝。在梁代曾任明威将军、始兴内史。入陈累迁尚书，入隋为上开府。在政治上，他是一个追随后主荒淫的亡国之相。在文学上，他又是一个专门写艳诗的宫廷诗人。

寂寂青楼大道边，纷纷白雪绮窗前。池上鸳鸯不独自，帐中苏合还空然。屏风有意障明月，灯火无情照独眠。辽西水冻春应少，蓟北鸿来路几千。愿君关山及早度，念妾桃李片时妍。

注释

〔1〕寂寂：冷清。〔2〕大道：青楼所在。〔3〕绮：花纹。〔4〕苏合：一种香料。〔5〕然：通"燃"。〔6〕障：遮挡。〔7〕鸿来：鸿雁传书。〔8〕桃李：容颜。〔9〕片：短暂。

诗意

富家闺阁静立大道旁，倚窗注视落雪纷纷。池中鸳鸯成双倚偎，帐内苏合香独自燃着。有意将屏风挡住引人愁思的明月，无情的灯火却照着独自一人睡眠。辽西冰天雪地春意难留，蓟北雁来飞了千里。愿君翻山越岭早日归还，要想到我如桃李花般的容颜也没有多久鲜妍。

赏析

江总曾历仕梁、陈、隋三朝，是专写艳诗的宫廷诗人。此诗描述闺妇眼中所见，心中所想。诗中的青楼是指富人家的楼阁，并非娼女所居，本应高朋满座，迎来送往，但却冷冷清清只有窗外的白雪陪伴着孤独的她。眼见池中成对的鸳鸯，身后空荡的闺房中只有苏合香在静静燃烧，屋空人心也空，屏风善解人意，挡住引起思愁的月光，青灯却无情地直射独守空闺的难眠之人。辽西、蓟北是北国之地，那里是冰天雪地，与这里相隔千里，不能传递自己的思念之情。望君念及自己的姣美容颜，能够早日度过关山回到自己身边。

隋诗

隋朝统一全国后，国势渐趋富强。在文学上，南北朝的浮艳文风依然占据统治地位。隋朝前期，由于受到庾信、王褒诗风的影响，卢思道、杨素、薛道衡等曾经写了一些较好的边塞诗。这类作品质量虽然不够高，但反映了一些新的风气。整个隋代，齐梁风气的影响都是比较根深蒂固的。隋炀帝即位以后，更是大力提倡宫体诗风。他带头写了很多宫体诗，于是其他文人也大都跟着写起浮艳无聊的宫体诗来。隋初诗坛好不容易形成的清新刚健气息，很快就被这种浮夸的齐梁诗风冲散了。

春夕经行留侯墓

卢思道

在古代智士中，留侯张良运筹帷幄、足智多谋，而又无意富贵、淡泊自守，历来受到人们的敬仰。其墓地在徐州沛县东六十五里，接近留城。后代文士们途经张良墓，不免会追怀前哲，抒发思古之情。

少小期黄石，晚年游赤松。应成羽人去，何忽掩高封。
疏芜枕绝野，逦迤带斜峰。坟荒隧草没，碑碎石苔浓。
狙秦怀猛气，师汉挺柔容。盛烈芳千祀，深泉闭九重。
夕风吟宰树，迟光落下春。遂令怀古客，挥泪独无踪。

注释

〔1〕少小：年轻。〔2〕赤松：指仙人赤松子。〔3〕羽人：成仙。〔4〕高封：高坟。〔5〕绝野：荒野。〔6〕逦迤：曲折连绵。〔7〕隧：墓道。〔8〕柔容：面目姣好。〔9〕宰树：墓地所植之树。〔10〕下春：日斜之时。

诗意

　　年轻时与异人黄石公有日后的约期，晚年又追随仙人赤松子。应该成仙羽化而去，又怎么被埋在了这里？荒僻乱田连着芜野，曲折连绵通向斜峰。坟墓被墓道旁的野草遮没，破碎的碑石上布满厚厚的青苔。狙击秦始皇是何等勇猛，辅佐汉王又是多么挥洒从容。如此功业本应千古流芳，最终还是深深葬于九泉之下。晚风悲吟墓边树，晚照斜落下去。怎不让我这凭吊之人，泪流满面地离去。

赏析

　　留侯张良是古代著名谋士，他足智多谋，对富贵不太在意，其才华与人品为后人所敬仰。很多人都曾去其墓前凭吊，这首诗是作者扫墓之后所写。说张良少时从师异人黄石，晚年却辟谷修炼道随仙人赤松子，作者奇怪仙人怎么还有墓？且眼前所见是一派荒凉景象，野草丛生，碑石破碎，明显无人祭扫，恐怕只有野兽才会在其中出没，这一切在作者看来不可思议。当初有刺秦的猛气，助汉王定天下的运筹帷幄，死后却唯余寂寥，让作者不知该如何对待生命终结之后的无奈。

从军行

明余庆

《从军行》是乐府旧题名，其内容大抵是写军旅战争之事。这首诗也是这样，可以说是隋代的一首边塞诗。汉武帝时，驱逐匈奴，收复河南地，建立朔方郡。末二句即借此事，以辟地建功、充满乐观自信精神的壮语作结。

三边烽乱惊，十万且横行。
风卷常山阵，笳喧细柳营。
剑花寒不落，弓月晓逾明。
会取河南地，持作朔方城。

注释

〔1〕三边：泛指边境。〔2〕常山阵：古代阵法名。
〔3〕花：霜雪。〔4〕逾：更。

诗意

　　边关敌情纷至沓来，十万将士枕戈待发。布兵排阵如疾风卷地，军营之中则笳声喧天。剑锋凝结着寒霜，残月如弓，拂晓更加明亮。一定要收复河南失地，用来建立朔方之城。

赏析

　　这是隋代的一首边塞诗。三边是指边境地区，烽是说用烽烟视警，传递敌情，从边境传来了紧急的敌情，说明有敌来犯，十万大军整装出发，声势浩大，阵容整齐。"风卷"二句是写征讨大军并非乌合之众，而是能征善战之师，善于排兵布阵，调度有方，阵式推动有如风卷残云。将士们不畏寒霜，保持高度警惕，严阵以待，表现了要为国尽忠的精神。用汉代会师河南地建朔方城之事，比喻为国建功的决心和自信。

377

望 海

杨 广

隋炀帝杨广是隋朝的第二个皇帝。对于国政，他也有恢宏的抱负，并且戮力付诸实现。主政后，他巡视边塞、开通西域、推动建设。然而最终因人民负荷不了他一而再、再而三的穷兵黩武，而起兵推翻了隋朝，隋炀帝也以残暴留名于世。这首诗是他即位之后所作。

碧海虽欣瞩，金台空有闻。远水翻如岸，遥山倒似云。
断涛还共合，连浪或时分。驯鸥旧可狎，卉木足为群。
方知小姑射，谁复语临汾。

注释

〔1〕欣瞩：欣喜看到。〔2〕金台：传说藏于大海之中。〔3〕翻：高。〔4〕倒：映。〔5〕狎：亲近。〔6〕卉木：海岛上居住的人。〔7〕姑射：神山。〔8〕汾：汾河。

诗意

　　初次看到碧海，欣喜之情萦于心间，有关金台的神话传说，似乎不是空穴来风。海水翻腾有如高岸似的，海岛倒映水中，随水翻动，好像云在翻动。几股潮流涌来合拢在一起，连成一线巨浪拍来，又分流而去。海上的海鸥，岛上的人们都可与之亲近。观大海之后方知姑射的渺小，汉武帝的汾水之游就太微不足道了。

赏析

　　杨广是我国历史上有名的昏君，这里不去讨论他的政绩如何，只看其诗。这是一首观海诗，初次见到大海，那苍茫、浩瀚的气势，足以使人兴奋，还曾风闻大海之中有一金台，令人神往。海浪汹涌澎湃，翻起的巨浪似高岸，映在水中的海岛之影随波似流云。写出大海壮观的景象。最后两句是望海之后的感慨。望海之后方知姑射的渺小，汾水之游就更微不足道了，在一定程度上表现出帝王的气魄。

出 塞

杨 素

这是一首边塞诗派的佳作。诗中反映的是隋王朝出兵抗击突厥的战争。突厥是隋初北方最强大的少数民族政权，由于南北朝时期的中原分裂，内战不休，北齐、北周皆重赂突厥以求苟安。隋文帝对突厥各部采取远交近攻的方法，使突厥陷入交相混战。

漠南胡未空，汉将复临戎。飞狐出塞北，碣石指辽东。
冠军临瀚海，长平翼大风。云横虎落阵，气抱龙城虹。
横行万里外，胡运百年穷。兵寝星芒落，战解月轮空。
严镳息夜半，骈角罢鸣弓。北风嘶朔马，胡霜切塞鸿。
休明大道暨，幽荒日用同。方就长安邸，来谒建章宫。

注释

〔1〕漠南：指蒙古沙漠以南。〔2〕胡未空：仍有突厥军队。〔3〕复：再次。〔4〕飞狐：要塞名。
〔5〕碣石：古山名。〔6〕冠军：将军名号，指汉将霍去病。〔7〕长平：大将军卫青。〔8〕大风：
气势。〔9〕龙城：汉朝匈奴地名。〔10〕寝：休息。〔11〕镳：报更用具。〔12〕骈角：红色饰弓
之物。

诗意

　　漠南仍有突厥人袭扰，我重披战袍出征。一队由飞狐关出塞北，一队经碣石直指辽东。霍去病亲临瀚海，卫青如展翅御风的大鹏。敌寇如困虎落入阵内，围歼龙城气势如虹。所向披靡征战万里，自此突厥将百年不振。得胜后解甲休息，已是月明星稀。寒冷的更鼓于半夜停歇，骈角也不再射出响箭。北风中仍传来胡马嘶鸣，漠北的霜寒中时有塞外大雁凄切的叫声。莫道战乱已平定，要使边疆同受王化。刚刚班师回长安官邸，马上去向皇上复命。

赏析

　　这首诗是描写隋朝出兵抗击突厥的边塞诗。开篇讲述漠南时有突厥军队进犯，朝廷再次派兵前去清剿，大军兵分两路：一走飞狐要塞，另一路经碣石赴辽东。两路大军挟雷霆之势向突厥压来。"云横虎落阵，气抱龙城虹"形容军威和降龙伏虎的信念。雄师出征所向披靡，威严的军容，激昂的斗争，彻底平息北方的百年战患。后十句写战后的景象，疆场上尸横遍野，没有了主人的战马在悲鸣，写出了战斗的残酷，大结局是高奏凯歌，班师回朝。

山斋独坐赠薛内史

杨 素

隋朝诗人，一般是齐、周的旧臣以及从南方的陈过来的，当时的诗风仍然受南朝后期诗风的影响，而杨素摆脱了齐、梁余风。他的诗每于整炼精警中透出一种朴质劲健的气质，已经开唐代风骨、声律兼备诗风之先声。

居山四望阻，风云竟朝夕。深溪横古树，
空岩卧幽石。日出远岫明，鸟散空林寂。
兰庭动幽气，竹室生虚白。落花入户飞，
细草当阶积。桂酒徒盈樽，故人不在席。
日暮山之幽，临风望羽客。

注释

〔1〕岫：山峦。〔2〕兰庭：种满兰草的庭院。〔3〕虚白：形容空寂明亮。
〔4〕樽：酒杯。〔5〕羽客：道士。

诗意

　　住在山上四面的山阻挡了视线，而山中从早到晚风云变幻莫测。深涧内古树欲越溪而过，空寂的山间卧着幽静的石头。太阳出来远山一片明灿，鸟儿飞走林中陷入沉寂。种兰的庭院浮动香气，竹搭的房舍更显清明。落花飞入室内，柔草铺满石阶。桂花酒枉自满杯，可惜你不来同饮。夕阳顺着山落了下去，我临风独立，盼望仙游的客人早日到来。

赏析

　　薛内史即薛道衡，隋代著名诗人，曾官拜内史舍人，经常与杨素以诗会友，此诗是为薛道衡所作。前段是诗人独坐在山斋观看四周景色，因四面环山而无法远望，眼光所至是山间的幽静，风云在早晚变幻莫测，深溪古树，空岸幽石写出一种空灵的意境，这写的是"静"。太阳升起，栖息的鸟飞出树林，这是"动"。所居之处，兰花、竹林无一不充满雅致和悠闲，诗人以"动、静、声、色"的描写，体现其内心的寂寞，最后四句是怀人，希望能有知己来和自己共同分享这优美的景致。

昔昔盐

薛道衡

薛道衡与卢思道齐名，是隋代诗人中艺术成就最高者。在隋文帝时，薛道衡备受信任，担任机要职务多年，当时名臣如高颖、杨素等，都很敬重他。因而他的名声大振，一时无双。这对薛道衡来说本来应该是值得荣耀的事，然而，他却因此得罪晋王杨广而罹祸。

垂柳覆金堤，蘼芜叶复齐。水溢芙蓉沼，花飞桃李蹊。
采桑秦氏女，织锦窦家妻。关山别荡子，风月守空闺。
恒敛千金笑，长垂双玉啼。盘龙随镜隐，彩凤逐帷低。
飞魂同夜鹊，倦寝忆晨鸣。暗牖悬蛛网，空梁落燕泥。
前年过代北，今岁往辽西。一去无消息，那能惜马蹄？

注释

〔1〕金堤：坚固的大堤。〔2〕蘼芜：草名。〔3〕芙蓉沼：荷花池。〔4〕双玉：眼睛。〔5〕盘龙：镜上纹饰。〔6〕隐：收起。〔7〕逐帷低：不钩起。〔8〕忆晨鸣：等待鸡鸣。〔9〕牖：窗户。〔10〕代北：今山西北部。〔11〕辽西：今辽宁西部。〔12〕惜马蹄：不肯回家。

诗意

　　苍苍垂柳掩盖着坚固的长堤，含苞的香草年复一年地开放。荷花池中水满四溢，小路上桃花李花纷飞。罗敷在采摘桑叶，苏蕙在屋中织布。与远行的心上人分别后，在熙风和皎月下独守空房。收敛起难得的笑容，思君不由得泪如泉涌。以盘龙为饰的铜镜长时间地放置匣中，绣有彩凤的帷帐不上钩而长垂。思君之情如同夜飞的鸟鹊，长夜难眠等待鸡鸣。蛛网悬挂在黑暗的窗洞上，空梁上燕窠内遗落下几点燕泥。前年夫君还在代北，今年又前往辽西。此一去音讯杳无，夫君啊，哪能爱惜马蹄不肯回家呢？

赏析

　　"昔昔盐"是隋唐乐府羽调曲，多写闺怨，这首是薛道衡的名篇。诗以写景入手，以柳写思妇的秋绪是古人常用的手法。开头四句用四种植物写思妇的心态，接下来"采桑"两句，借窦家妻的典故，表明少妇愿像苏蕙那样织锦相赠的情思。思妇自征人离家后，便独守空闺，无意打扮，长期的等待，使少妇失去了青春的活力，终日以泪洗面，常常呆坐屋中一直至天明。窗上的蛛网、梁上的几滴燕泥则强调出屋中缺少生机，把小小的细节加以放大，延伸了想象的空间。最后是思妇的悬想，但不归的事实使团聚的希望破灭。

送 别

无名氏

据《东虚记》所载，此诗作于隋大业年间，隋炀帝巡游无度，使得民穷财尽，故诗中望其返国。但研究它的诗意，此说未免率强附会。其实正如诗题所指，这只是一首隋代的送别诗而已，它所表达的是一种委婉深切的离愁别绪。

杨柳青青著地垂，杨花漫漫搅天飞。
柳条折尽花飞尽，借问行人归不归？

注释

〔1〕杨花：指柳絮。〔2〕漫漫：多。〔3〕尽：结束。

诗意

嫩绿的柳枝摇曳着垂在地上，杨絮如雪漫漫在空中飞舞。等到柳枝折断杨絮消失，远行的人啊你何时回来？

赏析

作者沿用折柳送别的艺术手段。因为垂柳更容易引起离别的回忆。柳枝低垂，随风摇摆，那千枝绿条似心中的思绪，空中漫漫飞舞的花絮，搅乱了离别人的情肠。用飞絮比喻离情的纷乱，营造的意境是凄然和沉闷。后两句表示出一种企盼，花飞尽是期待着离别的结束。柳枝杨花象征着春天，春天又意味着美好的时光，难道在外的游子就不希望早日归来，与家人共度美时光吗？"尽""归"二字的重叠，表示出诗人用意之深切。

图书在版编目（CIP）数据

古诗三百首 / 金敬梅主编 . -- 北京：世界图书出
版公司 , 2016.5（2021.4 重印）
ISBN 978-7-5192-0902-5

Ⅰ . ①古… Ⅱ . ①中… Ⅲ . ①古典诗歌—诗集—中国
Ⅳ . ① I222.72

中国版本图书馆 CIP 数据核字 (2016) 第 049054 号

书　　　名	古诗三百首
（汉语拼音）	GUSHI SANBAI SHOU
编　　　者	金敬梅
总　策　划	吴　迪
责　任　编　辑	刘　煜
装　帧　设　计	刘　陶
出　版　发　行	世界图书出版公司长春有限公司
地　　　址	吉林省长春市春城大街 789 号
邮　　　编	130062
电　　　话	0431-86805551（发行）　0431-86805562（编辑）
网　　　址	http://www.wpcdb.com.cn
邮　　　箱	DBSJ@163.com
经　　　销	各地新华书店
印　　　刷	唐山富达印务有限公司
开　　　本	720 mm × 1000 mm　1/16
印　　　张	24
字　　　数	300 千字
印　　　数	1—5 000
版　　　次	2019 年 6 月第 1 版　2021 年 4 月第 3 次印刷
国　际　书　号	ISBN 978-7-5192-0902-5
定　　　价	48.00 元